阅读越美丽
开卷好心情

我的女友变小了

折锦 著

广东旅游出版社
GUANGDONG TRAVEL & TOURISM PRESS

中国·广州

图书在版编目（CIP）数据

我的女友变小了 / 折锦著．— 广州：广东旅游出版社，
2020.6

ISBN 978-7-5570-1862-7

Ⅰ．①我… Ⅱ．①折… Ⅲ．①长篇小说－中国－当代
Ⅳ．① I247.5

中国版本图书馆 CIP 数据核字 (2019) 第 108875 号

出　版　人：刘志松
总　策　划：邹立勋
责 任 编 辑：江丹燕　贾茵

我的女友变小了
WO DE NÜ YOU BIAN XIAOLE

广东旅游出版社出版发行
（广东省广州市环市东路 338 号银政大厦西楼 12 楼）
邮编：510060
邮购电话：020-87347732
湖南凌宇纸品有限公司印刷
（湖南省长沙县黄花镇黄龙新村二业园财富大道 16 号）
880 毫米 ×1230 毫米　32 开
9 印张　209 千字
2020 年 6 月第 1 版第 1 次印刷
定价：38.80 元

目录

第一章
一米五的小矮子

MY

GIRLFRIEND'S

GETTING

SMALLER

—1—

乔叶在大学上课的第一天，就从楼梯上滚下去了。原因很简单也很戏剧化，她在下楼梯的时候，正在和室友大花讨论爱豆（偶像）破洞裤上的破洞为什么那么大，然后"飞来横祸"。

其实说点爱豆的事倒没什么，关键是她在说这话的时候，旁边教室里竟然飞出来一个篮球，像长了眼睛似的往她身上砸来。以至于过了很长一段时间后，乔叶依然想不明白，为什么楼道里那么多人，偏偏只有她一个人被砸了。

总之，是她倒了八辈子血霉就对了。

于是，乔叶的大学生涯，是以众目睽睽之下被一个篮球砸下了楼梯，进了医院为伊始。

上午十点，乔叶躺在医院的病床上，四十五度角仰望天空。

青木的九月，风还是热的，从窗口灌进来，吹得窗台上的绿植发出细微的声音。

从窗口望出去，刚好就能看到医院大门的位置。此时，一个女孩子正从出租车上下来，乔叶看不清她的表情，但她戴着一顶白色的贝雷帽，穿一条白色的棉布裙子、一双白色的凉鞋，背一个小小的挎包，让乔叶一瞬间就想起了温榆。

温榆也是个翩翩少女呢，喜欢穿舒适简洁的服装，举手投足间都散发着青春的气息。

乔叶的心突然咯噔了一下。这女孩子不是温榆还是谁？她突然觉得"世界末日"要来了。温榆踏进医院大楼的那一刻，乔叶有些绝望。

温榆接到电话的时候，正在花店里帮忙处理昨天晚上收到的网络订单。

"喂，你好。请问是乔叶的姐姐温榆吗？"接起电话之后，温榆听到陌生的男声在电话另一端一本正经地问了这么一句话，一头雾水。

"是我没错，你是？"

"陆沉年。"陆沉年一边打着电话，一边看着医生递过来的X光片，"是这样的，乔叶出了点事，现在在医院。"

"别告诉我她从楼梯上滚下去了。"

不得不说，血缘这东西真的很奇妙。

陆沉年被她的话噎了一下，本来在脑海里认真过了好几遍的话也如鲠在喉，最终化成一句带着愧疚的陈述句："没错，乔叶被我的篮球砸了一下，从楼梯上滚下去了。"

温榆沉默了两秒道："你的篮球可真厉害。"

她的语气太过平静无波，陆沉年以为她不相信，又强调了一遍，语气真挚诚恳："温榆姐，乔叶真的从楼梯上滚下去了。"

温榆"嗯"了一声，继续保持着波澜不惊的语气："现在情况怎么样？还活着吗？"

陆沉年觉得乔叶的姐姐似乎有一种"噎死人不偿命"的本事。不过没等他组织好语言，温榆又开口了，总算有了点姐姐该有的样子："如果骨折了，就麻烦你帮我找个医生先给她接一下腿。她怕疼，多打点麻醉药。我随后就过去——找你的篮球算账。"

陆沉年这次总算没被噎住，快速组织好了语言，用最温和、最真诚的语气回答她说："好的，我会把我的篮球洗干净等你的。"

温榆到医院的时候已经是上午十点了。骨外科在住院部三楼的右侧，正对着大马路。所以温榆从出租车上下来，一抬头就看见趴在三楼窗台上探头探脑的乔叶。温榆嘴角一扬，付了钱就径直往住院部大楼去了。

刚刚温榆抬头的时候，乔叶和她的视线一对上，立刻缩了回去，"腾"地坐得笔直，表情瞬间变得庄重而圣洁。陆沉年吓了一跳，白了她一眼："你沐浴焚香呢？"

事实上，乔叶心里真在犹豫自己到底要不要沐浴焚香之后，再来面对她"和蔼可亲"的姐姐。

那可是温榆啊，六亲不认的温女王，以前还有背锅侠大表哥顶着，现在还是自求多福吧！乔叶自暴自弃地想。

陆沉年探头望了一眼楼下一闪而过的纯白裙角，歪着脑袋思索片刻，抱着篮球出去了。

315、313、312……305、303、302。在一片浓郁的消毒水味中，温榆找到了乔叶的病房。

门口的长椅上坐着一位穿白色衬衫、黑色休闲裤的男生，低着头不知道在看什么，看起来孤单又委屈。

温榆觉得自己好像看见了他头顶耷拉下来的一双耳朵，他像只受伤的萨摩耶。他的脚边是一个正滴着水的篮球。如果没有猜错的话，他应该就是给她打电话的男生——陆沉年。

温榆没有立刻走过去，像一只反应慢半拍的乌龟，挪动着她的身体，慢慢走到了陆沉年面前。

温榆看了他几秒钟，很自然地弯腰半蹲下来，伸手轻拍他的肩膀一下，微笑着看着他："陆沉年？"

温榆很明显地感觉到男孩身体一僵，他像是受到了惊吓，僵着脖子慢慢地抬起头，在对上她的眼睛那一瞬间，又迅速移开。

温榆一顿，刚想开口，就看见男孩站起来，双手贴在身子两侧，恭恭敬敬地鞠了一躬，态度诚恳，礼数周全。

温榆眉尾微微挑起，轻笑了声："看来你就是陆沉年了。"

陆沉年眨眨眼睛，第一反应是为自己的篮球砸了乔叶向温榆道歉。那副认真认错的模样，让人觉得有些好笑。

温榆眯着眼睛想了想，终于还是伸出手，像温柔地安抚受惊的小猫一样，揉揉他的头："'对不起'这三个字留着跟乔叶说吧，我今天只是来带回伤残人士的。"

陆沉年却是一副不在状况的样子。

事实上，陆沉年下意识跟着温榆抬手的动作抬起头之后，就这么看着她，看了好一会儿也只得出一个结论，小声地嘀咕着："温姐姐可真矮！"

　　门把转动的声音响起，温榆隐约听到陆沉年说了一句什么话，于是等进了病房才开口问："你刚刚说了什么？"

　　"没有。"

　　"那是我幻听了？"

　　陆沉年别过头，然后在心里给温榆起了个外号"小矮子温姐姐"。

　　看陆沉年心虚的样子，温榆倒好似不介意，状似漫不经心地走进病房，却在经过他身边时不动声色地狠狠踩了他的脚一下。去他的小矮子！

　　陆沉年有点蒙，在原地愣了几秒。等他走进病房，就看见温榆半瘫在乔叶的病床边，没个坐相，看上去还有几分邪性。

　　温榆伸了个懒腰，拉扯得骨头嚓嚓作响，目光扫了一圈，最终落在于床头端坐的披着头发、盖着被子、表情庄重圣洁的乔叶身上。

　　乔叶正闭目沉思该怎么面对她的姐姐温榆，嘴里还叼着棒棒糖，一睁眼就发现旁边坐了一个人。她张大嘴巴，舌头有点打结地说道："姐、姐……姐姐？"口水差点流出来。

　　温榆冷笑："乔同学，想好怎么解释了吗？"

　　乔叶第一反应就是赶紧逃，却被温榆率先一步压住没受伤的脚。温榆一字一顿地说道："乔二叶，你跑一个试试？"

　　乔叶另一只脚还吊着呢，怎么可能跑得掉？

　　乔叶沉默良久，终于放弃挣扎，老老实实交代了为什么走廊学生三百，篮球就偏偏独宠她一人的前因后果。

　　"这一定是陆沉年的篮球对我有意思！"乔叶最后做了总结。

　　温榆面色平静地听着乔叶做案情陈述，自己也跟着微微挺直了背脊："陆沉年，帮我去精神科挂个号吧。"

　　陆沉年不解地问："挂谁的？"

温榆指了指病床上的人，笑容比七月骄阳还要灿烂几分："乔叶的。"

乔叶不知道温榆葫芦里卖的什么药。不过，温榆每次这种笑容背后，总是一肚子坏水。

乔叶清了清嗓子，只能尽量做到让自己的声音听起来很严肃正经的样子。她端坐在病床上，郑重其事地开口："我觉得我有必要说明一下，我摔的是腿不是脑。"

"你不是整个人从楼梯上横着滚下去的吗？"温榆白了她一眼。

真是哪壶不开提哪壶！乔叶瞪她："你特地来医院接我，我刚准备感谢你，结果你竟然是来伤害我的？"

"我只是觉得你腿都断了，脑袋也差不多了。"温榆靠在床边的栏杆上，挑着眉，指尖轻点手臂，"年轻人，我这是关心你，万一留下什么隐患，我怎么跟你妈交代？"

温榆有时候蛮了解乔叶的，一句话堵得乔叶的气势去了一大半。乔叶喉咙哽了一下，闷声闷气地"嗯"了一声。

温榆叹了口气，神情忧郁："不会真的留下什么隐患吧？"

"我会负责的。"

温榆头顶传来低沉的男音，淡淡的五个字沉沉地落下来。温榆抬起头，只看到一个侧影，瘦削高挑的身影挡住了好大一片日光灯投下来的光芒。

而刚刚的五个音节立马被乔叶小小的惊呼声盖过，温榆愣了一会儿，都有些不确定陆沉年是不是说话了。

"负、负……负责？"乔叶受惊了。

温榆伤脑筋地用手按了一下眉心，陆沉年的表情告诉她此时他的"负责"另有其意，虽然他的表情看起来像政府公务员一样严肃。

温榆站起来，晃了一下才重新往陆沉年身边靠近。从这个角度看，温榆感觉陆沉年像巨人一样，她需要站在高一点的地方，才能与他平视。

这样不错，她刚好到自己胸口的位置。陆沉年在心里满意地点点头，忍住想要伸手去揉她脑袋的冲动，问："要小板凳吗？"

温榆犹豫了一下，还是动了腿。

她站在小凳子上，小幅度地歪歪头，身体微微朝着陆沉年的方向倾斜，表明她正在认真听的态度。

真可爱。陆沉年勾着半边嘴角笑，态度诚恳："乔同学受伤期间的所有花费，都由我负责。"

你瞧，果然是这样。温榆脸上一副"我就知道"的表情，陆沉年也没多说什么，只微微低头看着她，似乎在等一个答案。

不过，温榆没来得及开口，乔叶倒先说话了："行，我觉得非常行！"随即，她望向那个篮球，"作为赔偿，那个对我有意思的篮球也给我吧。"

"啊？"陆沉年一头雾水，觉得有点猜不透她的心思。

乔叶撑着脸，眯着眼看着陆沉年，振振有词："肇事者负责，将凶器作为赔偿，天经地义。"

这倒也是个理，陆沉年低笑了两声没说话，后来又侧头看温榆："温姐姐，你觉得怎么样？"

"可以啊，这是个很棒的主意，不是吗？"温榆说着，目光在二人身上转了一圈，"反正只要乔二叶喜欢就好。"

陆沉年听了，心里还有小小的惊讶。原本他以为要花费些功夫才能处理好的，却没想到她这么好说话，这可真是令人意想不到啊。

他眯着眼睛笑笑，从里到外都透着一股"我很开心"的感觉，说话的声音却正经到不行："那么这段时间就多有打扰了。"

温榆愣了几秒，突然轻轻笑了一下："嗯，乔叶就交给你了。"

"好的。"他凝视着温榆的侧脸，嘴角不经意地上扬了一下。

—2—

近几日，乔叶衣来伸手饭来张口，生活滋润。

她给自己买了爱豆的新专辑，在代购小妹那里拿到了最新的海报和杂志，准备窝在家里养伤，暂时不去上课。

然而，在她养伤的第五天，温榆这个杀千刀的敲开了门，跟啰里啰唆的老妈子似的，说："乔同学，你难道不能学学张海迪和霍金吗？他们身残志不残！你摔断的是腿，不是脑子！"

"对不起，我好像身残志也残。"乔叶的语气特别真挚诚恳，眼睛却仍停留在杂志上爱豆的盛世美颜上，"再说了，我现在是一条受伤的咸鱼，你见过哪条咸鱼负伤学习的？"

"没见过，可是咸鱼会翻身呀。"

"对不起，我是条不会翻身的咸鱼。"乔叶一本正经地纠正道。

温榆笑笑："好吧好吧，不会翻身的乔咸鱼，陆沉年来接你了。"说着她就从墙角拿来了拐杖，调整好高度后才放到乔叶手边，"别让人家等太久。"

乔叶拉长声音"哦"了一声，满脸的不情愿，却还是起床和爱豆挥手告别了。

"陆沉年，你可以拒绝的。"乔叶站在门口，对着前来接她的陆沉年说，语气严肃。寥寥几字，可每个字都字正腔圆，让人忍不住跟着一本正经起来。

"我也觉得，不过这是我的责任。"陆沉年伸手接过温榆递过来的书包，笑了一下，"不然我的良心会痛的。"

"我倒希望你的良心不会痛。"乔叶跟着笑了。

陆沉年会来"花散里"接乔叶上学，很大一部分原因就是觉得害她断了腿，良心过不去。可在乔叶看来，多此一举。她不是霍金也不是张海迪，所以——

"姐，你真的不考虑让我在家养腿吗？"

温榆在嘱咐了陆沉年一些事后，脸上维持着刚才的笑容，小声快速地回答了这个问题："不考虑。"因为乔叶已经在家休养五天，四舍五入就是一个星期了。温榆想了想，补充道，"你该翻身了，乔咸鱼。"

乔叶捂着受伤的小心灵去上学。

温榆在目送乔叶离开小南街之后，接到竹冉冉的召唤，去了一趟花店。

竹冉冉是温榆的同学，也是穿同一条花裙子长大的好友。两人毕业以后，没有选择时下流行的出国深造，而是选择开小店创业。

两人一起开了家花店，一年多的时间，她们的花店从默默无闻发展成现在的小有名气，甚至还上过青木的都市早报。

这不，因为前段时间花店搞的促销活动，这两天的订单跟那夏季烈日下的温度似的噌噌噌猛增。

本来呢，这应该是个普天同庆的事，可偏偏乔叶摔断了腿，竹冉冉拼着半条老命苦苦支撑，好不容易得知乔叶可以去上课了，赶紧打电话让温榆过来帮忙。

温榆到达花店的时候，竹冉冉坐在小凳子上，用剪刀飞快地修剪着花枝。听到温榆进来的声音，竹冉冉立马放下剪刀，越过被胡乱扔在地上的花朵，把她揽到一台不断发出"叮咚"声的电脑前。

"你看，我们这两天的订单特别多，今年的分红一定会涨的！"说着，竹冉冉又努力挤了挤眼睛，总算掉下几滴泪水，"所以我亲爱的天使榆，你可千万别皮！为了你脑抽开的赔钱货书店，要加油好好干！"

温榆除了和竹冉冉一起合伙开了这家花店兼淘宝店外，还是一家书屋的老板娘。

说起来，温榆也是一个奇葩。曾经因为喜欢的作者太多，她把那几位作者的书都买了一遍，后来干脆自己撸起袖子干，开了家书屋，起名"花散里"，就在花店的对面。

不过话说回来，就算书屋的生意再怎么不好，也不能称之为赔钱货！

温榆咧开嘴角，怜爱地抚摸着竹冉冉瘦削的脸："那是当然啦。

不过我的冉冉啊，怎么几天不见你就成晚娘脸了呢，是太累了，所以内分泌失调了吗？"

有那么一瞬间，竹冉冉在考虑揍温榆一顿的可能性，但想想温榆的暴躁脾气还是算了。

滚圆的太阳快要落山了，挂在苍翠的山峦上像个大橘子，花店里回荡着剪刀一直不间歇的"咔嚓"声，这样的情景之下，好像工作的心情都要愉悦一点。

在一堆红花绿叶中，竹冉冉背靠着墙，右手一直重复松开握紧的动作来缓解酸疼。而一直弯腰捡花、打包花束的温榆，也没好到哪里去。

"你回家的时候，能把我抱上床吗？沙发也可以的。"竹冉冉用脚轻轻踢了一下温榆。

竹冉冉保持一个姿势坐了大半天，整个人早就僵住了，动那么一小下都能感觉到全身的肌肉和骨头在抗议。

"你还真是不客气啊。"温榆伸了个懒腰，拉扯得骨头嚓嚓作响，直起腰，突然瞄到马路对面有一个熟悉的身影，细臂一伸，指给竹冉冉看，"喏，我觉得比起可能手误将你塞进玫瑰花堆里的我，你可能更需要那种高大帅气、臂弯有力的人。"

陆沉年正扶着乔叶进"花散里"，手里还拿着可丽饼，听到对面花店忽然有人喊了声他的名字，扭头一看，眼睛差点弯成新月："温姐姐，你这是在干嘛？"

温榆站在花店门口，像个小老太太似的弓着腰，朝他招招手，像召唤宠物一样："陆沉年，等一下能过来一下吗？想请你抱个人。"

现场霎时一片寂静。两只小斑鸠扑棱着翅膀从头顶飞过，落下根灰色的羽毛，飘到了陆沉年的鼻尖上，他却一动也不动，呆呆地望着只隔了一条沥青柏油路的人。

青木的五月暖洋洋的，整座城市都被绿色笼罩。温榆的背后是一片盛开的繁花，五颜六色，而她穿的白色上衣像初冬时飘落的第一片雪，让他满心欢喜得移不开眼。

陆沉年只觉得心里一万只鹿奔腾而过，脸上的温度也不受控制地上升。

妈呀，抱个人！乔叶深吸一口气，看了看陆沉年，又瞅了瞅温榆，难以置信这两个人是怎么发展到现在这一步的。明明早上还温姐姐长温姐姐短的，下午就直接要抱人了！剧情进展得太快，简直就像龙卷风，直接吹得她这个观众风中凌乱。

温榆也不解释，翘着嘴角极轻、极微妙地笑了笑："陆沉年，我在花店等你哟。"尾音甚至飘出了妖娆的调调。

陆沉年直接石化。

最后一枝花在"咔嚓"声中被剪好，竹冉冉扶着腰直起身子，表情肃穆地看了温榆好一会儿，说道："为什么你非得找个男孩子来抱我？"

"因为我觉得女女授受不亲。"温榆脸不红心不跳地回答，语气还挺正经的，正经到竹冉冉差点信了她的邪。

"哦，那我真是谢谢你了，我一直以为是男女授受不亲呢。"

温榆轻笑了一声："不用谢，这是我应该做的。"

她无意间看向对面，有道颀长闲适的身影向这边走来，像七月里似火的骄阳，耀眼得令人无法直视。

啧啧，随随便便走走都这么撩人，一看就知道是一个不正经的人。

此时差不多已经是晚饭时间了，陆沉年看到花店门口散乱着的花枝，他几乎能够想象到温榆坐在花堆里忙碌的小身影。

不过——

陆沉年顿了顿，推开门走进去，环顾店内一周，果然已经忙完了。然后，他看见了嘴里塞得鼓鼓囊囊，像只花栗鼠的温榆，此刻的她手里正捧着个红彤彤的大苹果，咔嚓咔嚓地啃着。

等到她啃完一个苹果，陆沉年十分顺手地把可丽饼喂到了她的嘴边。

这是乔叶让他买的，乔叶说温榆喜欢吃可丽饼。她说温榆不喜欢甜食，却唯独对可丽饼情有独钟，原因不明，反正就像大力水手喜欢菠菜那样喜欢可丽饼。

陆沉年觉得好笑，却还是信了乔叶的邪，买来了可丽饼。

他顺便还皮了一下，加了点特地为她准备的料。此料来自青木大学的医学鬼才宋锦柯的研究成果——一种据说吃了就可以变小的药。半小时见效，有时效性，但具体多久恢复正常不知道，也不知道是真是假。

而温榆呢，虽然被这突如其来的动作惊得往后一仰，但是当她看到送到嘴边的是可丽饼时，想也没想，低头就咬了一口。

不知道是陆沉年投喂的动作太自然，还是温榆被投喂的反应太自然，总之，竹冉冉觉得这个反应的确很温榆。

她愣了许久，总算把到嘴边无数次又被咽回去的话问出来："要不要先把我送去躺好，你们再继续？"

"我可能要提醒你一下，男女授受不亲。"温榆口齿不清地说道。说实话，竹冉冉差点没听清她在说什么。

竹冉冉哑口无言，也不知道刚刚信誓旦旦说"女女授受不亲"的人到底是谁。

温榆嘴里含着最后一口可丽饼，她觉得今天的可丽饼有种别样的味道，像是雨后的花草。

不过这并不能掩盖可丽饼过于甜腻的味道，换作平时，温榆根本不会咽下这最后一口。无奈今天面前站了个端着杯温水的陆沉年，温榆也只能在陆沉年期待的目光中，吞下那最后一口可丽饼。

只是，这次的可丽饼连外面那层饼皮都是甜的，像是糕点师傅故意多加了糖似的。

温榆抢劫似的接过那杯水，直接灌了一大口，等彻底把那股甜腻劲儿压下去了，才开口："你不觉得你的行为有老牛吃嫩草的嫌疑吗？"

"你真是够了！"竹冉冉翻了个白眼，"也不知道是谁在十分钟前，告诉我女女授受不亲这件事，而且还在大庭广众之下叫人家小帅哥过来抱我哦。"

"所以呢？"温榆似是很无辜地耸耸肩，朝着竹冉冉缓慢且温柔地笑了一下，"你打算老牛吃嫩草？"

竹冉冉愣了愣，就算温榆此刻的语气再怎么欠扁，她也得承认温榆非常懂她，因为她正有此意。

"说真的，我有时候很想掐死你。但没有谁比你更了解我，所以——"竹冉冉转头向陆沉年看了眼，像招呼小太监的皇后娘娘，"陆嫩草，走，回宫。"

温榆还是温温柔柔地笑着，尽管竹冉冉挑衅地看了她一眼，然后被陆沉年扶进去休息。

温榆看着陆沉年进屋的背影，嘴角微微上扬，"陆嫩草"，真是个令人啼笑皆非的称呼，感觉自己就是个天才！

回去的时候，天色已经完全暗下来了，温榆像个小老太太似的从花店里走出来，一摇一摆地往对面的花散里走。

陆沉年跟在她身后，仅隔一步的距离，两人一前一后。

或许是夹杂着花香的晚风太过醉人，熏得陆沉年微醺，开口就是一句："温姐姐，你喜欢吃嫩草吗，像我这样的？"

"喜欢啊，尤其是……"冷不丁地听到陆沉年的问话，温榆没想太多就往下接，说到一半才觉得他刚才的话有点不对劲，将准备脱口而出的"你这样的"话咽回肚子里。

"既然你喜欢的话，就给你吃好了。"陆沉年精致的眉眼染着戏谑的笑意。温榆终于反应过来他话里调侃的意思，瞪着眼睛看了他好一会儿。

她这人向来睚眦必报，这会儿眼珠子一转，便有了主意，翘起的嘴角带着狐狸似的狡黠："可以啊，不过吃法可是有很多种的呢，你喜欢哪种吃法呢？或者，你希望我用哪种吃法？"

绯红唰地爬上脸颊，连耳朵也瞬间涨红起来，陆沉年觉得整个人都有些不好了，脚下一个趔趄，差点撞海棠树上。

呵呵，就这样子还想跟她斗？回去再修炼个几百年吧。温榆决定以后对陆沉年要再多几分"关照"。

她摆正态度，一秒钟变正经脸，正准备说点什么的时候，全身的血液却顷刻间沸腾起来，整个人就像泡在热水里面一样，焦灼得全身难受，呼吸也变得急促，不过，这种状况只维持了三秒钟。

三秒钟后，她的身体变得格外轻，紧接着身体掉进了一个柔软富有弹性的地方，身体在不受控制地一路向下坠落……

等视线重新清楚之后，温榆发现她的世界变得有些不一样了。

温榆平视地环顾四周，看到的是被放大了无数倍的一景一物。纵然她历经世事处变不惊，现在也破了功："陆沉年！"

被点名的人已然呆滞，根本听不见她的声音。

陆沉年似乎被眼前这出突如其来的"大变活人"戏码，给吓到了。只是一眨眼的工夫，温榆就留下一堆衣服，消失不见。被眼前这一幕惊呆的陆沉年出于人类遭遇突发事件的第一反应，下意识地掏出手机解锁。如果他是正常人的话，一定会拨打"110"，说："喂，警察吗？我校友的姐姐凭空消失了。"

可他并不是正常人，从他的篮球可以砸到乔叶，并说出要对乔叶"负责"来看，他的脑回路和一般人还真不太一样。他只是看了一眼手机上的时间。嗯，不多不少，刚好半小时，跟"传闻"中的一样。

—3—

一朵粉白色的海棠花脱离花枝，被风刮起，在半空中翻了几个跟斗，砸在树下老僧入定般的陆沉年的额头上，又"咚"的一声落在了地上。

陆沉年下意识地摸了摸额头，依然望着那堆衣服发呆。

衣服褶皱最多的地方，有个小脑袋正好奇地打量着这个新奇的世界。他盯着那个小脑袋看了好几秒后，皱着眉狠狠地掐了下大腿，真痛！

所以，这是真的？温姐姐真的变小了？

陆沉年猛地咽了下口水，开口道："温……温姐姐？"

此时的温榆看着陆沉年因为震惊而不自觉颤抖的手指，安抚他道："嗯，我在。"

明明该被安抚的人是她自己才对。

陆沉年倒是瞬间镇定下来："温姐姐，你没事吧？"

"我有事，而且有很大的事！"她的语气里带着难掩的无奈和痛苦。

陆沉年愣了一下，也是，任谁在这种情况下，想必都不太能冷静的。

气氛再次安静下来，安静得仿佛空气中的尘埃都凝固了。陆沉年坐在向风的地方，挡住了那可能会带走温榆的夜风。

温榆皱着眉，放任自己的身子陷在衣物里，眼神没有焦距地望向头顶开得正茂的海棠花，再没有平时天塌下来也能处变不惊的态度。对于身体缩小成十厘米这种匪夷所思的事情，她始终不能消化。

温榆作为一个崇尚科学与真理的现代新新人类，信的是科学创造世界，她觉得万物都有科学依据。可现在竟然出现了需要用虚拟情节来解释的现象，这让她怎么能够淡然处之？

正常人类变小这种事情，她也曾在电视剧里看过，原因千奇百怪，可到底只是虚拟世界中存在的情节，逻辑经不起推敲，科学道理也无法解释。

就算撇开这些电视剧不提，《名侦探柯南》她还是看过的，但那也只是存在于二次元的变小药啊，总不能三次元世界也有人研究出来了吧？

她这么一想，或许还真有可能，毕竟现在的人连上天都能做到，那还有什么是做不到的呢？

温榆开始仔细地回想今天自己吃过的所有东西、喝过的水，或是有没有闻到什么异样的味道，但都没有任何头绪。

旁边没什么动静，陆沉年担心出事，便凑过来看温榆。他的手指刚碰到温榆的衣服，就听见她暴喝一声："我现在没穿衣服，你别瞎看啊！"

陆沉年闻言，脸顷刻间红透了，闭着眼从口袋里翻出一块手帕："要不你先裹上？"

虽然他觉得这完全没必要，温榆都这么袖珍了，视线所及，他要精准地一下子看到不该看的地方，还真有点困难。

但是，这对温榆来说就不一样了啊，她扯着那块手帕，像裹粽子一样把自己裹好后，才让陆沉年睁开眼睛。

陆沉年闻声低头，看到被妥善包裹在浅蓝色手帕里的小人儿，只觉得自己好像看到了误入凡间的小精灵。

虽然时机有点不对，但陆沉年感觉体内有一股不安分的因子躁动起来，直接表现为：他摸了摸温榆娇红的脸颊，离开时还捏了一把。软软的，真好捏。

温榆瞬间就炸毛了，跟那炸毛的小仓鼠似的，一口咬住了陆沉年的指尖："你刚刚把我当宠物了是吧？一定是！"

陆沉年倒也不否认，贼心不死地挠了挠她的下颌："乖——"

啊啊啊，这个人一定是想把她气死！不作不死，大抵是人类的通病。

这会儿已经把温榆气到想爆炸了，但陆沉年仍然不打算见好就收。他甚至用他不安分的手指头轻轻戳了一下温榆。

盘腿坐在他掌心的小人儿被堪比怪兽的手指推得跟跄了一下，跟不倒翁娃娃似的晃了晃，啪的一声倒了。

在温榆二十四年的人生里，从来没有遇到过这种窘迫的事情。哪怕是三年前倒追初恋兔子先生，她也没有这么束手无策，以及如此生气过！

温榆黑着脸看了眼那过分灿烂的笑脸，确定陆沉年这次是真心实意在整她，无奈地长叹出一口气来。

她不是没看到陆沉年眼底的戏谑和得意，当然她也没有放下屠刀立地成佛，只是迫于现实不得不忍气吞声，所以气呼呼地扭过头不去看他，直接冷战。

陆沉年却转瞬收起了那不正经的模样，若有所思地盯着温榆。他本以为自己又被人给忽悠了，没想到这次居然是真的，那家伙真是难得靠谱了一次。看来以后，他得稍微对宋锦柯好点了。

这边陆沉年还在脑内风暴，那边气到不行的温榆却早已冷静下来。她站起来，长长地舒了口气："陆沉年，我们商量商量。"

陆沉年开始幻想她变小后他们之间相处的点点滴滴，听到温榆的声音后回过神来，赶紧认真地应了声。

"我现在的情况很危险，去医院是不可能的，除非我是像柯南那样变成小学生，否则以我现在的模样，只会被当作科学实验品。我回家也是不可能的，瘸腿乔叶不靠谱你也是知道的，何况她还是个大嘴巴，传播速度是以光速为单位的，一定会搞得满城皆知。我家人呢都在老家，远水救不了近火。"

陆沉年目不转睛地看着她："所以温姐姐你的意思是？"

她将手放在嘴边轻声咳了下："在我变回来之前，你暂时保护我。"陆沉年注意到她说到"保护"两个字的时候，脸上的神情有些不自然。

"你不是还有个闺密竹冉冉吗？她不是……"

温榆打断了他的话："她这人是个实打实的'周扒皮'，不逮着我物尽其用她就不是竹冉冉，你应该也不太想见到我在宣传单上的蠢样子。"

"不，我挺想的。"陆沉年心里这么想，嘴上却没说，身体倒是朝着温榆的方向微微倾斜，表明自己正在认真倾听的态度。

这是陆沉年自小就有的修养，细微处便能察觉到他对别人的尊重。他的手骨节分明，手指也很细，不像一般男人的那般粗，指甲修剪得干干净净。

温榆原本不是一个对手太注意的人，此时却被陆沉年这双手狠狠地震惊了一下。

手是完美的手，人也很好看，可这人……单看陆沉年摆出来的姿势，温榆只有一个感觉：呵呵。

大概是觉得姿势摆够了，陆沉年总算回归了"本我"，直视温榆的眼睛，眉眼含笑，温柔谦逊，一副谦谦君子的样子，转瞬却又拧着眉，微微苦恼的样子："可是温姐姐，我是男生。"

简而言之，男女授受不亲。

陆沉年的苦恼，温榆也就左耳朵进右耳朵出。她嘴巴咧开，唇红齿白，在夜色下竟然有些晃眼："没事没事，你现在在我眼里就是个大怪兽。"末了她又补充了一句，"最好看的大怪兽。"

陆沉年心里一万只小鹿奔腾而过。

温榆看着他犹豫不决的眼神，翘起的嘴角带着狐狸似的狡黠，转瞬却换上一副自暴自弃的表情，说："算了算了，我还是不为难你了。你把我送回'花散里'，我和乔叶相依为命去，是死是活，听天由命就是了。"

陆沉年顿时慌了，赶紧伸出一根手指将欲起身的小人儿拦下，声音提高几个分贝："同意！谁说我不同意了？我只是在思考窝藏地点！"

窝藏地点？温榆差点笑死在陆沉年的手掌心里，这家伙是把她当成违禁物品了吗？

陆沉年看了看站在自己掌心的温榆，沉默了一下道："我说的话很好笑吗？"

"没……没有。"温榆抿着嘴，憋得小脸通红，才说出一句完整的话来，"我就是想问问你，打算把我窝藏在哪儿？"

陆沉年思索片刻，拍着心口的位置问："这里怎么样？"

心……心里？温榆看着陆沉年，对上他温柔得仿佛可以融化坚冰的目光，脸突然就红了。

可这世间有一种误会被称作美丽的误会。温榆真的以为自己会被陆沉年放在心里时，他将她扔进了衬衫口袋里。没错，是扔！

温榆的身体靠在被体温熨烫得微暖的布料上，听着陆沉年沉稳有力的心跳，鼻间萦绕着的全是男孩子清爽的气息。

被他扔进口袋这样的现实，虽说算不上残酷，但还是让温榆心里的一万只呼啸而过的小鹿变成了一万头草泥马。

要是一开始知道所谓的"放在这里"是衬衫口袋，打死温榆也不会让那一万头小鹿在她心里呼啸而过。果然，陆沉年的脑回路和别人不太一样。她强忍着内心躁动的情绪："陆沉年，不知道你有没有想过，如果你穿 T 恤衫的话，我应该被装在哪里？"

这突如其来的一问，倒把陆沉年给问住了。他支着下巴想了一会儿，然后在温榆期待他回应的视线中问了句："温姐姐……你觉得我在网上批发衬衫怎么样？"

陆沉年的表情和语气，不像是在开玩笑。

沉默了几秒，温榆道："陆沉年，你就没考虑过把我放在其他地方吗？"

当然考虑过啊，可是——

"温姐姐，只有这个地方可以让你离我的心脏最近。"

陆沉年的意思是，他只能将温榆放在这里。温榆回他一记佛山无影脚，正中他心口。

"而且你知道的，放在裤兜和书包里的话，你随时会有生命危险。"

"行了，别把你的花花小心思说得这么浪漫动人。"

陆沉年脸上藏着笑："可我本来就是这么想的啊。"

温榆准备说说他的，不要随随便便对女孩子说这种容易令人误解的话，可他这么一回答，她倒是有点愣了。大表哥曾警告过她，不是所有会撩妹的男生都像她的大表哥这般优秀自律……所以听听就好了，别当真。

"哦——"她特别敷衍地回答，心脏却像只被蒙了眼睛的小鹿，没头没脑地乱撞着。

陆沉年觉得她的反应特别好玩："怎么，不喜欢这样的？"

"喜欢！"

最后一个音落下，陆沉年总算笑出来了，澄澈的眼眸里像落入了星星一样："明明喜欢却又排斥，这口是心非的性格真是和以前一模一样。"

以前？温榆下意识地仰头望着他，犹豫被装在衬衫口袋里，视线有很大的局限性，因此她只能看见陆沉年白皙的下巴，以及那道浅到几乎看不见的疤痕。

十字形的疤痕，像是记录男孩子调皮过往的标志，将那一块儿的皮肤染成了浅粉色。

温榆却皱了眉，有些失神。这疤痕真眼熟啊。

咋咋呼呼的小人儿忽然就安静了下来，陆沉年疑惑地朝口袋里望去，忽然笑了。

天边寒星两三点，孤独得可怜。

两人到家的时候已经晚上七八点了，陆沉年跟温榆住同一条街——小南街，只不过这小南街分前后两街，温家在前，陆家在后，站在陆沉年家的阳台上还能看见温榆家的后院。

陆沉年家没人，温榆便肆无忌惮起来。她抓着他的衬衫像攀岩似的，吭哧吭哧地一路从衬衫口袋爬到了陆沉年的肩膀上坐着，又跟领导下乡视察似的，打量着房间的每一处。

陆沉年被她正经到不行的样子弄得有点紧张，说话也变得不利索起来："怎……怎么样？对于即将生活的地方，你有什么看法？"

"是要打分的吗？"温榆颇为苦恼地垂着脑袋，半晌后才抬起头，一脸"拿你没辙"的表情，"那给你满分好了，别太骄傲就是。"

"满分？"陆沉年停顿了一下，让温榆觉得他在酝酿着什么，"那我就骄傲一下好了。"听上去不骄不躁，是个恰到好处的回答。

陆沉年嘴巴毒，仗着她模样迷你、反抗不了就捉弄她。虽然陆沉年也知道分寸，但偏偏有时候他不想点到为止，不将人气到想爆炸就不会罢休。

就像现在，温榆问他睡觉的问题，这人居然从抽屉里翻出一个花花绿绿的纸盒子，一本正经地道："你这么小，睡这个挺好。"

"你就不能把你大床的一角让给我吗？就巴掌大的地方就行。"温榆气得眉毛差点倒竖。

"不行，我睡相不好，万一——巴掌把你拍死了怎么办？"

温榆无言以对。

这大概是"金无足赤，人无完人"的最佳诠释。

几个小时的相处，温榆完全摸清了他的脾性，于是嘴角衔着若有似无的笑意，扔下了一枚重量级的炸弹："陆沉年，我要洗澡。"

陆沉年脸色猛地一僵，随后只觉得全身的汗毛都陡然耸立起来，因为温榆现在只有十厘米，一碗水就能淹死她……

然而，陆沉年并不能阻止她。

第二章
你好，Alice 小姐

MY

GIRLFRIEND'S

GETTING

SMALLER

—1—

乔叶接到电话的时候还在刷微博，关注列表里的博主在做转发抽奖的活动，奖品是幸运儿喜欢的爱豆签名。

她顺手截图后点开微信，准备发给温榆，好好吐槽这位脑子有坑的博主，温榆的专属电话铃声就响起来了。

"不得不说我们俩真是心有灵犀一点通啊，刚准备给你发微信来着，结果你的电话就进来了。"

"我找你是有正事，你找我多半是八卦娱乐，不能比的。"

"滚！"

"你完美地为我诠释了'塑料姐妹情'这个流行词。"

"不用太感谢我。"乔叶笑，"说吧，这么晚还没回来，是去哪儿鬼混了？"

"国外。"温榆笑着说，"不过你放心，冲我们俩的塑料姐妹情，我不会放任你不管。我给你请了个保姆，明早就会过来，我不在的这段时间里，她会好好照顾你的。"

"哇，不是吧大姐，你就……"乔叶还未说完，电话里头已经是忙音。

乔叶气到心痛。她不死心地点开温榆的微信，过长的指甲敲得手机虚拟键盘嗒嗒作响："大姐，你有本事去旅行，有本事别给我挂电话啊，出来说清楚去国外是怎么回事？你不是扔下我，自己去国外逍遥快活了吧？要真是这样的话，我一通电话到老家，告御状！"

敲完后，她还配上了一个搞事情的小黑人的表情包。

过了好久，眼看着快九点半了，手机终于振动了一下，温榆回："你不是问我去哪儿鬼混了吗？我就告诉你我去国外了啊。"

乔叶："我说大姐你出门鬼混前就没考虑过我的腿吗？就算没考虑过我的腿，总该考虑过我没有你就过不下去的事吧。"

"抱歉，都没考虑过，所以你也别问我良心痛不痛，因为它不痛。"

听乔叶无话，温榆又道，"不哭，我好歹给你请了位保姆。当然，如果你觉得不方便，我也可以拜托竹冉冉过去照顾你，前提是她忙得过来的情况下。"

乔叶："行，包办人生，我无言以对。"

无话可说挺好的，可是什么叫包办人生？

过了一会儿手机又响起来，乔叶发过来一段话："温姐姐，你的行为令我非常寒心，所以为了保护我们岌岌可危的塑料姐妹情，我决定和你绝交五分钟。"

末了她又加了句："如果你同意我在家休养，我就不和你绝交。"

温榆眯着眼睛笑笑，从里到外都透着一股"你在做梦"的味道，于是回复："好啊，可以的，你把皮绷紧点就是。"

挺不错的啊，还知道讨价还价了呢。不过她怎么两三年都没发现，乔叶这丫头还挺欠揍的呢？所以，鬼才会同意她在家休养！

温榆从碗里爬出来，将手机锁屏。她泡了将近半个小时的澡，整个人发红发皱得像刚出生的猴子。

陆沉年闭着眼递了条裙子过来——雪纺纱覆了一层又一层的蓬蓬裙，粉色的玫瑰以盘绣的方式缀满裙摆，看起来繁复又不失梦幻。

这是每个女孩子梦寐以求的裙装，作为一个从小拥有童话梦的女孩子，温榆自然是满心欢喜，甚至整理好了裙摆上的每一处褶皱。

"好看吗？"温榆揪着裙摆上的玫瑰花，含羞带怯地站在陆沉年面前。

说实话，虽然身子缩到只有十厘米，但温榆心里还是觉得自己已经是二十几岁的大姑娘了，穿这么梦幻可爱好意思吗？当然不好意思了。

陆沉年坐在床边，藏蓝色睡衣的袖子被挽到了手肘处，此时他手里拿着温榆的手机，手机屏幕还亮着光，映照在他脸上——温榆的手机壁纸是烧眼的原谅色，台灯的光比平常也要暗许多，所以他现在看起来有点像鬼屋里扮鬼的工作人员。

"如果鬼屋里的鬼都是你这样的话，那一定有很多女孩子趋之若鹜。"温榆说话的语气和她此时迈的步子非常默契地保持了一致——都非常非常轻，"乔叶回了什么？"

话音刚落，比她还大的手机放在了她的面前，陆沉年点开那个两个气泡相依相偎的图标，有一条来自乔叶的未读消息。

乔叶："这样吧，我们各自退一步，我带伤上学，你请个和我爱豆一样帅的男保姆来照顾我。"

"要请吗？"陆沉年问，但他知道温榆一定不会请这样的保姆。

"请，请个经验丰富的阿姨。"

你看，果然是这样。

温榆嘟着嘴，像一个在和家人赌气的小姑娘，不过并没有赌气多久，她想起了她新穿的蓬蓬裙，问道："我这身好看吗？"

"很好看。"为了证明她真的很好看，陆沉年下意识地将温榆托在掌心上，然后凑近了看她，很浅地笑了一下，"特别像童话里的小公主——爱丽丝。"

"胡说，爱丽丝才不是公主。"

陆沉年笑笑，声音低沉："没事，你在我心里是公主就可以了。"也不知道温榆到底有没有听见。

陆沉年从来没有告诉过任何人，年少时，他对那个误入仙境的小姑娘有种莫名的好感。而这些好感源于一个被他称为Alice的小姑娘，哦对，就是现在站在他面前的这个比拇指大不了多少的姑娘。而那时的她，称他为"兔子先生"。

嘘，可千万别告诉她，她还没认出他来呢。

Alice啊Alice。想到这个名字的时候，陆沉年下意识地露出了一个非常温柔的笑，他已经很久没有想起那个扎着羊角辫，说要分他一半糖葫芦的小姑娘了。

天真活泼的小姑娘，性子是南方姑娘中鲜有的嚣张泼辣，整个小南街的小孩儿没一个能逃过她的巴掌和拳头，除了陆沉年。

别误会，那时的温榆不打他可不是因为存了什么小心思，也不是因为他比她高出几个头，而是因为他像兔子先生。没错，就是那个《爱丽丝梦游仙境》里，一直在赶时间的兔子先生。

当时的温榆也说不出个所以然，反正那时的她就是觉得陆沉年像兔子先生，所以她莫名地对他很好。

后来她才明白，原来这就是所谓的年少悸动，年少的时候悄悄地喜欢一个人，没有理由。即使分隔了那么多年，即使重逢时她都没能认出他，但是属于两个人之间的缘分依然没有断。天涯海角，无论历经了多少变迁，也终究会等到记忆里的你。

"陆沉年，你一个人想什么呢？说出来给我听听。"温榆亲昵而娇俏地说。

"一个小姑娘。"陆沉年挤了点保湿霜在手上，"童话故事《爱丽丝梦游仙境》的发烧友，把自己当成Alice，四处寻找着能带她去仙境的兔子先生。"

Alice、兔子先生，好像有个很久远的声音响起，提醒温瑜曾经年少的故事。

温榆坐在塞满了薰衣草的枕头上，纤细的手臂撑着光滑柔软的枕面，任由陆沉年用手指帮她抹保湿霜，说："中二病患者，按理来说应该是不太招人喜欢的，可陆沉年你的表情……所以跟我说实话吧陆沉年，你是不是喜欢这个叫Alice的小姑娘，甚至愿意做她的兔子先生？"

"毕竟我吃了她半颗糖葫芦。"陆沉年说这句话的时候，自然而然又想起了Alice，她白白净净的脸庞、笑起来弯弯的眼睛，还有她哭得像小花猫一样的脸。

所以当时他决定用药的时候几乎没有任何犹豫。

医学院的鬼才宋锦柯坐在实验台上，晃悠悠地喝着陆沉年刚泡好的速溶咖啡："药效只能维持三个月，前期稳定，是拇指姑娘，后期大小随缘。"

"怎么个随缘法？"

"譬如在大街上爆衫，'刺啦'一声！"宋锦柯促狭地眯起了眼睛，嘴角勾着意味深长的笑，从抽屉里翻出事先准备好的道具，然后硬生生地将自己的手塞了进去，"就像这样——"

陆沉年下意识看过去，看见那个半个巴掌大的小纸袋被宋锦柯的拳头撑得四分五裂，然后像雪花一样落了地。

那可真糟糕，他想，Alice一定会窘迫到钻地的。

"Alice的衣服就跟这玩意差不多，所以你得做好她在大庭广众下变大或者变小的准备。当然，你想圈养在家也是可以的。"

"可是，你的药该怎么下呢？"

而那个衣服像纸袋一样脆弱不堪的Alice的妹妹，就是在这个时候推开了实验室的门。她像个小丑一样单脚跳了进来，手里的拐杖差点打翻架子上那一排玻璃器皿："陆沉年，你觉得可丽饼怎么样？温姐姐她最喜欢可丽饼了。"

她是不知情的，陆沉年笃定。因为她的眼底一如平常，她甚至还非常苦恼地补充了句"我打算用这个贿赂她"，所以她一定没听见宋锦柯最后那句略带玩味的话。

"可以啊。"陆沉年想，他当时回答的语调一定非常生硬。他也不想这么蹩脚的，可谁让乔叶出现的时间那么凑巧？陆沉年决定了，于是道，"可丽饼吧。"

原本陆沉年随便找了个理由暂时打发走了乔叶，想泡一杯速溶咖啡再来思考下药这个问题的，但乔叶的出现解决了这个棘手的问题。

"可以啊，毕竟Alice最喜欢可丽饼了呢。"

宋锦柯从实验台上跳下来，在那一堆瓶瓶罐罐中翻出一个装着白色粉末的瓶子，递给陆沉年："拿去吧，祝你好运。"

“谢谢。”

当早上第一缕阳光透过玻璃窗洒落在身上时，温榆正盘腿坐在手机旁边神神道道地念着什么，陆沉年微微眯着眼瞥了温榆一眼，翻了个身接着睡。

听见动静的温榆回头瞄了一眼半张脸埋在被子里的陆沉年，因为怕吵醒他，所以她还是老老实实地打字。

原本能够轻松握在手里的手机，对于现在的她而言，已然是个巨无霸。

她站在手机虚拟键盘的边上，用手掌按下开机密码，打开微信，艰难地在九宫格键盘中打出了“竹冉冉，我们来谈谈”这句话。

呼，累死个人。

“我有一种非常不祥的预感，这是女人的第六感。”隔了五六分钟，竹冉冉才发了一段语音过来。按时间推断，这个时候她大概在开往机场的车上，前段时间订的花，应该空运回来了。

温榆：“我这边出了点非科学的状况，近期不能去花店帮忙了。‘花散里’那边你顺便帮忙看着，乔叶那边我虽然请了保姆，但还是麻烦你帮忙看着。”

竹冉冉：“OK，没问题，回来给我代管费就行。顺便，你的非科学状况什么时候能够结束？花店需要你。”

温榆：“心中只有工作的女人！你现在难道不应该给我安慰吗？”

竹冉冉：“哦，那你现在情况怎么样？”

温榆：“吃得饱，穿得暖，还有美男贴心照顾。”

竹冉冉：“拜拜，拜拜。”

温榆也没再多说什么，毕竟对于现在的她而言，打字是个大工程。等手机自动锁屏后，她优雅地打了个哈欠，裹着珊瑚绒毛巾的身体活泛地往右边一个侧身，就沿着凸起的枕头坡面滚落至陆沉年的面前了。

因为冲力的作用，"啪"一声，她直接摔陆沉年脸上了。

缩在被子里的陆沉年紧锁眉头，本就有些睡不安稳。温榆这一砸，梦境竟陡然一换，他梦见温榆露出阴险的笑容，一边扣着他的下颌往他嘴里灌药，一边说："听说你在可丽饼里给我下药了？可以啊，陆沉年，我这就让你尝尝变成兔子先生的滋味。"

吓得他立马从梦里惊醒过来，但是这种下颌被人扣着的触觉并没有消失，依然真实存在。

—2—

尚未完全从梦境中抽离的陆沉年，暂时不能分清现实与梦境，只是下意识地伸出手往下颌那里探了一下，好像有个小娃娃趴在那里。他揉了揉眼睛，然后费力地眨了几次，视线慢慢变得清楚："温姐姐？"

"是我。"温榆像只小青蛙似的趴在他下巴上，又像条搁浅的小鱼在他手掌下挣扎着，"你的手好重，快拿开。"

"啊，抱歉。"陆沉年赶紧收回压制着小人儿的手，心里暗暗庆幸——幸好没把温榆当成蚊子，没一巴掌拍上去。

"没事没事。"温榆毫不在乎地挥了挥手，转瞬却红了脸，声音细若蚊蚋，"陆沉年，我要去厕所。"

陆沉年一下子没反应过来："出门左转就是了。"

难道温姐姐怕黑，上厕所需要陪着？

"就我现在这副样子，自己去厕所？"温榆突然提高声音，"你是不是没睡醒？我就算能爬下这张床，那厕所的马桶我怎么爬上去，飞檐走壁吗，还是闪现？就算爬上去了，我真的不会掉进去被淹死吗？什么脑子！"

虽然小人儿的声音不至于太过尖锐，但也是刺耳的，陆沉年小心翼翼地把面前这个小人儿拎起来，伸长胳膊把她放在远处。

哦对，昨天温姐姐变小了。

陆沉年刚把台灯打开，温榆就朝他吼了句："厕所。"

陆沉年赶紧坐起来，动作缓慢且温柔地把温榆放在手心里，却迟迟不下床："温姐姐，你有考虑过，万一蹲不稳掉进马桶里这个问题吗？"

温榆叹气，拍了拍蓬蓬裙上根本不存在的灰尘，说："那就只好穿越到异世界去当魔王了。"

"可我觉得魔界的人民应该不太愿意他们的统治者是个弱到一阵风就能卷上天的十厘米小人儿。"

呵呵，为什么世界上总有这种毒舌、讨人厌的家伙呢？好好说句大家都爱听的话，就那么难吗？

奉行"君子报仇，十年不晚"的温榆，默默记下了这段对话。总有一天，她要让陆沉年知道"女人不好惹"这五个字是怎么写的。

"所以为了让魔界的人民拥有正常的统治者，我给你找来了这个。"陆沉年突然正经起来，打断了温榆脑内的扎小人活动，"不喜欢的话我还可以换，阳台那边有很多种类。"

温榆循声望去，看见陆沉年手里那盆叶色鲜翠的青叶吊兰，受到了不大不小的惊吓："你……不会是……"

别是她猜的那样吧？在花盆里上厕所，那多不好意思啊。

温榆看向陆沉年的目光，忍不住带了乞求。

陆沉年却微微一笑，贴心地把她放在了花盆里，语气温柔："别害羞我的温姐姐，这是最安全的方法了，既不会被人发现，也不会掉进马桶里。"

温榆的目光犀利如飞刀。陆沉年轻而易举地打掉了那飞刀，伸出一根手指揉了揉她的脑袋："这是事实，不是吗？"

是事实，也很有道理，这没错，可是你考虑过对面楼层住户的心情吗？站在阳台上看风景，结果却看见对面有个十厘米的小人儿在花盆里上厕所，那滋味得多五味杂陈啊。哎不对，她现在只有十厘米啊，对面住户的视力得多好才能看见她啊。

只是——

"陆沉年，你考虑过我吗？万一我被突如其来的妖风卷走了呢？"温榆说完这话就抱住了陆沉年来不及收回的手指，小身子还特别配合地瑟瑟发抖。

陆沉年失笑，淡淡地应了声："没有。"他顿了一下，继续说，"因为我会关上窗户。"

温榆冷笑道："呵，我怕是要信了你的邪。"

陆沉年因为她说的话笑得厉害，连平时在人前隐藏着的酒窝也显现出来。要不是顾及还皱着小脸等他安置好花盆才肯上厕所的温榆，他可能会笑得连腰都直不起来。

"你不信也得信，因为你现在只能相信我。"不知道为什么，一想到这个，他就满怀欣喜。

"你难道不知道我现在柔弱到两根手指就能捏死吗？"温榆转身就走，绕到花盆另一侧叶子繁茂的地方。她并没有否认，只是将话题转移到自己变成迷你人的事。

说起变小这事，大抵是因为这个，昨晚和陆沉年同床共枕，她竟然没考虑过他是男孩子这个问题。

到底是因为她迷你人大小的身姿，所以才不担心他做出什么伤天害理的事情，还是因为她打从心底里信任他，所以无所畏惧？

"温姐姐，你别是栽花盆里了吧？"陆沉年的玩笑打断了温榆的沉思，"这花盆可没有神奇药水，你栽进去，是不会发芽的。"

"你再这么毒舌，我就离家出走了！"温榆气得跳脚。

从陆沉年的角度看来，蹦跶在花盆边缘的她，像颗粉红色的蹦豆。他心里觉得好笑，却也不再多说什么，转身递了手给她，温榆气鼓鼓地爬上他的手心坐定，脸黑得跟人家欠了她几百万似的。

陆沉年见她这般模样，不敢再造次，主动伸出了左手和解："对不起，我不该开玩笑的，温姐姐你大人有大量，就原谅我呗。"

温榆犹豫片刻后，还是伸手碰了碰他的手指："下不为例。"

"好的温姐姐，没问题的温姐姐！"

大片大片的粉色海棠开在枝头，从小南街的街头，安静地蔓延至巷尾。

天色已经微亮，东边的云层变成浅浅的湖蓝色。外边的树梢上响起叽叽喳喳的鸟叫，道路两旁的西府海棠花在晨风中如雨般纷纷砸落而下。

墙上的石英钟嘀嗒嘀嗒地走着，乔叶起床的时候已经是早上八点，从楼上下来的那一刻甚至有些恍惚。

她昨天进门时没有收拾的鞋，已经整齐地摆放在鞋柜里，甚至连玄关处的海棠花都已经换了新的水。餐桌上的早餐冒着热气，显然是有人刚做好，在等着她。

乔叶站在那儿一动也不动地看着桌上沾着露水的海棠花，心里盘算着厨房里的人是温榆的概率有多大。温榆极其喜欢海棠花，每天早上都会剪一两枝回来放着，好像每天看着家里的海棠花，她会开心一整天。

所以，温榆应该回来了吧？

"别傻了，她这人专业坑妹一百年，才不会这么早就回来呢！"一瞬间，乔叶心里分裂出一黑一白两个小人，而一脸邪恶笑容的小黑人揪着一脸岁月静好的小白人这样说道。

小白人才不听呢，说温姐姐最喜欢她了，怎么可能抛下受伤的她去旅行！可下一秒小白人的脸色就变了，因为她看见一个穿着粉红色围裙的男人从厨房里走了出来。

乔叶抬起头来，黑白小人动作整齐地愣了愣，接着开始尖叫、狂奔，甚至撞到了她的心脏上，让她一阵心悸。啊，他可真好看啊……

沐遥停下脚步，站定垂眸，只见眼前一脸痴汉样的女孩子僵硬着脖子慢慢抬起头，在对上他的眼睛那一瞬间，又迅速地移开，粉粉嫩嫩的娃娃脸上甚至染着可疑的粉色。

他愣了一下，刚想开口，就看见女孩子掏出手机，对着他一阵"咔嚓咔嚓"地猛拍。其实乔叶当时是想说话来着，譬如"帅哥，我是你的主人乔叶"，奈何喉咙又干又紧，连一个字都蹦不出来。

沐遥眉尾微微挑起，轻笑了声："拍我的照片，可是要收费的哦。"

这个声音很沉，仿若钢琴的音色般清冽顺滑。乔叶的手心紧张到出汗。

"你好，我是……你的新主人，乔叶。"

说这句话的时候，乔叶的脑袋里充斥着烟花爆炸的声音和黑白小人抑制不住的尖叫声。她觉得自己好像吓到人家帅哥了，感觉自己这样像个无可救药的中二病患者、二次元宅女。

但是……她晕头转向间竟感觉出一丝丝美好，在混沌里飘荡。这清新俊逸的美男，真的是家政公司的员工吗？历来和她不对付的温姐姐，真的没有请有着资深阅历的阿姨，反而请了这位和她爱豆一样帅的男保姆吗？

沐遥却笑出了声，短暂地看向门口后，执起她耳畔一缕头发，俯身吻了一下："你好，我是……接下来将照顾你一切的保姆，沐遥。"

竹冉冉就是这个时候进来的，手里拎着早餐，驾轻就熟地换好拖鞋进来，抬眼就被眼前这场景震惊了。

但出于八卦的本能，她还是情不自禁地发出了一声"哇"，甚至莫名其妙地红了脸。

唯有当事人乔叶震惊到石化，做不出半点反应。还好沐遥没有特意撩人，不然她真的要打个地洞钻进去了。

"那个乔叶，你一动也不动的，是在等按头小分队吗？"这时候，竹冉冉站在玄关处提醒道。

乔叶回过神，瞅了瞅自己和沐遥之间的距离，又瞥了眼临危不乱的沐遥，二话不说，踩着鬼畜的步伐退到了墙角，故作镇定地向竹冉冉介绍："这是我的保姆，沐遥，温姐姐特地给我请的。"

沐遥站在那儿，配合地扬了扬手里涂好果酱的面包："早餐已经好了，要不坐下来边吃边谈？"

乔叶看着餐盘里涂了草莓果酱的面包，心里莫名有些惊诧。温姐姐居然这么贴心，把她的喜好都告诉保姆了？

"看来温榆这次为了你乔二叶，下血本了啊。"竹冉冉抚摸着自己的下巴若有所思，打量沐遥的目光堪比X光线。

"没办法，谁叫我现在生活不能自理呢。"乔叶把目光转了回来，点开手机微信，找到温榆的头像点进去，发了几张照片，还附上一段话："为了答谢温姐姐你为我找来这么一个清新俊逸的保姆，我决定好好学习天天向上。不用太感动，这是我应该做的。"

女人在挑衣服的时候总会面临难以取舍的问题，温榆也不例外。

她在两条洛丽塔风格的裙子之间犹豫不定，想着反正这两条裙子都是陆沉年买给她的，便厚颜无耻地把两条裙子都拿走了。

小裙子是陆沉年一大早买回来的，纯手工制的玩偶服，布料质感柔软，针脚处也不会扎人。凭良心说，陆沉年对她不是一般好。

虽然这刺绣的花边和过于粉嫩的颜色，让她心理上有点抗拒，但这并不影响陆沉年在她心里温柔细心的形象。

温榆抱着衣服钻进陆沉年用浴巾和抱枕搭建的简易换衣间，在又一次艰难的抉择下，挑选了相比另一件更为素雅的裙子换上。等扣好最后一颗纽扣，温榆把头从浴巾边缘的缝隙里钻出来，压低声音小声问："你确定自己买的不是C服吗？"

"确定。"

"那为什么这套衣服跟某换装游戏里小红帽的服装一模一样？"

"手工玩偶店里的衣服都这种风格的，童话风。"

温榆翻了一个白眼，最后耐着性子说："那你多半是进手办店了，毕竟一个手办可以配上好几套衣服。"

不等陆沉年回答，温榆单方面地结束了对话，随意挑了件红色斗篷外套穿上，转身掀开小布帘走出来，却发现坐在床边的陆沉年用带着戏谑的眼光看着手机。

陆沉年也没想到温榆会这么突然出来，脸上的表情没有迅速收回来。他干笑了几声，连忙放下手机，似乎并没有把乔叶发过来的照片放在心上，只不过还是和温榆提了一下。

"给乔叶请的保姆已经上岗就位了。"

"那她一定会感到非常惊喜，毕竟我可是特地为她选的这位保姆呢！"

—3—

温榆眯了眯眼睛，整理好斗篷边缘的每一层荷叶褶，像等待大人夸奖的孩子般，站在了陆沉年的面前。

"好看吗？"细若蚊蚋的一声，也不知道陆沉年到底听见没，温榆却先不好意思起来。

荷叶褶、泡泡袖、蓬蓬裙，还有喱士花边，标准的洛丽塔风格裙装。她好歹也是个二十多岁的大人了，再加上从来没穿过这种花样繁复且童话风的裙装，所以她低头拨弄着裙摆上的荷叶褶，脸颊一点点红起来。

浅浅的粉色蔓延到她小巧圆润的耳垂，从陆沉年的角度看来，她的耳垂十分小巧，像熟透的樱桃。

似水般温柔的笑意爬上陆沉年的眼角眉梢，他声音轻轻的，像是怕惊扰了眼前的小家伙一般："嗯，很好看，并且非常可爱。"

娃娃脸、小鬈发、红色的斗篷套装，看上去简直就像童话里走出来的小红帽，懵懂纯真的模样，让人忍不住总想欺负一下，尤其是她红着脸不敢看他的时候。

说出来大概没有人相信，但在她低垂着脑袋，却努力用余光看着他的时候，他确实感觉心里闯进了一只小鹿，惊慌失措地用鹿角去撞击他心房的每一处。

"咚、咚、咚"，那是小鹿乱撞时的声音。

对于陆沉年的称赞，温榆却只是勉强地笑了一下："谢谢夸奖。"

"不用谢，这是应该的。"陆沉年捂着微微发疼的胸口，递给她一双红色的圆头皮鞋，那是店里送的，"穿上试一下。"

温榆看着那双皮鞋愣了一下，望向陆沉年的眼睛，对着有些走神的男孩子说"谢谢"，笑容似秋日阳光般明亮。

陆沉年心里的小鹿撒开蹄子，撞得更欢快了。与此同时，潜藏于心底的欲望也被无限放大，压制住了理智。

温榆刚找了个地方坐下来，刚将一只脚伸进鞋子，还没来得及将皮鞋上的金属扣打开彻底穿好，整个人就忽然悬空了。

红色的小皮鞋套在白皙的小脚上晃啊晃的，温榆忍不住翻了个白眼："陆沉年同学，你的手能不能不要乱拎人？"

"我没有。"陆沉年斩钉截铁地回答，几乎没有任何犹豫以及心虚。

温榆拍了一下他捏着自己衣服的手："那这是什么？"

陆沉年表情严肃地摇了摇头，中气十足地道："我没有乱拎，我这是很有目的性地拎你。"

温榆又翻了个白眼，刚准备说话，却听陆沉年说："温姐姐，有没有人告诉你，现在的你很像童话故事里的小红帽？"

"没有，所以快滚！"

温榆想，一定是因为陆沉年这个人一插科打诨起来就拥有着某种黑魔法，所以她才会瞬间忘记自己此时此刻做什么都是不受控制的。

她是准备作势踢陆沉年两脚的，可身子悬空的她只能奋力蹬腿，于是那只挂在脚丫子上的小皮鞋，因为她上一秒的遗忘而十分给她面子地"嗖"一下像鱼雷一样飞出去，准确无误地砸在了陆沉年高挺的鼻梁上。

砸人的是小皮鞋又不是她的脚，所以温榆讪讪地哼了声："看到没，鞋子翅膀硬了，我的脚都留不住了。"

"行行行，你说什么都对。"

陆沉年认命地从地上捡起那只裹了一层灰的小皮鞋："这双小皮鞋可够可怜的，手工玩偶店的店员不要它，将它们白送给其他人，它们好不容易找到主人了，结果呢，还没上脚就被踢飞了。"他拿着小皮鞋在桌子边缘不轻不重地拍了两下之后，才将小皮鞋重新套回温榆的脚上，"你要是不喜欢，可以跟我说的。"

呵呵，这样子还能嘲讽她，也是实力嘴炮。

温榆决定大人不计小人过，把这笔账留到以后一起了结。她鼓着腮帮子，像只小青蛙似的，然后就被提溜着后衣领，像坐飞机一样，飞过卧室、走廊、客厅，最后空降到了餐桌上。桌子上放着一大一小两个盘子，里面七七八八地堆着一些食物。

为了照顾温榆，陆沉年把大块的东西切成能让她一口吃下的大小，甚至还准备了一杯牛奶。杯子不大不小，是她刚好能拿住的尺寸。

细致入微到让人无法挑剔的准备，饶是温榆上一刻还存着的打人欲望，也在她看到这一切时化为乌有。这男人果然还是温柔的。

早饭后，陆沉年把温榆揣进口袋去"花散里"接乔叶，临走前还不忘替温榆披上了那件红色斗篷。这斗篷明明衬得小温榆娇嫩可爱，像漫画里走出来的软萌小精灵，但温榆嫌弃得厉害，试穿了一次后就死活不愿意再穿。

穿过青石板铺就的小路，再转个弯便是小南街的前街，一大片粉色毫无预兆地闯入视线，就像是一片无边无际的水域，不过遗憾的是陆沉年现在并不太愿意欣赏这片海洋，视线轻而易举地掠过大片大片的海棠花，落在那栋红色的小房子上。

那是温榆的"花散里"书屋，据说是赔钱货，没什么客人。温榆却觉得她的"花散里"前店后居，一点都不赔钱，而且算是改造了一下自己的家。

好吧，温女王说什么都对。

陆沉年觉得好笑，这会儿看见"花散里"倒是忽然想起乔叶来，想起她那条差点被他遗忘到爪哇国的微信。

清晨的小南街没什么人，陆沉年四下瞧了瞧，这才打开手机微信，举到温榆刚好能够看见的位置，说："乔叶发了条微信过来，说是为了感谢你为她找的保姆，决定好好学习天天向上。"

原本昏昏欲睡的温榆顿时来了精神，"唰"地从口袋里探出了个小脑袋，沉淀着戏谑笑意的眸子在看到屏幕的那一刻，变成了难以置信。

"啥？我和蔼可亲的保姆怎么变成高岭之花了？现在的家政公司操作都这么骚的？"那条微信的后面还附上了张帅气保姆的照片，清俊雅致的少年，眉眼间透着一股拒人于千里外的冷漠，不怎么好相处的样子。

温榆若有所思地打量着，只觉得记忆的长河里似乎有这么个人出现过，时间不长，犹如昙花一现。不过既是昙花，那谁又记得住呢。温榆快速地切断了大脑的自动回忆，将所有的关注点都落在了"清新俊逸的保姆"这几个字上。

虽说她是打电话给家政公司了，请的却是那位位于保姆排行榜第三的温柔阿姨，如果说是家政公司那边的骚操作，她倒可以既往不咎，可如果不是，那这位保姆是哪儿来的呢？

"说出来你可能不信，我怀疑这位保姆有问题。"温榆紧紧地盯着手机，说，"不管是不是家政公司派遣来的，他这样的人来做保姆，就是件令人匪夷所思的事。"

"什么样的人？"陆沉年好奇。

"清新俊逸的人。"长得帅的人来做保姆，是该被人怀疑。

青木的五六月，天气阴晴不定，早饭时还缠缠绵绵地下着毛毛细雨，这会儿却又放了晴，被那阵小雨冲刷过的天空，蓝得透亮。

恰逢海棠花季，道路两旁开满了数不清的海棠花，地面也被海棠花覆盖，染成一片淡淡的粉色，那是好似画一样的风景。可风景是好的，但身边人的情绪大概不怎么好，毕竟那对好看的眉毛已经拧巴成了毛毛虫。

乔叶凭着自己的第六感，率先开口打破略微沉重的气氛："那个沐遥啊，我觉得你还是待在家里比较好，毕竟'花散里'还得有人看着。再说了，你和陆沉年一起送我去学校，要是被长舌的人瞧见了，指不定说我水性杨花、左拥右抱呢。"

她心里纳闷，明明她的话没错啊——保姆就该待在家里打理好一切，做好晚餐等主人归来，所以沐遥为什么生气啊？

乔叶不知道，只能凭着感觉说话，说得直截了当，沐遥应该了然的，可眨眼之间，坏情绪被盘旋在头顶的风搅成了一团分不清头尾的毛线团。

街道对面有人拿起手机，对着这边"咔嚓"了几声。沐遥眉心紧了紧，目光落在乔叶脸上，眼神颇为怨怼："你不在，家里一点都不好。我现在是你的保姆，照顾你是我的职责，送你去学校也是我职责所在。反正'花散里'是赔钱货，晚点开门没关系的。"

乔叶眨眨眼，觉得他的话似乎是有道理的。她认真思索的模样在身旁人的眼里太过可爱，沐遥笑出声，像是太阳终于冲破云层，他一下就有了好心情。

坐在海棠树下的长椅上，乔叶颇有童心地伸手在阳光下做着各种手势，一会儿是兔子，一会儿是飞鸟。身边的沐遥嘴角噙着笑，看着她自顾自地玩起来，目光温柔。虽然他和她隔着两个人的距离，可落在乔叶身上没有移开过的眼神，还是让周围的人把他们联系在一起。

"这保姆是冲乔二叶来的吧？"躲藏在口袋里的小人儿眼睛微眯，在眼前粉色的海洋里调节着自己暴躁的脾气，"瞧那眼神，都快化成水了。"

"可不是吗？毕竟喜欢这件事，即使捂住了嘴巴，也是会从眼里跑出来的。"陆沉年嘴角含着笑，继续说道，"所以你看，沐遥的眼睛里写满了这种情感。"

可是为什么呢？明明是第一次见面。

乔叶也觉得奇怪，顶着沐遥炽热的目光，咬着自己淡粉色的指甲盖，给陆沉年发消息："你到哪儿了？"

屏幕上面还有半个小时前的聊天记录，陆沉年回复道："乔叶，八点半'花散里'门口见，可别被保姆的帅气蒙蔽了能够看见时间的双眼，忘记你今天上午有课的事。"

可是眼看着快九点了，乔叶的手机才振动了一下，陆沉年回复："对面。"

一秒钟后，乔叶抬起头，直直地望向对面，果然看见对面街边的海棠树下倚着个男人，白衣黑裤，还挺人模狗样的。

啧，温姐姐又不在家，Pose（姿势）摆这么好看给谁看啊？

乔叶回："要不请您高抬贵脚走过来一下？"

陆沉年："走过去？那我24k的钛合金狗眼岂不是不保了？"

乔叶："滚，好不好？"

陆沉年："女孩子别动不动就爆粗，温柔点好不好？"

乔叶无话可说，垂着眼睛手指灵活地按着屏幕上的虚拟键盘，回复道："九点半的课，你看着办吧。"

陆沉年自告奋勇接送她上下学，温榆与他约法三章，其中一章：务必准时将乔叶送到学校上课，做不到就滚蛋！

乔叶算准了陆沉年不敢造次，却没算到和他约法三章的人在他的衬衫口袋里，所以这会儿看他完全不当回事的样子，有一种眼瞎看错人的感觉，这让她有点气。

陆沉年倒是不慌不忙的，像个已入迟暮的老头，半天才从对面走过来："哟，早上好啊，乔叶。"

乔叶眯着眼睛笑笑，从里到外都透着一股"你死定了"的意思，语气却温柔到滴水，说："早啊，是挺早的。"

挺不错的啊，还知道踩着时间点来。不过怎么之前她都没发现，陆沉年还挺具备气死人不偿命的潜质呢？不过，这一点和温榆还挺像的。

　　嗯，她得给温榆好好告一状。乔叶立马点开了温榆的微信，手指戳得屏幕"嗒嗒"直响，陆沉年过来的时候，她正好把小报告发送出去。然后"叮"一声，陆沉年口袋里的手机响了一下。

第三章
皮这一下很开心

MY

GIRLFRIEND'S

GETTING

SMALLER

—1—

不过那声音太过细微，除了陆沉年，几乎没人发现。

沐遥倒是望了过来，眼神落在陆沉年身上，略带探究。在被盯上的第二秒，陆沉年便发现并且对上了沐遥的目光。

"这位先生，请问你一直这样看着我，是有什么话要对我说吗？"隐约在对方的眼神里捕捉到几丝说不清的东西，陆沉年试探着开口。

乔叶闻言，循着陆沉年望的方向，回过头看沐遥。

"沐遥？"在看见沐遥阴沉得过分的脸色时，乔叶明显有些意外和不解，"你的脸色怎么这么差，是不是哪里不舒服？要不你今天就别送我了，反正有陆沉年送我。"她一边说着，一边将书包递给陆沉年，拄着拐杖站了起来。

陆沉年随手接过书包就准备离开。

"不了，送乔小姐上学这种小事就不必麻烦陆先生了，交给我就行。"沐遥从长椅上站起来，拉住背包另一侧的肩带，微微一使力便将背包抢了过来，一本正经地说道，"毕竟这是身为乔小姐保姆的职责所在。"

"那真是不好意思，送乔叶上学也是我的职责所在，毕竟是我的篮球将她从楼梯上砸了下去。"

似乎是有意与沐遥作对，陆沉年抓住了另一侧的肩带，甚至略带挑衅地斜眼看向沐遥："所以能放手吗，沐先生？"

沐遥浅笑了一下，坚定着自己的立场说道："抱歉，不能呢。"

没有注意到他们之间暗流汹涌的交流，乔叶低着头，认真地在掰沐遥抓着书包带子的手。等到书包带子完全脱离沐遥的手，她才终于抬起头来，顺手似的塞进陆沉年的怀里，而陆沉年极其自然地将书包往肩上一扔，姿势帅气。

"那我们就先走了，沐先生你呢，就好好看家吧。别忘了，为乔小姐准备营养丰富的餐食也是你的职责所在呢。"陆沉年笑着朝沐遥挥了挥手。

他好奇沐遥对乔叶的态度，所以有心试探，也正因如此，他没有注意到乔叶看向他时眼睛里的探究。

乔叶开口道："对了，晚上我想吃糖醋排骨，一定要记得做啊。"

非常默契的一唱一和，沐遥不知道为什么，心里某个地方忽然有些不舒服。而这种不舒服，与他得知陆沉年接乔叶上下学时的心情是一样的。关于这份心情，他大脑所拥有的程序并没有对应的反应程序，只能凭着本能下意识做出反应。

"咔嚓"一声，像是树枝断裂的声音，沐遥捏着自己的手指，力气不小心使大了些，然后他不动声色地将错位的尾指接了回去。等到接好后，他面无表情地看向陆沉年——这个人是敌人。

在腹诽的同时，沐遥把陆沉年上上下下、左左右右打量了个遍，并不愿意多想，为何从不在乎颜值的他会觉得乔叶不让他送的原因是陆沉年的颜比他的好。

而在他打量陆沉年的同时，陆沉年也在打量着他，摩挲着下巴盯了他一会儿，眉尾一抬，语气促狭又探究："沐先生，你该不会还是打算送乔叶去学校吧？"

沐遥一顿，掩下心底的那抹不舒服，口是心非地笑了声："怎么会呢。"接着，他走到乔叶面前，手覆在她的头顶，刚想动作又停了停，"还有想吃的菜吗？我今晚给你做。"

"想吃的？"在听见这三个字的时候，乔叶的胃和嘴巴一起发出了声音，随即跟点着的小炮仗似的，噼里啪啦地报了一堆菜名，完了之后还恬不知耻地问了句，"有甜点吗？"

沐遥轻拍了下她的脑袋："你还是去上学吧，要迟到了。"

"哦。"

乔叶挂着拐杖走出小南街的时候，天空已经泛出了明晃晃的金黄色。空中飘散的云朵偶尔遮住晃眼的日头，投在地面上的阳光也时明时暗。

街头小公园的沙土堆边，有几个小孩子在玩耍，其中有个穿蔚蓝色长裙的女孩子提着小水桶，银铃般的笑声引来了路过飞鸟的停驻观看。

陆沉年不经意地咳嗽了几声，女孩子便如同惊弓之鸟般跳起来，躲到企鹅滑梯的后面，生怕被他发现似的，弄得他只能尴尬地收回视线，目不斜视地走了过去。

一旁的乔叶下意识望过来，正巧看见青大医学院的鬼才宋锦柯端着个碗从旁边的小巷里出来，他的声音跟吞了火药似的，满满的硝烟味："有种你别跑！"

长裙女孩身姿灵巧地绕着企鹅滑梯绕了一圈，蹿进了那条仿若江南古镇的纯朴的小巷子——小南街后街。

小南街偏居在青木市东南一隅，也算是挺有名的街道。前街后街，前街是现代化商业街，后街却像是被遗忘在脑后，在前街发展得日新月异的时候，后街仍然停留在十多年前的青石板巷模样。用温榆的话来说，就是现代与古典风格的碰撞，因为实力相当，所以两种风格都保留了下来。

温榆啊温榆。想到这个名字的时候，乔叶下意识地做了一个深呼吸，她胸腔里的火已经燃烧一天一夜了，她觉得气，还有些涩。

"陆沉年，你知道我家为什么忽然请了保姆吗？"不等陆沉年回答，乔叶就长长地叹了口气，自顾自地道，"因为温姐姐出国了，在我还只能靠拐杖走路的时候。她真的很无情，不对，是特别无情，也不知道怎么想的，居然给我请个男保姆，也不怕她如花似玉的妹妹被这样那样了。"

"可提出这要求的人不是你吗？"陆沉年促狭地眯了眯眼睛，走在乔叶前面三步的距离，搭在肩上的书包随着他走路的动作上下浮动着。

"不过乔叶，温榆忽然去旅游，你就没想过她可能是出事了吗？"

乔叶看着陆沉年沉默了三秒，腾出一只手拍了拍他的肩膀，笑："兄弟你想太多了，你得知道，青木扛把子，社会我温姐，她厉害着呢。"顿了顿，她补充道，"至少她在青木是不会有事的。"

"为什么？"

乔叶莞尔一笑，却什么也没有说，挂着拐杖"嗒嗒"地进了青大的门，径直往逸夫楼那边走，她今天的第一节课在那栋楼里上。

跟在她身后的陆沉年看了眼时间，乔叶今天的第一节课再过五分钟就要开始了。

可眼看着上课时间就要到了，乔叶却忽然停了下来，受惊的兔子似的转过头来看着他，眼睛里写满惊讶："你怎么知道是我提的要求？"

陆沉年没想到乔叶会反应过来，他发誓自己没有鄙夷她的脑回路和智商，至少目前没有鄙夷。陆沉年清了清嗓子，非常狡黠地笑了一下："你猜。"乔叶差点就要脱口而出"猜你妹"三个字，却被陆沉年的下一句话给堵了回去，"不过在猜之前我得提醒你一句，乔叶，只有五分钟了。"

五分钟？乔叶心里疑惑，摸出手机一瞧，什么五分钟，才九点二十五呢。于是乔叶一脸蒙地看着陆沉年。

陆沉年好整以暇，朗声说："也是，才九点二十五呢。"说着，他抬脚往楼里走去。

怎么回事？

"喂！"乔叶在原地气得想跳脚，"陆沉年！"

看着转身时笑得像小狐狸一样的陆沉年，乔叶觉得他一定有什么事瞒着她。

陆沉年却铁了心不告诉她，挥一挥衣袖，不带走一片云彩，在楼梯拐弯处淡淡地瞥了她一眼："九点二十七了呢，还有三分钟。"

乔叶还是蒙的。等乔叶明白陆沉年的话是什么意思的时候，室友大花一身蔚蓝色长裙风一样卷了过来，她对上乔叶惊讶的目光，说道："主任还有三分钟就抵达战场了，你还傻站在这儿干什么？真以为主任会看在你腿残的分上放过你？还不赶紧发挥你单身多年的脚速进教室？我先走一步，给你占个位置。"

哦，原来九点半有节课要上啊。乔叶恍然大悟，然后就想起陆沉年刚刚的表现，有点气："陆沉年竟然不提醒我！"

"提醒了啊。"陆沉年的声音从楼上传来，"是你自己没反应过来。"

乔叶一肚子的话瞬间被堵住。行吧，腿残的人说什么都是自作孽。

二楼走廊上的陆沉年大概觉得她挺可怜的，进教室前特地说了一句："没事的，乔叶，慢慢上楼，反正……"

"反正系主任还没进教室，对吧？"

惊喜而忐忑的反问句，这绝对是听到"反正"二字下意识的反应。

陆沉年听到后一愣，很快恢复淡定，抿唇一笑。这笑容极淡，似吹过树梢的一缕清风，转瞬即逝。

他笑起来可真好看啊，乔叶仰着头，傻愣愣地看着他，不知怎么的，突然间就不会动了。

陆沉年站在走廊上逆光的地方，微笑着看她，像恶作剧得逞的小孩子，促狭地对她说："对啊，不过，系主任刚刚进去了。"

乔叶觉得自己的智商可能是被狗吃了，才会觉得这人像宝石一样耀眼，不，可能这东西从来没有存在过。

陆沉年明明已经拐弯抹角地告诉了她还有三分钟上课，但她临危不惧的结果是真的迟到了。不过不管怎么样，她会迟到，很大一部分原因是陆沉年的错。因为陆沉年接她的时候故意站在马路对面拖延时间，因为陆沉年送她来学校的时候故意抛出能引起她注意的话，因为陆沉年在距离上课还有三分钟的时候故意说会误导她的话。

她上辈子可能盗了他家的墓，所以这辈子他来找碴了。这么想着，乔叶拄着拐杖，忍不住叹息了一声。她，青大播音系大一学生，负伤上课，没人心疼也就算了，竟然还被人坑了。

这会儿乔叶踩着铃声上楼，推开教室门前，她还不忘瞪了倚着栏杆一脸岁月静好的人一眼，愤愤然却又无可奈何地道："有时候我真的怀疑你是不是看我不顺眼，所以在开学第一天拿篮球砸我。"说着，乔叶推开了阶梯教室的门，一脸视死如归的表情。

乔叶一抬头，就和脸黑成非洲人的系主任目光相对。系主任推了一下眼镜，一双眼宛如夜里的猫眼，一开口，声音吓掉了好几个同学的手机："这位同学，在外面站了那么久，是想要我八抬大轿接你进来吗？"

乔叶惶恐："不需要这般隆重的，主任，我单身多年的坚强能够支撑我走到座位。"

系主任也没真打算治她的罪，摆了摆手，满脸冷漠："回座位上去吧，看在你瘸腿的分上，今天就放过你了。"

"谢主隆恩！"乔叶拄着拐杖躬身退下。

—2—

回到座位后乔叶看了眼大花，见她课本中间夹了本小说，系主任的课也敢开小差，是真的有点皮。

她忽然很想笑。

果然，坐下来没多大一会儿，大花畏畏缩缩扔过来一张纸，上面写着：你和陆沉年什么关系啊？

乔叶在纸上回："凶手与被害者的关系。他的篮球伤害了我，而他替球赎罪。"

大花看着纸上龙飞凤舞的一排字，忽然捂着嘴笑起来。乔叶愣了一下，觉得写字条太麻烦了，于是拿笔戳人，说："大花。"

大花百无聊赖地趴在桌子上，示意她说。乔叶却不说了，就这样看着她手背上微微鼓起的青筋、针扎后留下的痕迹，还有苍白得过分的肤色，说："大花，我有一个问题。"

"嗯？"

乔叶声音清脆，宛如出谷的黄莺一般："你和医学院的鬼才……"

系主任抑扬顿挫的声音忽然响起来，是课本上的一段演讲练习。周围的同学暂时放下了手机，认真听讲。

大花转过头，与乔叶目光相对，只见乔叶的眼睛里写满了局促不安。大花觉得好笑，然后看着乔叶变脸似的接连换了好几个表情，可等了半天也没等到下文，只得说："你说啊，我听着呢。"

乔叶说："大花，你是不是被医学院鬼才的手术刀戳伤了啊？早上看他端着药碗追你，跟陆沉年送我来学校的样子简直如出一辙，所以我想你俩的关系多半跟我和陆沉年差不多。"

大花看了她许久，准确一点是瞪了她许久，忽然举起手来，手肘磕在课桌上的声音巨大无比，听得乔叶都替她觉得疼。

系主任问她："这位同学，请问你有什么事？"

"乔同学说她想上来朗诵。"

乔叶看着她上扬的嘴角一脸蒙。温榆曾经批评过她，说她说话都不经过脑子。现在想来，确实如此。

可是为什么啊？

实验桌上的瓶瓶罐罐东倒西歪，被随手扔在烧杯里的试管淌着绿色的不明液体。

宋锦柯从滴定管后抬起头，裹挟着讽刺的视线落在站在实验室门口的人身上："陆沉年，别告诉我你下药失败了。我跟你讲，我可没有第二份药给你下，也没有吃了可以变成兔子先生的药，所以你最好死了这条心。"

陆沉年明明什么话都还没有说，这会儿就被人直接给否定了，什么叫"下药失败"，什么叫"吃了可以变成兔子先生的药"，学医搞研究的脑洞都这么大？

陆沉年过来医学院，其实只是想了解一下相关事宜。

毕竟那变小药是宋锦柯没有经过小白鼠实验的处女作，陆沉年就算再相信宋锦柯，也还是会担心稍微不慎，温榆就会发生不可预知的意外。

这是宋锦柯的原话，可是后来看见蜷缩在陆沉年掌心里的小人儿时，宋锦柯就膨胀了，趴在桌子上问陆沉年："怎么样，我是不是医学界的瑰宝，潜藏的天才科学家？"

陆沉年正在安置熟睡的温榆，低着头皱着眉，睡得极其不安稳的小家伙频繁地换着睡姿，像是在平底锅里不断翻滚的煎蛋，怎么也不肯安分下来。

陆沉年随口说："什么天才科学家，放着抑制脊髓小脑变性症病变的药物研究不做，跑去研究制作什么兔子药，真的是不务正业。"

"对啊，我放着正事不做，陪你瞎闹个什么劲呢。"宋锦柯的声音慢悠悠地从试管架后传来。

陆沉年停下用手帕卷裹温榆的动作，抬起头问："你在说什么？"

"不务正业啊。"

"等一等，你的意思是我耽误了你？"

"你说呢？不是你让我研究制作变小药的吗？"宋锦柯故意跟他唱反调，说，"你别告诉我你忘了，一开始提出要求的人可是你，我只是顺着你的思路询问你是否需要兔子药。对了，你真的不需要兔子药吗？可以和温小姐凑一对童话 cp 呢。"

陆沉年没有任何犹豫地拒绝了他的好意，说："不好意思，比起童话 cp，我更中意掌心上的恋人这种设定。"

宋锦柯眨了眨眼，说："掌心上的恋人啊，听起来是挺甜宠的，可你不觉得指尖上的恋人更棒吗？陆沉年你等着啊，我马上研制个升级版的变小药出来。"

陆沉年无言以对，不想和宋锦柯说话了，回头继续捣鼓温榆。

温榆是在来青大的路上睡着的，大抵是昨晚没睡好，这会儿睡得正香，甚至轻轻地打起了呼噜。

她被陆沉年裹在一方棉手帕里，那手帕随着她的呼吸一起一伏，陆沉年看着，不知怎么的就想起了小仓鼠，果然非常可爱啊。

宋锦柯在后面笑起来，说："陆沉年，你觉得三厘米怎么样？"

说这话时，他手里很配合地晃着一支装着五彩液体的试管，大有只要陆沉年一点头，他就将那液体倒进蒸发皿的架势。

"别，我就开个玩笑而已。"陆沉年看起来挺无奈的，不敢恭维的样子。

宋锦柯不依不饶了半天，最后总算不闹了，说："那好吧，不过你要是想通了，随时可以联系我，一定要记得啊！"

陆沉年被念得烦了，抬头看了一眼："你放心，我永远也不会想通的。"

"话可别说得这么绝对，随便立flag（指说出一句振奋的话，结果往往与期望相反），后期打脸会肿成猪头的。"

陆沉年愣了一下，悄悄瞥了眼手帕里的温榆，然后伸手比了比长度，转过身来说："不会的。"十厘米的大小，正好盈盈一握，也恰好能放进他的衬衫口袋。除此之外，再也没有更适合的大小了。

不过温榆并不这么觉得，醒过来时恰巧有学生进来实验室，陆沉年顺手将她捞在手里握着，差点没把她给握断气。

所以啊，十厘米，危险系数也挺大的。不接受任何反驳。

恰巧进来实验室的学生是医学院的鬼才——宋牧，穿一身白色的实验袍子，右手拿着一沓资料，左手拿着一杯咖啡，倚着实验室的棕色大门，和陆沉年聊着青大新出炉的大新闻。

"听说了吗？昨天晚上，青大研究院计算机系新研发出来的人形电脑失窃了。"

"没听说。"陆沉年向来对这类大新闻不是特别感兴趣，一副兴致缺缺的模样，嘴上却习惯性地不饶人，"不过这研究院的安保系统可谓一流，失窃的概率不大，所以多半是测试时忘记关系统，那电脑自己跑出来了。毕竟要悄声无息地带走一台处于关机状态的人形电脑，可不是那么容易的事。"他顿了顿，接着说，"再说了，反正那台电脑还没有投入使用，实在不行再做一台就是了。"

宋牧心里觉得好笑，打趣道："再做一台？你这话可别让研究院的那群家伙听去了，肯定会怼死你。"

陆沉年无所畏惧地冲他挥了挥手，随手将手帕塞进衬衫口袋里，抬脚出门，朝二楼的医务室走去，打算安抚一下爹毛的仓鼠榆。

"爱爹毛的小仓鼠"，这是陆沉年给这位还没巴掌大的迷你小人儿新贴上的标签，当然，身高仅有十厘米的温榆并不怎么愿意接受这个标签，所以陆沉年也不怎么常用。

然而当迷你小人盘腿坐在他膝盖上时，陆沉年实在忍不住了——

只见她瘦瘦小小的，却高高地仰起下巴，紧紧地抿着嘴唇，腮帮子微微鼓着，不像仓鼠还能像什么？像 Alice 啊！

温榆打不过陆沉年，只能抱着他的手指使劲咬着，细细密密地啃咬，像一大片蚂蚁爬过似的，弄得陆沉年整个人一颤，赶紧低头认错。

然而江山易改本性难移，温榆好不容易暂且原谅他了，结果陆沉年也不知怎么的，看她抱着小腿把自己团成团滚着玩，手指不老实地戳了一下。

然后，温榆就骨碌碌地从枕头的这边滚到了另一边，又顺着枕头的坡面滚下去，"啪"一声，呈大字形摔在了薄被上。

温榆心中的小火苗瞬间燎原，一个鲤鱼打挺跳了起来，跑到陆沉年放在枕边的手前，一阵拳打脚踢。

"天杀的陆沉年，你知道你在做什么吗？你说你一个七尺男儿欺负我一个三寸小人好意思吗？好意思吗？"

陆沉年笑："我有什么不好意思的。"他摆正态度，一秒钟变严肃脸，变脸的速度之快，把温榆小小地惊了一下。他问："温姐姐，你刚刚为什么打我？"

"因为你欠揍啊。"温榆冷哼一声，剜了他一眼，靠着他的手盘腿坐下，问，"你们研究院的人形电脑长什么样，你见过吗？"

陆沉年愣了下，惊讶于她这一问，却还是在短暂的惊吓过后老实回答："没见过，但是听说过。"

"以美男子为造型的个人电脑——电脑管家，身上的某一处藏有数据接续端子的线，外表与真人无异。"

"像日漫*Chobits*（中文译名：人型电脑天使心）那样的。"陆沉年说，"所以温姐姐，你想到了什么吗？"

"沐遥。"温榆若有所思。

"沐遥怎么了？"

温榆正在整理自己凌乱的小上衣、小裙子，抬起头来，手上却没停，说："他有条小尾巴，细细长长的，尾巴尖是银色的，扁扁的，在太阳下会泛光。"

小南街，"花散里"。

"我可能遇到了科学家最想发现的生物——外星人。"

竹冉冉驻足在花店门口，不知道呆望了多久，回过神，利索地在手机里打出这行字，发送给不知身在何处的温榆。

小南街被西府海棠一分为二，商业街的人分散在前后街居住，后街是安静悠然的青石板巷，前街则是繁华热闹的现代化商业街，临街两侧伫立着洛可可风格的建筑群，各式各样的店面错落有序地在街道两旁一字排开，粉色的西府海棠簇拥着在这条极具特色的街道上盛开着。

顺着这条街走到底，视线内闯入一抹属于五月的新绿，目之所及是并不太明显的岔路口，以及木质路标。

而竹冉冉和温榆所提到的当事人，就在竹冉冉的面前。男生精致的五官精致仿若由上好的工匠雕刻而成，只可惜面部表情过于冰冷无情，让人不怎么敢亲近。

按竹冉冉不入流的识人技术，他大概是那种不苟言笑，一笑却能倾城的人。一笑倾城归结于他过于精致的五官。

他站在长椅上，拿着银色的剪刀，寻找着合适好看的海棠花枝。虽然那一树的海棠花看起来并无差异，但竹冉冉觉得他修剪下来的花枝格外好看。

他心情肯定很好，就像那条情不自禁地钻出衬衫下摆，在裹挟了花香的空气里不停地来回摆动的小尾巴那样高兴。

银色的光芒在空中画出弧度，竹冉冉下意识地揉了揉眼睛："刚刚……那是什么？"

可是她再望过去时，哪里还有什么银光和细长的黑色尾巴，只有拿着剪刀剪花枝的沐遥。

"咔嚓"一声，灰褐色的枝丫应声而断，小小的粉白色花朵受惊似的颤了颤。沐遥微微弯下腰，将花放在篮子里，继续寻找着下一个目标。

—3—

"是我眼花了吗？"竹冉冉小声地嘀咕着，来不及细究，穿着绿色工作服的邮递员递过来一个明黄色的信封。

"竹小姐，你的信。"

竹冉冉接过信，微微向上弯了下嘴角："这个月也谢谢你啦，很准时呢。"

见她这样说，邮递员只是配合性地笑了笑，认真地说："这是我应该做的。"说完便骑着小绵羊电动车悠悠地离去。

竹冉冉边拆信边往花店里走，抽出带着淡淡木香的信笺时，想起什么似的回头看了一眼对面，沐遥已经不在了。

她若有所思地看着"花散里"，看了不知多久，最后轻笑一声："算了，估计是眼花了。"

与此同时，青大逸夫楼二楼的医务室里，陆沉年对温榆说出了同样的话："温姐姐，你别是没睡醒，眼花看错了吧？"

温榆难得没有计较他略带讽刺的问话，反而兴致勃勃地开始猜测，说："哎，是黑色的尾巴呢，你说他会不会是传说中来报恩的小恶魔啊？"

"没有小恶魔会报恩的。"见温榆百思不得其解，陆沉年说，"没事的，至少他对乔叶是没有恶意的。"

温榆也确实没多放在心上，好奇心过去，就不再惦记。

她想，关于沐遥的事，小尾巴可以不追究，可他这个人还是有必要观察一下的。虽然陆沉年已经说得很清楚，但她知道每一个以保姆身份接近女孩子的男人，都是有目的性的。

所以啊——

"明天，我们继续去接乔叶吧。"温榆仰头看着他，被头发遮住的眼角泛着一点红。

陆沉年的眼中带着明显的困惑，问："为什么啊？"

"因为啊——"温榆故意拉长了声音，拉得很长很长，长到她打开手机微信，跳舞似的踩着虚拟键盘打出一句话发送出去，才开口，"乔叶是我的妹妹啊。"

她这话真假难辨，调侃又正经，陆沉年实在判断不出她的意思，只得下意识地问一句："然后呢？"

"然后趁机监视沐遥啊。"温榆笑道，"毕竟我从未请过一位叫沐遥的男保姆呢，我很好奇他的身份、目的，还有那条小尾巴。"

原来如此。

温榆却忽然笑起来，不怀好意地道："不过，我看沐遥对你好像意见很大的样子。"

"所以呢？"他的声音里带着寒冬里料峭的凉意，"温姐姐你刚刚做了什么？"

温榆微微一笑："我给乔叶发了条消息，她似乎对于两个人一起送她去学校，意见不是很大的样子。"

陆沉年目光阴寒地盯着温榆："我可以掐死你几秒钟吗，温姐姐？"

温榆眨了眨眼，漆黑的眸中有亮光一闪而过，在灯光下显得柔和动人："不能。"

女王小姐姐："乔叶，做个选择题吧。独自上下学 or（或）沐遥、陆沉年两大美男接你上下学。思考的时间只有三秒，一、二、三……好了，时间到。"

手机微信的聊天界面上，安静又嚣张地躺着这条来自温姐姐刚出炉的消息。温榆的消息像烫手山芋，让乔叶怂了，即使她一直努力做着心理建设。

请原谅她的怂，毕竟她也不想的啊！要知道收到这条短信的时候，她甚至比被一部厚重的字典砸到都蒙。

乔叶的手指在温榆的对话框界面上顿住，稍稍停留了一会儿，便自暴自弃地做出了选择："那就两个人吧，左边一个右边一个，像保镖似的，走出去可威风了。"

乔叶其实想问温榆有没有第三个选择的，譬如请假宅在家里，做一名安静的宅女郎。可转念一想，给出选择的人是温榆，她便放弃了反抗。

宁捅马蜂窝，不惹温大榆。这是姐妹这么多年以来，乔叶得出的最精辟的结论。

不过往好一点的地方想，温榆应该是和新来的保姆沟通了一番，然后才将选择权交给了她。一定是这样的！乔叶郑重其事地做了一个深呼吸，握着小拳头，总算成功地做好了心理建设。

等到沐遥打电话过来的时候，她刚做好的心理建设噼里啪啦地又碎了一地。

"你为什么不做第三个选择？让我送你去学校。"沐遥的语气略带责备。

"因为两个人更有安全感。"乔叶想了想，还是开了口，"沐遥，姐姐请你来是照顾我的生活起居，接送我上下学这件事并非在你的工作范围内。所以，就算陆沉年一个人也是可以的。"

乔叶说得理直气壮、有理有据，然而沐遥并不接受。

"可温小姐给的选择只有两项不是吗？而且你也选择了第二项，我和陆沉年一起送你。"沐遥说道。

她自己选择的？乔叶没想到温榆这么快就告诉了沐遥，她还想着回去以后，沐遥问起时，她胡诌几句灭了沐遥送她的心思呢。

"好吧，我的锅。"乔叶嘴上虽然这么对沐遥说，却在挂了电话后立即给温榆打了电话过去，电话响了一声又一声，依旧没有人接。

乔叶思索片刻，抬手给温榆发了条微信，大致意思是只让一个人接送她，两个人太惹眼了。

然而，温榆看见这条微信的时候，已经是凌晨了。

凌晨两点二十分，她醒了，像摊煎饼一样在枕头上翻滚，翻滚了很久，也没能想起梦里白胡子老头跟她说的话。算了，其实没什么大不了的。

温榆在黑暗中劝慰着此时莫名较真的自己。就算白胡子老头说了恢复正常大小的方法，毕竟梦境原本就虚虚实实、真假难辨，又何必较真呢？

想通了这一点的温榆，继续呆在陆沉年的手掌心里，换了个姿势，继续摊煎饼一样翻滚着。

陆沉年这人向来浅眠，动静稍微大点就跟着醒了。虽说这温榆小小的，搞出的动静不大不小，却也正好将人给吵醒。

陆沉年将床头灯打开，墨色的眸半合，目光落在温榆身上："温姐姐，你再翻一下，我就收拢手指了。"

温榆停下来，正好对着陆沉年，眨了眨眼："我没有翻了。"

她一点点向后靠，双手抓着裙摆，仿佛电影中慢镜头一样的动作，让陆沉年不由得屏住了呼吸，眼睛一眨也不眨地望着，当她终于完全抵着他不自觉弯曲的手指，并习惯性抱着他的食指，他才松了口气。

房间霎时静了下来，陆沉年关了灯，月光寂寂地洒着，一时间谁也没说话，只能听到彼此的呼吸声，以及空调和加湿器发出的声音。

温榆继续不动声色地翻滚着，像是睡在豌豆上的公主，怎么睡都睡不好。

陆沉年手指收拢了些许，将小人儿堪堪禁锢在掌心里，问："是做噩梦了吗？"

温榆踢着他的手指，老实回答："梦见了个白胡子老头，话痨似的跟我说了一大堆，然后告诉了我变大的方法。"她顿了顿，似乎是有些不好意思，"可是，我并没有听清他说了些什么。"

她的声音很轻，语气很平静，陆沉年却微皱着眉，好半天才开口，说道："温姐姐，你不会是担心你变不回去了吧？"

"为什么这么问？"温榆不解，尽管她也知道自己真的很在意。

"因为我和你一样。"陆沉年笑着摸了一把她的头。今晚刚洗的，自然花香不轻不重，恰好合他的心意，"不过温姐姐你别担心，你要是变不回去了，看在你这么娇小可爱的分上，我会收留你的。怎么样，我够意思吧？不用太感动，叫我声哥哥就行。"

温榆无语，懒得搭理他，一脸嫌弃地挥手："洗洗睡吧小陆子。"

陆沉年脸上全是藏不住的笑，他翘着嘴角："遵命，我的老佛爷。"

凌晨骤然降温，乔叶被雨滴打在窗户上的声音吵醒，摸黑坐了起来，四下万籁俱寂。她想起沐遥瘦削苍白的样子，顿时睡意全消，从柜子里拿出一床毯子，去了沐遥住的房间。

温榆喜欢木制的东西，地板是松木做的，为了美观和防蛀，它们被刷上了一层名字听起来很厉害的桐油，不过桐油好像烧起来挺快的。

木门是白影木做的，也许是时间久了，开关时总会发出"吱呀"的响声。总之，乔叶在用一根手指头推开那扇门时，动作放得极轻极缓，才屏息入内。

借着窗外那点昏暗的天光，乔叶才不至于被椅子绊着。她把毯子替沐遥盖上，并披好边角，转身离开时，眼角余光瞄到一条细细长长、像小尾巴的东西垂在床侧微微晃动着，顶端还是银色的，看起来有点像电脑的数据线。

啧，听说研究院计算机系丢了台人形电脑呢，乔叶颇为中二地想，别是跑她家来做保姆了吧？她不安分的手从睡衣袖子里钻出来，迅速伸向那东西，只可惜指尖才碰到就被人擒住了手腕，然后一阵天旋地转，她就被压倒在床上，毯子也盖在了她的身上。

男子特有的冷清气息侵略而来，将她牢牢地笼罩在身下，略带疑惑的声音响起："乔叶？"

乔叶心里没来由地颤了一下，缩在毯子里怯怯地抬头看，刚刚睡得宛若长眠不醒的人这会儿已经完全清醒，只是看上去有些虚弱的样子，盯着她的眼神有些危险。

暂且这么形容吧，因为她实在没有办法把"撒娇"两个字用在一个成年男人身上，更别提两人现在几乎是叠在一起的状态。

乔叶努力拉开与他的距离，心却像要从胸腔里跳出来一般，她红着脸开口："我……我才不是……来偷袭的呢，我只是……只是怕你……冷，就……"声音里带着被现场抓包的窘迫和女孩子的娇羞。

"怕我冷，嗯？"沐遥低笑，声音清朗温润，带着浅浅的膛音，让人感觉像是有细细小小的羽毛擦着心脏飞过去，又酥又痒，弄得乔叶红了耳朵。

这一定是错觉吧，不过是一个尾音微微上扬的"嗯"字，她怎么就听出了小性感的味道？

"所以只是来给我送小毯子的吗？"沐遥说着，又笑了一声，"谢谢你，乔叶。"

他说这句话时，唇几乎贴着她的耳朵。

从耳朵尖一路红到了脖子上，乔叶整个人都有些不好了。这个天气不正常，大晚上的下雨还这么热，实在不正常。

"乔叶你——"他故意压低了声音，透出些慵懒的意味，"不觉得现在的姿势有点危险吗？"

怎么可能是有点危险呢？明明是非常危险好吗！中间隔着的那

床毯子简直形同虚设，这情形要是被温榆瞧见了，腿都得给她打瘸了，所以她刚刚为什么会傻不拉叽地被人压着还不自觉？

乔叶不懂，只能归结于夜深了，万物都沉睡了，人的神志也昏昏欲睡了。她这会儿找了个令人无法信服的理由为自己解释了一下，才连人带毯子挪到另一侧，然后宛若惊弓之鸟般，忽然一把掀开毯子并盖在沐遥头上，紧接着一把推开他，从床上爬起来，迅速单脚跳开两米远，躲在了门后。乔叶身子灵活的根本就不像是个病患，果然人在受到惊吓的时候，可以被激发无限大的潜能。

散开的头发遮住了她大部分的脸，毫无形象可言，不过她并不在乎，也不想整理头发，因为会暴露她此刻窘迫害羞的样子。

所以她一本正经地说道："是的，沐遥。现在呢，我已经把毯子给你了，所以我得走了。"

沐遥听着她尽显慌乱的话，也不拿开毯子，就这么顶着毯子朝门口的乔叶走过去。

大晚上的，他这造型还挺瘆人。乔叶也不知道他要干啥，就这么傻愣愣地看着他走近，在距离她一步远的地方停下，抬手精准又温柔地将散落在她脸上的头发一一拂开，手指蹭了蹭她的脸颊，声音低柔："嗯，晚安。"

"晚……晚安。"又羞又怕的乔叶回道。

第四章
深藏功与名

MY

GIRLFRIEND'S

GETTING

SMALLER

—1—

在黑暗里骤然响起的巨大关门声，像是要将墙震碎一般。

乔叶拉上沐遥房间的门，回自个儿房间的时候想起什么来，准备给温榆打个电话，可那边一直是"对不起，您所拨打的电话暂时无法接通，请稍后再拨。"

她索性放弃了，手指刚触上锁屏键，却瞥见消息栏里的未查看微信，再看看窗外，一个飘雨的夜……

温榆在微信里说："这样的夜晚总想做点刺激的事情。"

这句话现在像是一个沉睡的魔咒一般安安静静地躺在手机里，直击乔叶的心脏。

带颜色的事情？乔叶想了一下，几分钟前的她似乎正在经历这种事情，不过她强大的自制力阻止了她。

乔叶的手指在手机上点了几下："好吧，温小姐，你做了什么刺激的事情？"还没等她摁下发送键，手机就响了一声，接收到一条有颜色的消息。

温榆："在看了《五彩玛丽苏》之后，我决定将我所有社交软件的字体都设成五彩色。哦，对了，我顺便重温了一下《天线宝宝》。"

去你的《天线宝宝》，你怎么不把《五彩美少女战士》一起看了？乔叶咬牙切齿，还是按下了发送键。

靠在陆沉年颈侧的温榆，穿着荷叶袖的白色睡裙，看着 iPad 屏幕上的红色天线宝宝，心想：还真是思想不纯洁的姑娘。

温榆大概猜到了乔叶会说点什么，甚至做点什么，不过她没想到，乔叶竟然因为怕沐遥冷而去了他的房间，还真是个胆大心大的姑娘。

语音里还有乔叶略显郁闷的声音："因为一床毯子，我去了一个堪称行走的荷尔蒙的男人的房间，而且我还因为好奇心太重把他给扑倒了。"乔叶如是说。

哇，乔叶这么野？温榆有点难以置信。她抱了颗瓜子，"咔嚓咔嚓"地咬着，说："社会我乔叶，人冷路子野，让她把皮绷紧点，回去亲自给她松一松。顺便，腿给她打瘸。"

陆沉年意味深长地看了她一眼，笑而不语。

他伸手摸了摸温榆微微鼓着的脸颊，她的嘴角有些红，瓜子还没有咬开。陆沉年笑着说道："要帮忙吗？"说话间，他已经将瓜子剥好塞进了她手里。

温榆咬着瓜子尖说了声"谢谢"。

而陆沉年忽然想到什么，略有薄茧的指腹轻擦过她的嘴角，说："下次你坐我肩膀上吃瓜子的时候，叫我一声，我给你剥。"

"为什么？你不觉得抱着瓜子'咔嚓'咬着特别可爱吗？"温榆故意满脸疑惑地问道。

"是很可爱，很可爱的鹦鹉。"陆沉年说着，拿起手机输入密码，解锁。

乔叶："说出来你可能不信，我因为害羞，然后……间接性扑倒了他。"

修理得干干净净、整整齐齐的指尖停留在九宫格上，陆沉年握着手机微微偏了偏头，慵懒的声音里带了些许的困倦："温姐姐，怎么回？"

温榆暂时将视线从《天线宝宝》那儿移开，眸子里透出一丝晶亮的光。

温榆虽然知道乔叶路子野，却真没想到她能野成这个样子，想了想说："好吧，满脑子带颜色的乔小姐，请说出你今晚的故事。"

陆沉年微微扬起嘴角，按下了发送键。然后他看了眼时间，凌晨三点十分，耳畔传来了细细的哈欠声，于是开口问："要睡了吗，温姐姐？"

还没等到回应，陆沉年就感觉有个小火炉似的小不点歪歪斜斜地倒在了他的颈窝处，然后是一声轻不可闻的"嗯"。

大概半夜看四色天线宝宝这件事也是有遗传的。在乔叶收到温榆有颜色的消息之后，她也打开视频播放器看起了《天线宝宝》。

微信里，温榆简单地分享了《天线宝宝》观后感后，就说她想知道今晚的雨后小故事。

乔叶有些无语，温榆大概是这个世界上第一个对天线宝宝赞美有加的成年人。她扔了两个字过去："幼稚。"

明明是只会扭来扭去发出奇怪的声效，连话也不会说的天线宝宝，她倒好，居然觉得比 Hello Kitty（凯蒂猫）可爱，难道不知道那只粉红色的小猫咪早已风靡全球？好吧，虽然她也不怎么喜欢那只粉红色的猫咪，但也不能因此否认它的可爱，对吧？

温榆："突然觉得当年沉迷 Hello Kitty 的我简直就是个智障，明明天线宝宝这么可爱。"

乔叶："天线宝宝哪里可爱了？"

温榆："颜色啊，红、黄、绿，拉出来就是一个信号灯。"

乔叶："那紫色的呢？"

温榆："他不是爱好男吗？"

乔叶想笑，温榆这大半夜的都看了些什么有颜色的东西？可是温榆并没有给她发问的机会。

乔叶看着光线逐渐暗淡的手机屏幕上，安静地躺着一条有些幼稚的消息："温姐姐要睡了，晚安。"

她索性把手机扔到一边。看多了《天线宝宝》，温榆连聊天的语气都变得幼稚了。

极其轻微的一声"咔嚓"声响起，未反锁的门被人轻而易举地从外面推开，沐遥站在门口，声音透着金属的冷冽："乔叶，你还没睡？"

乔叶被沐遥的声音吓到了，抱紧被子防备地看着他，他身上那股沁人心脾的香味飘散进来，极具侵略性地钻进她的鼻中。乔叶往后退了退，问："你怎么还没睡？"

"你不也还没睡吗？"沐遥嘴角微微上扬，朦胧的夜色中，显得特别好看。沐遥看着她继续道，"我口渴，起来倒杯水，看你房间灯还亮着，就过来看看。"

"唔，我就是睁开眼和温小姐讨论下天线宝宝的颜色，这会儿讨论已经结束，正准备闭眼睡觉。"乔叶并不想多说，简单解释了一下，就催促沐遥，让他回去睡觉了。

躺在温暖的被窝里，乔叶越想越觉得不对劲儿。她给温榆打了好几个微信电话，那边才接起来，乔叶说："温小姐，我有个问题。"

"嗯，你说。"

"你真的在旅游吗？"据她对温小姐的了解，这人一定会在飞机上悄悄开机拍张天空照，然后发朋友圈、QQ空间、微博炫耀的。可这一次，别说天空照，甚至连张机场照都没有。

那边顿了一下，说："是。"

"天空照和机场照呢？"乔叶问得很直接，虽然她知道温榆的微信朋友圈一个季度更新一次，QQ空间一向更新得勤快如鸡，微博更新看心情，可是自从她说去旅游后，QQ空间都快成周更，甚至月更了。

"在手机里。"温榆含混不清地回答，"你要看看吗？白云之上的天空世界。"

莫名地，一股浓厚的中二病之风迎面而来。乔叶望着发过来的两张照片，颇为郁卒，原来国外白云之上的天空都是一样的啊。

至于乔叶为什么觉得国外的天空都是一样的，原因是温榆这次发来的的天空照和上次去新马泰拍的天空照一模一样。不要问乔叶是怎么看出来的，全是女人的直觉。

因为一条微信被摇醒的温榆，东倒西歪地坐在陆沉年的手心里，整个人半挂在他的手指上，眼睛快要睁不开了。

陆沉年呢，左右开弓，一只手要拿着手机回乔叶的微信，另一只手还得护着温榆，以免她不小心栽下去，变成无头小矮子。

始作俑者乔叶却在扔了一堆有用没用的问题之后，彻底陷入了梦乡。

陆沉年从小就对小南街有种莫名的好感，而这种好感来源于Alice。没错，又是那个中二的小姑娘。

说起来，Alice来到小南街的那一天，小南街的西府海棠也开得像如今这般好，甚至还要更灿烂一点。至于天气呢，应该是风和日丽的，因为只有在这样美好的天气下，才能将Alice从林川接到青木来，才能将她送到自己的面前来。

所以，他是在晴朗的日子遇见她的。那个穿着粉色蓬蓬裙的小姑娘，企图用半颗糖葫芦收买他，让他做她的兔子先生。是的，你没有听错，半颗糖葫芦。各啬的小姑娘，明明手里还有大半串糖葫芦。

"可是兔子先生只要半颗糖葫芦就好了啊。"扎着羊角辫的小姑娘歪着脑袋，站在他的面前，小脸上写满了认真。

陆沉年站在海棠树下，树枝投落下的剪影打在他头上，恰恰形成了一对兔耳朵，他假装没看见，皱着眉反驳："我不是兔子先生。"

"好啦，兔子先生不生气不生气，吃了糖葫芦就好啦。"Alice好像没有听见他的反驳。

"哼，谁稀罕！"

"兔子先生，我跟你商量件事，行不行？"

"不行。"陆沉年还记恨着她上一秒的事，所以拒绝得斩钉截铁，他平时可没有这么不好说话。

"你要是答应我这件事，我就给你整颗糖葫芦吃，行不行？"

"嗯……行。"

"那好。"Alice笑起来，小小的虎牙露出来，狡猾而可爱，"从今以后，你就是我的兔子先生了。"她笨拙地从糖葫芦串上扯下一整颗，递到他的面前，"不许有别的Alice，只能有我一个，怎么样？"

从今往后，无论是近在咫尺，还是天各一方，你也只能是我的兔子先生。陆沉年小朋友，你觉得怎么样？"

"好啊。"陆沉年点点头，从 Alice 手里接过那颗糖葫芦。

"听起来真浪漫，所以——陆沉年，你真的吃下了那颗糖葫芦？"温榆笑眯眯地窝在陆沉年的口袋里，在陆沉年伸手去弄她时，张嘴咬了他的手指一下。

"不，我只吃到了半颗。"陆沉年用手指推了她一下，虽然他知道这样会惹恼温榆，因为那个怎么看都像个小炮仗的迷你小人儿，已经是第五次咬他了。

算了，随便吧，反正他现在有的是办法欺负温榆，比如早上温榆要求喝第二杯牛奶时，他讽刺她："基因注定了后天身高矮，喝再多牛奶也于事无补。"

很坏心眼对不对？真巧，他也这么觉得。

陆沉年撑开了那把伞柄上系着铃铛的蓝色遮阳伞，不急不缓地走在小南街的前街，时间尚早，路上行人三两个，清静得很。

"所以，为什么是半颗糖葫芦？"

陆沉年像是很为难地皱起了眉头，稍微倾斜了下遮阳伞，挡去了头顶大片白花花的日光，说："因为 Alice 用嘴巴快速地抢走了剩下的半颗糖葫芦。"

"哦。"温榆笑笑，"胆大妄为的小姑娘。"

可不是吗？陆沉年意味深长地眯起了双眼，他可是被吓得同手同脚地走路呢。

温榆面朝陆沉年的胸膛站起来，穿着粉色小皮鞋的脚一点也不温柔地蹬着他的第二根肋骨位置的胸膛，接着，她伸手用她修剪得整齐的淡粉色指甲盖在此处连敲了好几下："我是说你们深藏功与名。"

"深藏功与名……"陆沉年顿了顿，下意识地低头看了她一眼。

小家伙背抵着他的衬衫口袋，面向着他，双手抓着他的衬衣口袋的开口边，整个人愣是悬空待在他的口袋里，这会儿正仰着小脸，笑得像小狐狸似的。

"其实说实话，Alice 这个名字啊，我觉得好熟悉，好像在哪儿听过似的。"小人儿撑着脑袋说着。

"哦？"

"真的很熟悉，不过也有可能是我记错了吧，人老了，记性也差啦。"

"温姐姐才没有老呢，温姐姐就算老了也是最好看的！"嗯，拇指姑娘就算头发花白了也一定是最美的。

"喊，嘴甜。哦对了，睡回笼觉的时候，我又梦见那个老头子了。"

"嗯？"陆沉年下意识地朝温榆的方向倾斜，表示自己正在认真倾听。

"他给了我一把很漂亮的槌，说是捶一下，就可以变回原本的大小，附加条件是，必须和喜欢的人接吻。"

"然后呢？"陆沉年很配合地问道，他知道温榆接下来会说什么，因为她总是这样，在某个可以神转折的地方停顿下来，让人出其不意。

"然后我就醒了啊。"

你看，果然是这样的。

"你真的睡着了？"陆沉年的怀疑丝毫不加掩饰。

"当然。"温榆下意识地把这两个字咬得特别重，"坐在你的口袋里这么无聊，除了睡觉，我能干什么？"

"可是在我撑开你的小洋伞之前，你像条刚放进油锅煎炸的鱼，不断挣扎。"

"这只能证明我睡不安稳。"温榆嘴硬，"或许下次你可以考虑把我装背包里。"她很认真且严肃地建议道。

陆沉年将小洋伞收了起来，勾了勾唇："或许我可以考虑考虑。"

—2—

　　乔叶隔老远就看见一把蓝色的遮阳伞在视野里晃晃悠悠的，却始终没有靠近半分。

　　乔叶认得那把伞，手绘的伞，伞面是三月初绽的早樱，伞内则是好似被蓝色水彩浸透过一样的澄澈天空。如果她没有记错的话，那一声声随着空气的波动而传来的铃铛声，是上次去回雁峰时，在山脚古镇买的银铃铛。

　　"大雁南飞，至此回转。"银色镂空的铃铛上刻着这一行小小的字，以及精雕细琢的三只大雁。那是回雁峰的专属纪念品，温榆喜欢得不得了，买了好几个回来做纪念。乔叶曾亲眼看见她将其中一个系在了同样从回雁峰买回来的纪念品——一把遮阳伞的伞柄上。

　　好一会儿，乔叶才从温榆是不是回来了的猜想中回神，她抓着沐遥的手臂，沿着宽阔干净的马路一瘸一拐地前行，头顶的西府海棠隔绝了浮云之上初夏的阳光，有风吹过，还算凉爽。

　　视野里，前一秒还是招摇过市的小洋伞，现在伞面立马随着伞骨被收拢了。乔叶看着逐渐暴露在视野里眉目如峰、身材挺拔、英俊潇洒的男人，她的第一直观感受是这张脸赏心悦目，看起来十分顺眼；第二反应是，别是陆沉年吧。

　　阳光穿过西府海棠打在陆沉年的身上，显得他的脸部轮廓越发深邃清俊。投下的斑驳光影一阵摇曳，有流光在他肩上流动，他轻笑着道，声音带着感慨："或许我可以考虑考虑。"

　　乔叶蓦然被日光晃了眼，一阵刺痛，视线里出现成串的黑点。

　　她赶紧闭上眼睛揉了揉，忍过这阵眩晕，过了几秒再睁开，那人的身影已经清晰无比。竟然真的是陆沉年，是那个说着"你觉得两个男人送你去学校，你好意思吗？"的陆沉年。

　　他随意地站在树下，仔仔细细地整理着手里的伞，按顺时针方向将伞叶收拢，伞柄上的银色小铃铛随着他的动作轻轻晃了一下。

　　乔叶盯着那铃铛看了一会儿，再也忍不住，脱口而出："陆沉年，你怎么会有我姐姐的小洋伞？"

陆沉年握着对于他而言显得特别气场不合的小洋伞，站在初夏的一片海棠花前，转过头朝这边望过来。

初夏的风让人昏昏欲睡，空气中仿佛也有种馥郁的芬芳。

这让乔叶想起自己每个午后，坐在桌前翻看的那些漫画书里的美好场景。她甚至开始猜想，下一秒会不会有一场略显急躁的夏风由下而上地卷起落花，如果这些场景里有女孩子的话，裙摆飘飘，特别能刺激男性荷尔蒙啊。

沐遥的一声轻嗤打断了乔叶纷乱的思绪："呵，原来这就是乔二叶所说的超级大惊喜啊……"他拖长的尾音带着戏谑。

陆沉年也反应过来，笑着说："我倒是差点忘了你，今天温姐姐有发消息过来，说是送乔叶去学校的人增加了一个，看样子是你没错了。"

"呵呵，的确是我没错。"

乔叶觉得气氛有点微妙和尴尬。被晾在一边的她，听陆沉年和沐遥一句接一句地聊着，莫名其妙就闻到了硝烟的味道。乔叶干站着发呆，视线沿着海棠树延伸的一路望去，仿佛看不到尽头。

有道修长的身影在小路的拐角处出现，白色的衬衣，浅灰色的裤子。他的手臂上托着一只毛茸茸的缩成一团的黑猫，他就站在斑马线的边缘，身后跟了几只小野猫。

人形猫薄荷，真好玩！乔叶想。

"花散里"所在的小南街道路宽敞开阔，两旁皆是西府海棠。

初来乍到的阮沉舟估计了一下，如果这时候自己反悔，按原路返回，被自家太后再次打爆电话的概率有多大。

想到这里，他认命地继续跟着导航的指示往前走。

他正这样想着，自家太后的电话已经跨洋而来，她人在国外喂鹿，心还系在儿子身上："小舟啊，到'花散里'了吗？"

"已经在去的路上了。"

"那就好，那就好！小榆这孩子古灵精怪的，都猜不透她心里想的是什么……你记得多让着她点知道吗？你是男孩子，要温柔一点，不然今后娶不到老婆的。"

阮沉舟："……"他家太后还真能操心啊。

"怎么不说话了？听到没听到啊？"

阮沉舟一阵头疼，语气敷衍："我在听。"

"你都好久没见过小榆了吧？这死没良心的小丫头片子，一去青木就不复返了……"

"嗯，你也好久没见过了。"

阮、温两家交好，阮沉舟的母亲和温榆的母亲又是同胞姐妹，所以孩子们自然是一块儿长大，对方什么性子早摸得一清二楚。温榆上小学时就被封为"女王大人"，而阮沉舟呢，被封为"王子大人"。名称、地位的悬殊差距导致两人向来不对盘，可偏偏长辈们一直很喜欢温榆。

"你什么时候能不戳穿我？"

"我的第二重人格告诉我，不能。"

"管你第几重人格，今天你要是没见到小榆，提头来见！"

"知道了，太后大人。"

阮沉舟挂断电话，想想待会儿和温榆女王大人的会晤，还真不怎么期待。

"喵——"旁边的灌木丛中突然传出一道细微的猫叫声，阮沉舟好奇地过去查看，有一只黑猫蜷缩在灌木丛里瑟瑟发抖。

阮沉舟蹲下去仔细看，才发现它身上和四肢有伤口，像被什么咬伤的。他伸手一碰，它就不安地挣扎起来。阮沉舟尝试着抚摸它的头，差点被锋利的尖牙咬破手掌心。

"不如我抱你一下。就一下，你就可以在我怀里睡个觉。"阮沉舟说。

黑猫湖蓝色的圆眼睛眨了眨，就像忽然听到指令般，缓缓走到阮沉舟面前，爪子松懈下来搭在他伸出来的手掌上，歪了歪脑袋，像是在询问什么："喵？"

阮沉舟满意地抱起黑猫继续往前走。

粉白色的海棠云缭雾绕般盛开在枝头，在微漾的晨风中宛若花的海洋。

一、二、三、四、五……乔叶从来不觉得小南街的小野猫很多，可现在看那一大串颜色纹路各异的野猫，不知怎么的，突然觉得在小南街的每一处角落里一定会有三两只野猫。

此起彼伏的猫叫声由远及近地传来，在寂静的清晨听得格外清楚。

坐在衬衫口袋里的温榆，没来由地眼皮一跳，还没来得及多想，就听见一个略微耳熟的清润声音："乔二叶，你家女王……啊呸，你家大表姐呢？"

直觉告诉在场的四个人，被快速咽回去的一定是"大人"二字。乔叶最先反应过来，热情似火地挥舞着手臂："哟，这不是我家王子……啊呸，我家大表哥吗？什么风把你从林川吹来青木了呀？"

温榆隔着薄薄的布料，精准地朝阮沉舟的方向斜了一眼，给乔叶点了个赞——好样的，乔二叶。

而阮沉舟面无表情，心里一阵群马踏蹄而去的声音。他其实很想说"我有句脏话不知当讲不当讲"，可是当着外人的面，他是无论如何也说不出这句话的，只能用眼神示意，大家心知肚明。

乔叶扫了眼趴在阮沉舟脚边撒娇的野猫，看着他笑道："我说大表哥，你远道而来，就是为了来撸猫的？"

阮沉舟满头黑线："我是来看你和你大表姐的。"说着，他赶紧停下手上顺猫毛的动作。

"那你可以走了。"乔叶说，然后做了个请的姿势，"姐姐出去旅游了，至于我呢，断了个腿，还有两个护花使者接送我上下学，你也看到了。前面左转有个十字路口，那里打车特别方便。"

阮沉舟内心 OS：表妹这种生物果然最讨厌了。

如果问阮沉舟最讨厌什么人，他一定会毫不犹豫地回答："温榆和乔叶。"

阮沉舟、温榆和乔叶是一个院子长大的。当时温榆特别神气，养了只贼凶的二哈 Sun，威风凛凛的，吓哭了不少小孩子。有一次乔叶被芙翡这条巷的人欺负了，温榆就带着 Sun 去找人算账，而那人就是阮沉舟，个子比她高不说，看起来也比她厉害。然后温榆特别尿，小身板往 Sun 后面一躲，牵引绳就给放长了。阮沉舟更尿，被反复左右横跳的 Sun 吓得"哇"的一声就哭了出来。

温榆特别蒙，她还什么都没做呢，就是手滑放长了牵引绳，结果人家小正太就哭了，搞得她在欺负小正太似的。不过她心里可开心了。

于是她往那边走一步，阮沉舟就往后退一步，一直退到墙角了，温榆说："你哭什么啊？"

阮沉舟说："我哭着玩。"

温榆叹气："你别哭啊，我家 Sun 不吃人的，它只喜欢咬人。"

阮沉舟擦了一把眼泪，哭得更厉害了："那你……能不能把它牵走啊……"说完他又悄悄说，"我知道你是来给乔叶报仇的，我也不反抗了。不过你得轻轻打我一下，我好假装成是被你打哭的。"

阮沉舟小小年纪，也知道脸面这东西，被一条"二哈"吓哭，说出去得多丢脸啊。

温榆秒懂，看了眼两只前脚搭阮沉舟肩膀上的 Sun，说："行啊，我这就打你一下。"

说着她就把多余的牵引绳给收了，阮沉舟看着她去抱 Sun，也不知道阮沉舟是故意还是顺手，抬手就把手上的泪水和鼻涕擦在温榆的白裙子上了。

小正太的心可真脏啊。温榆看着自己脏兮兮的新裙子，想也没想，嘴巴一张，嗓子一扯："大新闻大新闻，阮沉舟居然被一条狗给吓哭了！"

那会儿她不知道阮沉舟的身份，可把人给欺负惨了，回到家被大人一顿胖揍后才知道，原来阮沉舟是她的大表哥。可这么垃圾的大表哥，她才不想承认呢。

再后来，小学、初中、高中，两人居然一直同班。

温榆在学校神奇地混了个"女王大人"的称号，恕天恕地无所畏惧。但毫无疑问，每次她惹了麻烦都是由阮沉舟来背锅。

阮沉舟本来一个家教很好的小少爷，硬是被温榆坑成了恶名昭著的土匪头子。为什么啊？

直到很久之后阮沉舟才知道，那都是骨子里的妹控基因在作怪。他忘记了是在哪里看到的，每一个兄长的骨子里都潜藏着妹控基因。

虽然阮沉舟并不太想承认，可是有时候回忆起来，温榆能平安地活这么久，大抵还是因为大表妹这身份，换成旁人，早被他掐着脖子扔林川港口喂鱼去了。

后来温榆拖着行李箱、卷着小被子踏上飞往青木的飞机，登机前，特别矫情地拉着阮沉舟的手说："大表哥啊，我这就走了，以后你再也不用担心我放狗了。"

阮沉舟立马炸毛，可是看见她红肿的眼睛那一刻，就明白过来了，说："别哭了。为什么要去青木，林川不好吗？"

温榆笑意盈盈地说："你猜。"

阮沉舟沉默了很久，说："你走吧，温榆，亲情的小船已经翻了。"

"嗯，我这就走。"温榆说，"而且我不会回来了，从此芙翡巷是你的天下了。"

阮沉舟看着她的眼睛，只见她黑曜石般的眸子里似有星辰闪耀，他问得很认真："你要去青木做什么？"

"去找我的兔子先生啊，我们约好了，要见一面的。"

啊，对，他想起来了，温榆有只兔子先生，在青木，姓陆。

—3—

陆沉年看着眼前的男子，此起彼伏的猫叫声足足可以组成一支《野猫交响曲》，而他的怀里还有一只无比乖巧的黑猫。

"温姐姐临走前将这把伞交给我保管的。"他脸不红气不喘地撒着谎，成功地打断阮沉舟和乔叶的"眉目传情"，然后瞄了一眼阮沉舟脚边的猫，正蹭着阮沉舟的裤脚，问道："莫非你就是传说中的行走的猫薄荷？"

阮沉舟抱着黑猫盯了他十秒。乔叶愣了十秒，才反应过来陆沉年回答的是她不久前的问题。她面无表情地看着陆沉年，心想这人的反射弧未免也太长了吧，都可以绕地球三圈了。

而陆沉年绕了阮沉舟一圈，抬着手肘摩挲着自己过分好看的下巴："熟人？"

听他这么一问，乔叶还以为是问她，忙不迭地点头。只有温榆知道他是在问自己。

温榆托着腮、盘腿坐在口袋里，仰着小脑袋撞了陆沉年两下。

"看来是了。"陆沉年漫不经心地说着，顺便问了一句，"撸猫的，你是温姐姐的什么人？"

阮沉舟死抿着唇才不至于蹦出一句粗话来，这是他继温榆之后第三个想拉入黑名单不再来往的人，第二个是乔叶。

你问他为什么？很明显啊，一看陆沉年就是和温榆一个路子的人，心都脏得不要不要的。

为了不至于最后败得片甲不留，他决定直接切入主题："温榆呢？我不信她去旅游了，那家伙最喜欢西府海棠了，是不会在花期去旅游的。"

"外面的妖艳贱货太诱惑，你应该知道的，姐姐她最经不起诱惑了。"乔叶漫不经心地说着，右手拽着沐遥的衣角，提醒道，"别忘了，她上次在朋友圈说过要去长白山挖人参的。"

阮沉舟告诉自己尽量放轻松，至少保持应该有的风度。明明想死的心都已经有了，他却轻描淡写地应了一声。

他知道乔叶在撒谎，乔叶每次撒谎时都会习惯性地攥紧旁边人的衣角。而此时的她紧紧攥着沐遥的衣角，晶亮的眼睛努力直视着他的眼睛。

然而视线对上时，阮沉舟却忽然觉得似乎没有那个必要去拆穿乔叶的谎言，她好像并不知道温榆在哪里，看来温女王正在进行一场连乔叶也不知道的秘密旅行。

"那你能回答我三个问题吗？"阮沉舟觉得自己还是问仔细些，他并不想目睹这场两男追一女的老套戏码。

"可以。"

见她同意，阮沉舟这才将从那一刻起就在心底盘旋的问题倒豆子似的倒了出来。

只是在他问完后，乔叶像是猛然想起，惨白着一张小脸问："有手机的对吧？快告诉我现在几点了。"

阮沉舟不确定地看着眼前下一秒就有可能抱头鼠窜的乔叶，有种丈二和尚摸不着头脑的感觉。

乔叶的耐性向来不高，见他半天没反应，直截了当地解释："我只是想在回答你的问题之前，确定一下距离我第一节课迟到还有几分钟。"

不可理喻，是的，她简直就是不可理喻。他明明应该愤怒的，可是看着她抱着拐杖像只无头苍蝇一样在原地单脚蹦跳时，他居然鬼使神差地看了一眼时间。

一直沉默寡言的沐遥速度比他更快，面无表情地看着前方："距离你第一节课迟到负二十分钟。"

"谢谢。"她好像很满意，小心地放下并没有完全康复的腿，又补充了一句，"对了，大表哥你有什么问题想问？说来听听。"

"你和这两个男人什么关系？"

"一个是保姆,一个是凶手的监护人。"乔叶看着他的眼睛,说得很认真,"说出来你可能不相信,这哥们的篮球把我从教学楼的楼梯上砸下去了。"

"噗……哈哈哈哈哈哈,原谅我不自觉地笑出了声……"

乔叶黑着脸,觉得这人跟以前还是有相似之处,嘴巴欠抽,一开口便想让人打他。

几年没见了,没想到阮沉舟会亲自来青木,也算是勇气可嘉。乔叶不想跟他吵架,自动把他的话当成了耳边风,厚着脸皮说:"你懂什么,他们这种行为叫接近心仪女生的套路,唉,我这么受欢迎我也很绝望啊。"

阮沉舟瞥了她一眼,淡淡地说:"乔二叶,你的脸怎么这么大?"

他这句话在乔叶听来极为欠扁,所以她想也没想就抬腿踢了他一下。

阮沉舟本来还想多说几句,却突然觉得下身传来一阵撕心裂肺的痛,痛得他眼泪都要掉下来了。

至于刚刚完成高难度踢人动作的乔叶,整个人几乎被沐遥揽在了怀里。

目睹了一切的陆沉年默默别过了视线。

那天和阮沉舟分开之后,乔叶在青大门口遇见了拿着孔明灯和横幅的大花,鬼鬼祟祟的,也不知道在躲着谁。

至于究竟是在躲谁,这不是乔叶现在该关心的事,她现在应该关心的是,迟到了快半个小时的她该如何跟系主任解释。

毫无悬念,她被罚站了。考虑到她的腿,系主任很贴心地批准她可以带椅子罚站。

乔叶表示,这和在教室里听课有什么区别?不对,还是有区别的,她是在教室外,可以看见教室里看不见的风景。

比如对面德雅楼的天台,她亲爱的室友大花,穿着一条火红的鱼尾裙,在天台上放了两盏孔明灯。

德雅楼的天台距离乔叶上课的教室很近，乔叶视线极佳，再加上孔明灯的字又极大，以至于她一眼就看到孔明灯上的字。

玲珑骰子安红豆，入骨相思知不知？

宋锦柯，你愿意放一颗叫"大花"的红豆在你的玲珑骰子里吗？

乔叶打从心里佩服大花的胆大妄为，以及别出心裁。

天台上，大花打着拍子倒计时："五、四、三、二、一。"

随着"一"字尾音落下，上升到一定高度的孔明灯"啪"的一声炸开了，被剪成一段一段的彩带像雪一样纷飞而下。与此同时，大红色的横幅随之展开，明黄色的字体特别惹眼。

最后的最后，如若你心似我心，就请你像孔明灯一样原地爆炸吧。

靠着逸夫楼三楼实验室窗台的男人，一边扫视着手机软件里的热点新闻，一边看着德雅楼天台上的女孩，嘴角挂着抹狡黠的笑意。

怎么说呢，还真是坚持不懈的姑娘啊，路子也挺野的。只可惜，被告白的宋锦柯，还在与玻璃试管里的绿色液体做斗争。

"宋天才，你真不打算瞧瞧？"

"我最近新研究了种厉害的药，就是那种能把人变成兔子先生的药，陆沉年，你要不要试一试？你要是吃了，保证可以和你的Alice 凑一对童话 CP。"宋锦柯依然盯着玻璃试管。

"大花说她喜欢你，就问你喜不喜欢她。"

"我觉得你可以试一试。"宋锦柯小心翼翼地将滴定管里的液体滴入试管，"反正出了事还有我顶着呢，实在不行你和温榆互相照顾就好了。"

"温榆要醒了。"陆沉年回头剜了他一眼，"还有，大花说你再不出现，她就跳楼了。"

拿着试管的手一抖，宋锦柯小声地爆了句粗口，扔下手里的东西，风一样跑了出去。

陆沉年笑，还没有来得及说声再见，睡醒的温榆就从口袋里钻了出来。变小后的她变得极其嗜睡，一天二十四小时，大部分时间是在睡觉。

这会儿她睡眼蒙眬地贴着陆沉年的胸口，声音软糯糯的："我刚刚听见有人在和你说话，好像提到了我的兔子先生。"

"是白胡子老头。"陆沉年伸出食指小心翼翼地拍着她的背，戏谑地道，"他觉得就你一个人变小了不公平，所以要将我变成兔子先生呢。"

"你撒谎。"温榆趴在他的手心里，往手指那边挪了挪，"和你说话的人，声音明明很年轻。"

"我怎么会对你撒谎呢？温姐姐。"陆沉年揉了揉她的脑袋，"相信我，那真的是白胡子老头，因为就是他把你变小了。"

半合的眼睛缓缓合上，温榆翻了个身，背对着陆沉年，声音细若蚊蚋："别想骗我，我会变小才不是因为白胡子老头呢。"

陆沉年一愣，手心瞬间变得湿润，难不成这么快就被发现了？他嗫嚅道："你……"

说了半天也说不出话来，他忽然抬起头来，修长的手指伸向她，把人翻转过来，意外看到温榆已经闭着眼睛睡着了，呼吸浅浅的，他一颗心顿时落了地。

他修长的食指抱怨似的点了点温榆的小鼻子，却笑得宠溺，小声地道："你当然不是被白胡子老头变小的，你可是被兔子先生变小的。"

青木的五月，雨天能占去一大半。陆沉年拿着一把蓝色的雨伞，站在逸夫楼的走廊上，等乔叶回家。

播音系的系主任习惯性地拖了堂，这会儿乔叶还坐在阶梯教室里听课，在这下着滂沱大雨的傍晚。陆沉年站在一楼，看了一眼乔叶那间大门紧闭、只有几个学生在窗口处张望的教室，也不知道是该夸系主任恰到好处地拖堂，还是讽刺乔叶倒霉到家的运气。不过这些其实都不重要，重要的是他被这场大雨困在了教学楼里。

当然，乔叶也被困了，但她并没有意识到这个问题。

陆沉年发消息给乔叶的时候，她正在跟系主任讨论开题报告的事。听说他只带了一把雨伞时，乔叶却无比幸福，这样反常的反应让人怀疑她偷偷在背包里藏了把雨伞。

陆沉年清清楚楚地听见乔叶杠铃般的笑声响彻逸夫楼的每一处，开题报告她都不讨论了，撒腿就往一楼跑去。

跑到一半，外面"轰隆"一声，紧接着，雨声更大了，"哗啦啦"的落雨声，简直就像有人站在天空上拿着盆往下倒水。

她跑下楼只是想看一眼陆沉年尴尬的样子，认识这么久，都还没见过他尴尬癌发作呢。

假如他真的带了把女用雨伞，那往后若是怼不过了，她就有黑料可驳，想想就觉得开心。

不巧的是，陆沉年提醒了她一件更尴尬的事。

她拄着拐杖一瘸一拐地到了一楼，陆沉年倚靠着雪白的墙壁，抱着臂，似笑非笑地看着她："哟，听见没伞回家这么高兴啊，乔叶你这清新脱俗的反应，未免也太与众不同了吧。"

天色暗沉，天和地被雨幕相连。乔叶抹了一下脸上根本不存在的汗水，头顶上灯光昏暗，陆沉年还维持着那副表情，眼尾上扬，瞳孔像深不见底的井。

他长得果然很好看！乔叶非常不争气地在心里如此评价道。

"但这并不影响我想打你的欲望。"这是乔叶"深思熟虑"后说的第一句话。

陆沉年问她："你打了我，我们就能回'花散里'了吗？如果不能，请别对我动手动脚。"

乔叶暴走。

第五章
一念起，天涯咫尺

MY

GIRLFRIEND'S

GETTING

SMALLER

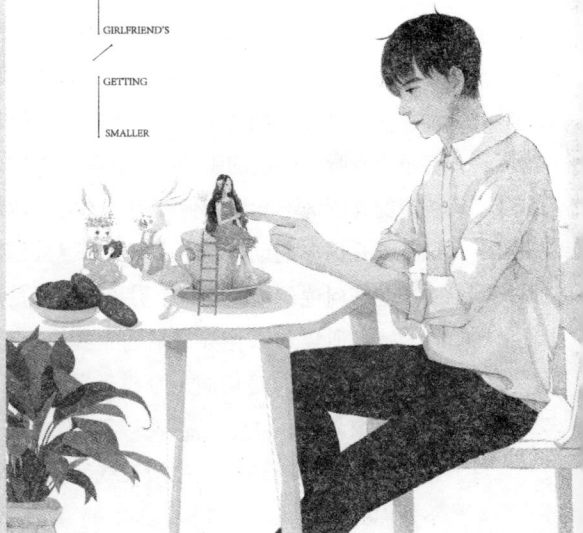

—1—

乔叶想了想，最终打了电话让"留守儿童"沐遥过来送伞。

沐遥讨价还价："除非你答应我，以后只由我一人接送你，我就送伞过去。"

乔叶发飙："那你就别过来了！"末了她加了句，"我让我大表哥送伞过来，实在不行我就淋着雨回去！"

"行啊，你开心就好。"

"呵呵。"乔叶笑着挂断了电话。

乔叶一转头看到的是一张因努力憋笑而变得扭曲的脸，陆沉年鼓着腮帮子，眼角眉梢里的笑意像是要飞出来一般，怎么也拦不住。

你瞧，有些坏心眼的人就是这样，自身难保，还要落井下石。

乔叶叹气，正打算去旁边教室坐会儿，一个穿白色实验服的男孩子忽然蹿出来，有些不好意思地摸了摸头，塞给她一把伞，笑着说："小叶子，给你。"他一说完，就头也不回地跑进了大雨中，甚至没有听见她说的那句："不用，谢谢。"望着他脚上溅起的水花、清瘦的背影，不知道为何她突然想到了沐遥。

乔叶撑伞的动作忽然顿住，下意识地转头看着陆沉年，皱着眉头像是在问他："刚刚那个男孩子是不是沐遥？"

她之所以这么诧异，是因为猛地一看，男孩子的五官竟好像和沐遥一样，就像是从同一个模子里印刻出来的一样，但仔细看，却又不太像。

陆沉年收回同样打量的视线，若有所思地道："那人是南嘉，不是你的沐遥。"

乔叶诧异："你怎么知道他的名字？"

"衣服上写了啊。"

青木大学研究院计算机系，南嘉。

沐遥挂断电话之后在"花散里"门口站了一会儿，就不知道去哪儿了。

反正乔叶那边他是不知道要不要去的，本来送伞这事就算乔叶不打电话过来，他也会去送。可关键是他刚刚收到了一条新的消息指令——不用过来了，我有伞。

看着这条消息，沐遥拿着黑色的长柄伞，站在玄关处，陷入沉思。

阮沉舟站在他旁边，入目的就是这样的场景：面无表情的男孩子手里轻握着一把黑伞，对着门外殷殷期盼。

他快速掐断电话，三步并作两步走过去，打趣道："你就算在这儿等到地老天荒，乔叶也不会回来的。"

"不会回来？为什么？"沐遥看了看他手里的东西，疑惑地道，"你现在要出门？"

"对，乔叶让我去背她回来。"阮沉舟笑笑道，"看你手里拿把伞，是打算去接乔叶的？"

"嗯，可惜她已经有伞了。"沐遥心情有点失落。

"哦，那还真是……不是个好消息呢。不过，即使她有伞了，你也可以去学校接她，毕竟下雨天嘛，女孩子总是怕摔跤。"说话间两人已经撑伞出了"花散里"，雨天的小南街，行人三三两两，稍显寂寥。

"等一下。"阮沉舟忽然停下脚步。

沐遥顿住脚："怎么了？"

阮沉舟没说话，脚下步子转了个弯儿，往小南街的后街而去。

悠长的巷弄，两旁是成排的旧式建筑，家家户户庭院里栽种的树木都高大繁茂，显得绿意盎然。

或许没什么人知道，或许即使知道也不太留意——在这条小巷里有一家旧书店。这幢经过岁月洗礼的木造建筑甚至连店名都不曾挂上，仅仅在店门口放了一块半人高的木牌，上面龙飞凤舞地写着——知春里书屋。因为年代有点久远，所以这块木牌上面的字迹有些模糊。

阮沉舟驻足于门前的大槐树下，不受控制地走进这家书屋，正准备推开大门一睹真容时……

急促的脚步声在身后响起，黑色的长柄伞在半空中划出一个漂亮的弧度，稳稳地打在阮沉舟的背上。沐遥的动作一气呵成："看什么看，去学校才是正事。"

阮沉舟摊摊手："给我一首歌的时间，我要去翻阅'知春里'的岁月故事。"

沐遥连余光都不曾分给"知春里"半分，专注地握着长柄伞，一下一下戳着阮沉舟的肩膀。受不住的阮沉舟只得收回视线，离开知春里书屋，他一步三回头，总算出了后街。两人沿着护城河一路西行，青木大学近在眼前。

再过一两个小时，天色就会完全暗下来。陆沉年看了眼时间，傍晚六点二十分，距离乔叶提出背她回去的建议的时间已经过去了二十分钟。

余光里，乔叶正在往小腿上缠塑料袋，一圈又一圈，裹得特别仔细。她打算用这些口袋来保护她受伤的脚。

陆沉年看着一举一动都透着委屈的乔叶，无奈地叹了口气，选择了妥协。其实他不是不想背乔叶，那没什么的，他担心的是，距离那么近，会让她发现口袋里的温榆。

可眼见天色在僵持中暗沉下来，陆沉年也败下阵来，他并不想和乔叶在冷风呼呼吹的地方对视到天明。所以他走过去，背对着乔叶蹲了下去："上来吧，我送你回家。"

"好！"她好像很满意，小心地系好最后一个蝴蝶结，又补充了一句，"你早该这样了，真不知道你在纠结什么。"

还不是怕你发现你姐姐的事。陆沉年低头看了口袋一眼，巴掌大的小人儿像只小虾米似的蜷缩在口袋里，她还在睡。

像打了场胜仗似的，乔叶趾高气扬地趴在陆沉年的背上。陆沉年无奈，却只得认命地背着人往小南街走。

走了没几步，隔着雨幕传来的说话声引起了他的注意。

"小沐同志，你知道'知春写岁月，花散落海棠'出自青木哪里吗？"是阮沉舟的声音。

"不知道，也不想知道。"是沐遥的声音，听起来他似乎并不怎么想和阮沉舟聊天。

"真笨，这么简单的问题都回答不出来。"阮沉舟嫌弃地道，"这句话说的就是刚刚的'知春里书屋'和我大表妹温榆的'花散里书店'。"

"可是这和我有什么关系？"

"没……"阮沉舟被噎得说不出话来，只能朝着沐遥干瞪眼，这一瞪却发现沐遥盯着前方的某处目不转睛。

于是阮沉舟顺着他的视线看过去，入目的是趴在陆沉年背上的乔叶，明媚的笑容像桃粉色的旋涡，甜到不行。

阮沉舟不动声色地扫了眼沐遥："难怪站在门口死活不愿意去接人家，原来竟是这个原因！"

沐遥剜了他一眼，甩着袖子大步流星地迎上去，不由分说地将乔叶从陆沉年背上抱下来，然后背在自己身上，那抢人的架势颇有几分霸道总裁的味道。

阮沉舟挑眉，视线一转正巧对上陆沉年看过来的眼神。

一目了然，彼此心中各有定论。

喜欢这东西，即使当事人嘴上不说，也能通过行动让别人感受出来，所以啊，"喜欢"这件事，甭管当事人再否认，行为也骗不了人。

梅雨季的青木，水汽蒸腾，雾气氤氲成一片，天空逼仄阴暗，瓢泼的大雨冲刷着枝上的新叶。

阮沉舟简单洗漱后，推开了书房虚掩着的门，轻车熟路地摸到了壁灯开关。

　　灯被打开了，暖橙色的光芒就像潮水似的无声无息地涌了进来，温柔地铺洒到书桌上那个印着干花的米白色信封上。

　　阮沉舟拉开椅子坐下来，白色的衬衫长袖被挽到了手肘处，他用美工刀轻巧地拆开了这封信。

　　知春写岁月，花散落海棠。

　　字迹娟秀，这是信纸上的第一句话。

　　"知春写岁月，花散落海棠。"陆沉年下意识就跟着念了出来。这是竹冉冉新改的签名，挺文艺的一句话，有点像诗。

　　陆沉年念完后只觉得熟悉，过了好一会儿他才想起来，傍晚时阮沉舟曾问过沐遥这句话出自哪里。于是他问温榆："这是新出的流行语？"

　　窝在小被子里的温榆似有所觉地翻了个身，面朝着陆沉年的方向，一双眼睛却依然紧闭着，长长的睫毛蝶翅般微微颤动。

　　陆沉年盯着她的睡颜看了好一会儿，总算想起了温榆还没醒这件事。大概是被施了沉睡魔法吧，所以她从下午一直睡到了现在。

　　陆沉舟的脑子里蹦出的第一个想法竟然是"沉睡魔法"，他感到很无厘头，第二个想法是温榆睡这么久，多半是宋锦柯的药有问题。

　　可等他拨通宋锦柯的电话的时候，温榆却揉着惺忪的睡眼爬了起来，半闭着眼睛朝他伸出双手，声音孩子般软软糯糯："兔子先生，要抱抱。"

　　会心一击，妥妥的。

　　于是陆沉年挂断电话，将手机放在一旁，将温榆小心翼翼地按坐在自己的肩膀上，甚至用食指拍了拍她的背。温榆舒服地嘟囔了声，像只猫一样。

　　"温姐姐，抱够了吗？"陆沉年微微侧头，声音低了些，带着些许戏谑，"抱够了的话，要回答我的问题了哦。"

讨厌鬼！温榆闭着眼睛踢了他一下，挺不耐烦地问道："说。"

"知春写岁月，花散落海棠。这句话是不是有什么特殊的意义？"

"怎么说？"温榆慢腾腾地从他肩上站起来。

陆沉年这时才发现，温榆穿了一身奶白色的雪纺连衣裙，娃娃领，衬得她整个人格外乖巧可爱。

陆沉年忍不住伸手摸了下她的脸，嘴上却一本正经地说："下午听阮沉舟说起过这句话，这会儿看见竹冉冉用它作为签名，所以好奇。"

"没什么好怀疑的，兜兜转转几个来回也就那样。顺便，这句话并非所谓的流行语，不过是指小南街后街的百年书屋'知春里'，以及海棠花朵朵开的前街'花散里'，这两个地方而已。"

温榆抬脚踩着陆沉年的脸，絮絮叨叨地解释着。她想，这世上除了当事人，大概只有她一人才知道刚刚那句话是竹冉冉写给她的笔友阿舟的——虽然这句话的后半句是她强烈要求加上去的。

毕竟在她看来写诗讲究的押韵是不能少的。即使不押韵，也要让人看见这句诗时会情不自禁地赞叹一句"好美"。

温榆笑起来，露出小小的虎牙，狡黠而可爱："那现在轮到我问你了，请务必认真回答。请问陆沉年同学，你是否觉得这是一句非常棒、非常美的诗？"

陆沉年抚上她的头发，绸缎一般的触感让他爱不释手，他非常配合地回答："棒，超级棒；美，超级美！"

虽说这回答听起来没什么说服力，但到底还是满足了温榆小小的虚荣心。她收回了踩在陆沉年脸上的脚，心满意足地趴在他肩上闭目养神。

温榆闭上眼睛不过一分钟，就听见陆沉年问："所以阮沉舟和竹冉冉到底是什么关系啊？"

"大概互诉衷肠？"似乎是觉得这个形容词不够好，温榆皱着眉想了会儿，总算找到了合适的形容词，"大概就是世界真小的感觉？"

陆沉年听了丈二和尚摸不着头脑："世界真小？"

温榆重重地点了下头："对，世界真小。"

小到自以为天各一方，原来近在咫尺。

—2—

那是二零零九年的夏季，青木开满了紫色梧桐花，仿佛要踏破云霄直冲天际。

不知是谁发起的城市漂流瓶游戏，那个游戏在那一年盛极一时，各式各样的信笺在各大城市间辗转来往。从林川到青木，三十六小时三十分钟的路程，印着干花的米黄色信封传到了竹冉冉的手上。

竹冉冉艰难地提着装满日常生活用品的购物袋，从宿舍楼下的绿色邮筒里取出了一封信。信纸上的字迹苍劲有力：你好，我是林川的阿舟。

和其他城市寄过来的信笺不尽相同，她反反复复看了好几次，最终记下了末尾的收信地址。

"Pen Pal（笔友）"，温榆记得那会儿竹冉冉是这么称呼阿舟的。

一个午后，竹冉冉坐在梧桐树下给阿舟回信，温榆打趣道："真可惜，漂流瓶上岸了。"

竹冉冉一个白眼翻过来，她瞬间闭了嘴，按照竹冉冉的要求将信纸的某个边角折成一对蝴蝶翅膀。

Pen Pal 关系建立的最初，竹冉冉字字句句都斟酌许久，用温榆的话来讲就是，比政府公务员都还要严谨。

温榆那张嘴从小不饶人，她咧着嘴，小小的虎牙特别可爱，一本正经地道："你们这样，漂流瓶很容易继续漂流下去的。"

竹冉冉也很正经："我会用绳子拴住它的。"

"然后呢？"温榆问。

竹冉冉毫不客气地飞了她一个白眼，说："你还想有什么然后？找个笼子把漂流瓶关起来？"

若干年后，如果有人再问这个问题，她可能会说"然后随遇而安"。可那时候，她对于阿舟漂流瓶的一切感到好奇，比如他在信里说的被女王大人打压多年的王子大人的事情。

"其实按照一般的套路来讲，之后是要见面的。"竹冉冉继续说，"你说我要不要见？"

记忆里的声音突然失了真，街道上洒水车唱着歌嚣张地路过，好像记忆里加了什么不明生物进来。哎，那会儿她是怎么回答的来着？

"虽然我觉得我林川出品的人，人品绝对没问题，但我还是要提醒你一下，见面一时爽，结果火葬场……哎哎哎，别打我，我就是随口一说，绝不是对你们 Pen Pal 关系的质疑和中伤。

"可是，万一对方是女装大佬怎么办？"

温榆以为她找的理由多到已经足够把她不愿意让好友去见笔友的意图表现得很明显，所以对于竹冉冉手上的干花信笺，她有点意外。

她软绵绵的小身子像条失去梦想的咸鱼一样，趴在陆沉年的肩上，也许是衬衫布料太好，也许是她没有拽稳，几秒钟的时间，她已经滑到了衬衫口袋的位置，只差一厘米的距离她就能以倒栽葱的姿势滑进口袋。

"温姐姐，你这是在试探我衬衫布料的材质吗？"陆沉年伸手将脑袋进去了一半的小人儿捞起来，托在手心里，低头望着温榆。

他的眼睛明明隐在台灯照不到的黑暗里，但温榆就是能笃定他现在是戏谑的、温柔的、带着笑意的。

"所以你的意思是，阮沉舟可能就是竹冉冉的 Pen Pal ？"

温榆点头："对啊，是这样没错。"

这句话很容易给陆沉年造成一种时间上的错乱感。似乎五年前的那段时日，从记忆长河里脱轨而出，翻过几个春秋，跨到他面前。

那个五月的海棠花季，陆沉年每天都偷偷放一束海棠花在"花散里"的窗台上，被抓住时没有半分尴尬，背挺得笔直："这是我送给我女神 Alice 的，她住在这里。"

"送给 Alice 的？那正好，我的英文名就叫 Alice。"

"所以说这花其实是我送给你的？"

她眨了眨眼，笑靥如花："对啊，是这样没错。而且，我也住这里啊。"

然后，那些没有宣之于口的微妙的情感，在那个初夏开出了花。

"温姐姐。"

"嗯？"

"我听乔二叶说，你有个英文名叫 Alice，是这样吗？"他其实想问，现在她还记得那个穿白衬衫的男孩子吗？

时隔多年，他只是单纯想知道而已。

"对啊，是这样没错。温 •Alice• 榆。"那份欢喜深刻到如今也能够轻易被回想起。

那是她第一次知道，被喜欢的人喜欢着到底是什么滋味。

"那次我原本只是逗逗他的，可是没想到他那么傻，把花都送给了我。"

陆沉年听她慢慢倾倒着那些陈年往事，微微地弯了眉眼。

哪里有人会那么傻，还不是仗着那份喜欢，才乖乖入了那并不走心的圈套。

你知道万宝槌吗？那个可以实现许多许多愿望的小槌。

《御伽草子》中《一寸法师》的故事里记载，打败妖怪的一寸法师得到了妖怪的传家之宝万宝槌，许愿将自己变大、变高之后，和春姬公主过上了幸福快乐的生活。

所以我决定去找那把小槌，然后将自己变大。

枕边手机的备忘录里，莫名其妙地写着这段话，锁屏时间应该是特地设置了的，以保证醒来能一眼看见。陆沉年呆愣了好一会儿，才反应过来，这段话应该是温榆写的。

　　如果要确切一点，那就是温榆在看了短篇小说集《御加草子》后，有感而发写下的。

　　刚刚从睡梦中清醒的陆沉年，在看到备忘录新添的文字的那一刻，心里泛起一股说不清道不明的情愫，翻滚了好几次，可最终还是被他沉沉地压下。

　　他觉得他现在应该去找温榆，于是从床上爬起来，打开了卧室门。

　　缩在门口盆栽后的小人儿偷偷探出了半个小身子，转动着小脑袋似乎在观察什么，那小心翼翼怕被发现的模样让陆沉年忍俊不禁。

　　他干脆盘腿坐在地上，然后严肃地把温榆放在膝盖上。这个姿势让温榆感觉陆沉年像是巨人一样，她需要退后几步，仰头才能与他对视。

　　这个样子不错，可以给她一点压迫感。陆沉年满意地点点头，问她："找万宝槌的事，你是认真的吗？"

　　温榆抿着嘴唇，表情认真地望着陆沉年，像极了装稳重的宝宝，问："你觉得我看起来像是在开玩笑吗？"

　　"不像，就是太突然了。"陆沉年保持微笑，看着温榆从他的膝盖上滑下去，拎着裙摆，噔噔噔地跑到了能与他对视的地方坐下来。

　　"所以？"

　　"如果真要去找，记得带上我。"陆沉年伸手将她拢在手掌间，"我不放心你独自出门。"

　　如果说一个房间等于你眼里的一座城市，那么一座城市则等于你眼里的全世界，而我怎么舍得你独自去这充满危险的世界冒险。

　　温榆也知道以她现在的小身板来说，开扇门都比登天还难，更别提这扇门外的世界。只是这么说出来的话，又好像有点丢人。

她站起身走到窗户前，费力拉开遮光窗帘的一角。现在天正蒙蒙亮，整个小区都笼罩在雾气之中，看起来白茫茫一片，隐隐有些建筑物的轮廓，只是看不真切。冷清的小区，像是还在沉睡。

为了不让温榆感觉太多因为变小而带来的差异，可能也怕她再突发奇想地去找根本不可能存在的万宝槌，陆沉年决定带她一起去跑步。

所谓的一起跑步，其实只是温榆在跑步，陆沉年在慢慢散步而已。陆沉年还迅速地为自己找了一个光明正大的偷懒理由——他要站在她的身后保护她。

雨后的空气里弥漫着青草的气息，说实话，并不怎么好闻，温榆孩子气地皱了皱鼻子。

陆沉年却像是没有闻到一样，专心地观察着周围的情况，他担心温榆被谁家的猫给叼走。

而温榆呢，抓着陆沉年的裤脚，连续打了好几个哈欠。她的鼻子已经适应了这股清新异常的味道，这才开始没话找话："陆沉年，为什么我到现在才开始寻找变大的方法，我之前都做什么去了？"

"因为变小对于你来说，就像是累极时一次放松的旅行。"

"为什么不说我是误入仙境而不自知的爱丽丝？"

温榆好奇宝宝的样子让陆沉年有些失笑，向来走毒舌御姐路线的温榆像个小孩子一样，可见她现在有多么无聊。陆沉年蹲下身用纸巾擦了擦她脸上沁出来的细微汗珠，然后起身继续走，步伐匀速不变。

他粗略整理了下语言，说："因为你不是爱丽丝，我也不是兔子先生。"他瞄了一眼温榆，发现她若有所思地托着下巴点头，才继续说，"所以温姐姐，你为什么突然想变大了？"

"因为误入仙境的爱丽丝想要回家了。"温榆忍不住为机智的自己点赞。

陆沉年笑了笑，伸手将抬起手臂的温榆捧了起来。说真的，他每一次将她捧在手心时，都会体会到捧一个人在手心，还怕她会碎掉的惶恐到底是怎样的滋味。

就像豌豆公主，说得矫情点，就算四十层垫子下有一粒豌豆，也害怕她会被伤到。

但现在，这些心情都没有必要说给她听，他知道它的存在就好。

"那么爱丽丝小姐，你要跟着你的兔子先生回家吗？"说这句话的时候，陆沉年直视温榆的眼睛，眉眼含笑，一派谦谦君子的温柔写意，瞳孔里映着清晨初升的阳光，像是漫天的璀璨星河都落在他眼睛里。

温榆捂着心口，安抚心房里失控的小鹿，然后清了清嗓子："回啊，爱丽丝小姐不跟着兔子先生回家，难道要跟着三月野兔（《美少女战士》中的主人公）走吗？"

"想都别想。"陆沉年直接把人揣进了衬衫口袋。

哎，哪有人这么霸道的啊！温榆趴在口袋边缘举手抗议："哎哎，你怎么能够这样子啊，说好的人权主义呢？"

陆沉年伸出一根手指按住她的脑袋，笑："我们什么时候说人权主义了，温姐姐，你别是睡糊涂了吧？"

"你才睡糊涂了呢。"温榆身子一蹭，直接缩口袋里，不让他摸自己的脑袋。

陆沉年看着她这副模样，忍俊不禁。

温榆缩在陆沉年的口袋里看着他，撑着小脑袋想着：对不起啊，兔子先生，我好像真的要把你弄丢了。

回到家，陆沉年让温榆去换了一套衣服，又帮她放好水，和她一起在洗手间的镜子前洗脸、刷牙。

镜子里是一高一矮的两个人，一个站在洗手台前，一个站在洗手台上，两人动作一致，小空间里充斥着洗洗涮涮的声音。这个画面有点温馨。

"早餐可以给我做花甲米线吗，带虾和肥牛的那种？"刷完牙，温榆安分地坐在洗手台边上，微微仰起头，晃着两只脚丫。

"不可以。"陆沉年挤了一点洗面奶在手上，含笑地看着她，"给你做流水素面倒是可以。"

温榆想了想，很认真地回答他："那你还是煮两个和我脑袋一样大的鹌鹑蛋吧。"

"和脑袋一样大的鹌鹑蛋？可以啊。"陆沉年的语调往上扬，开始轻柔地往她脸上抹洗面奶。

温榆微微仰起头，俏挺的鼻梁把打在鼻子上的光切割成两半，下颌的弧线优美，整张脸被雪白的洗面奶包裹。

陆沉年微敛双眸，黑曜石般的瞳仁里盛满他自己都没察觉的柔光，目光灼灼地把眼前的小美人儿藏入眼底。

然而这些温榆都没有察觉，她现在全部心神都放在那两个在自己脸上游走的指尖上。

很奇怪，她竟然对陆沉年指腹轻柔抚过脸上的动作敏感得不得了，明明最初变小的时候，她还不是这样的。

一定是洗面奶的原因，温榆想，是洗面奶里杂七杂八的东西在攻击她吹弹可破的皮肤。

—3—

陆沉年直视温榆，看到白色泡沫下温榆淡粉色的脸，又有点忍不住想要逗逗她，于是噙着笑意开口："你还没回答我，找到万宝槌许愿后，你会和某个喜欢的人 kiss（亲吻）吗？"

"你以为所有的故事设定都和《小南的迷你情人》的设定是一样的吗？"

温榆毫不客气地给了陆沉年一个白眼，接过湿纸巾擦干脸。刚刚陆沉年问这个问题时，她脑海里居然一闪而过他的脸。

陆沉年并没有理她："嗯？难道不应该是青春偶像剧必备的浪漫元素吗？"

"你太天真了，陆先生。"温榆蹙紧眉头，深呼吸了一口气，"这都是编剧的套路，你应该说 kiss 是解决一切诅咒最有效的魔法，就像睡美人只有得到王子的亲吻才能苏醒那样。"

"如果是你呢？如果一开始就告诉你想要变回原来的样子，就必须对着万宝槌诚心许愿，并亲吻一个男孩子，你会怎么做？"

为什么一下子说到这个话题了？温榆有点跟不上陆沉年的思绪，一下子没反应过来："什么？"

"你不是说要找万宝槌吗？"

温榆第一次觉得和陆沉年说话有点费劲："找万宝槌只是开玩笑而已。"

"可我当真了。"就在他睁开眼没有看见总是抱着他的手指睡觉的小人儿的时候。

温榆一脸拒绝的表情，冷淡地回应一句："哦。"随即她便闭上眼睛，大方地仰起头，把脸留给陆沉年，一副任人蹂躏的模样。

说起来，万宝槌梗和 kiss 梗出自于二零零四年拍的日剧《小南的迷你情人》，少不了雷打不动的浪漫元素——kiss。

就在昨天晚上，温榆拉着陆沉年看完了这部剧，顺便又看了《一寸法师》。

温榆想，如果这世间真的有万宝槌，她是不是也要在许愿之后，偷偷地去亲吻喜欢的人？这个想法不错，可以拉入黑名单。

"温姐姐。"陆沉年低沉的嗓音在洗手间里响起。

温榆睁开眼睛，好整以暇地望着陆沉年："嗯？"

"既然你不打算去找万宝槌，以后就勉强和我住在一起吧。"

温榆诧异地望着陆沉年，女人的第六感告诉她，陆沉年这句话另有其意。比如，如果你变不回去了，我们就这么凑合着过一生吧。

啊，白天真适合做梦。温榆打了个哈欠，并没有理会他。

早餐时，陆沉年还真给温榆煎了两个蛋，不过不是和她脑袋一样大的鹌鹑蛋，而是能将她裹起来的鸡蛋，最后还热了一杯牛奶。

温榆光着脚，盘腿坐在餐桌上，一本正经地拿起放在餐盘前的叉子——她必须双手合抱，才能抱起那把对于现在的她来说过于巨大的叉子。

但是那叉子比她的脸都大，要怎么吃啊？温榆抱着叉子对着自己比画了几下，看得陆沉年心惊胆战，就怕她一个不小心，就殒命在他面前。

"温姐姐，放下叉子好好吃饭。就算没有花甲米线和鹌鹑蛋，咱们也要好好吃饭。"陆沉年慌忙地从她的手里拿过叉子，避免她失手把自己戳死的悲剧。

不过其实挺可爱的，一个精致的人偶大的娃娃坐在陶瓷餐盘的边缘，鼓着腮帮子抱着比自己大很多的叉子，是不是很可爱？

温榆拍了拍手，含笑地看着他："难道放下叉子，我就能好好吃饭了？"

"至少我觉得那样你会安全点。"陆沉年让温榆安分地坐在餐盘上，去厨房拿来了一把适合小人儿使用的叉子，对着温榆说道，"先说好，如果你下次还用刚刚那种叉子吃饭，戳死了可不能赖我。"

"不赖你？"温榆的语调几不可闻地上扬，她的意思是"不赖你赖谁！"不过陆沉年大概没听出来，只当她是附和了自己的话，开始细心地将煎蛋切成适合温榆食用的大小。

如果非得说男人什么时候最好看的话，除了大家普遍认为的认真工作，温榆觉得，在自己不方便的时候，能温柔照顾自己一切的男人也很好看。比如现在的陆沉年。

意识到自己停留在他身上的目光有点久，温榆不自然地移开视线："明明只是变小了，怎么觉得自己像是半残废了一样。"说完，她抗议似的挥了挥手中的小叉子。

陆沉年手上的动作顿了一下，抬起双眼与她对视，露出一个戏谑的笑容："难道不是吗？"

温榆毫不客气地用叉子戳了他一下子："走、走、走，你别说话。"

"好、好、好，我不说话。"陆沉年倒好牛奶后，漫不经心地把自己下午的行程告诉温榆，"下午我要去上课，你和我一起去。"想了想，他又问，"需要我去'花散里'接乔二叶吗？"

温榆咽下最后一口牛奶，接过陆沉年递过来的纸巾，擦了擦嘴角，然后自觉地抬起双臂让陆沉年带她回房间。

才变小没多长时间，她已经完全适应了十厘米小人的生活，以及被陆沉年捧在手心里的感觉。

"你有没有觉得现在的乔二叶很像一个人？"温榆像是没听见似的，自顾自地问道。

"什么人？"

"玛丽苏文里的小公主。"

"她是有N平方米宽的水晶床？还是有身为当红明星的男女保姆？如果没有的话，别把锅甩给玛丽苏小公主。"

"呀，陆沉年，你好烦。"

"要去'花散里'吗？"

"去，当然去。"温榆搬运了两颗圣女果到陆沉年的口袋里，气息不稳地回答。

在等陆沉年的时候，温榆坐在飘窗上打电话："我到爱沙尼亚了，准备参加圣约翰节……听说阮沉舟来青木了，就住在'花散里'，你记得按月收房租、水费、电费、燃气费，哦对了，还有生活费。"

窝在沙发里追星的某人，被温榆的不留情面逗笑了，又被见面会上的爱豆萌出一脸血。乔叶将iPad往旁边一扔，朝着厨房的方向喊："阮大表哥，姐姐说了，房租、水费、电费、燃气费、生活费，样样都不能少。"

阮沉舟将虾肉放入沸水锅，放了少许盐，再把胡萝卜和豌豆过水煮。他忙得不可开交，还要腾出精力不满地抗议："你家大表姐就不能让亲情的巨轮好好地航行吗？我住在你们家，天天做饭、洗衣服、打扫卫生，还要去对面竹冉冉那里帮工，我都想给这般任劳任怨的自己颁发'中国好表哥'的小锦旗了。"

乔叶发出疑问："今天的衣服不是沐遥洗的吗？再说你一、三、五主厨，沐遥二、四、六、日做饭，哪里天天了？"

阮沉舟把打散的鸡蛋倒入炒锅中充分炒匀，再将刚煮好的胡萝卜和豌豆放进锅中翻炒，一边继续关注着锅里的状态，一边说："为什么你和你姐一样，总喜欢让亲情的巨轮沉下去，你假装天天不可以吗？"

乔叶笑得像只小狐狸："不可以！姐姐说了，和大表哥不需要开亲情的小船，巨轮更不需要。"

阮沉舟："……和表妹一起生活的日子好心累。"

雨后初晴的天空，碧蓝如洗，云朵层层堆积在湛蓝色的天幕中，被光线晕成深浅不一的蓝白色。

陆沉年卧室的窗户开了一点，徐徐微风吹开窗帘，带来远方不知名的花香。

靠坐在五寸龙猫公仔身上的温榆，双手无意识地蹂躏着一顶白色贝雷帽，她从刚开始就没说几句话。

陆沉年坐在书桌前的椅子上，一低头，就看到了微信上的聊天记录。大概是觉得打字太累了，温榆索性把手机推到他面前，让他帮忙打字回复。

阮沉舟发来消息："看在咱们俩血缘关系的分上，房租减半、水电全免，怎么样？"

陆沉年抬眼问："温姐姐，怎么样？"

"不怎么样。"温榆掩着嘴打了个小小的哈欠，"实在不行就押一付三，看在血缘关系的分上，第一个月可以考虑押一付一。"

陆沉年按照她的说法一一回复，随即拿过贝雷帽整理好每一处褶皱，给温榆戴上，笑了笑说道："讲道理，你们这样，就算是亲情的航空母舰都得沉。"

温榆毫不在乎地挥了挥手："沉就沉呗，又不是没沉过。"说着她把帽子拉下来盖住脸，"我困了，先睡会儿，出门时再叫我。"

陆沉年却觉得有趣，试探着问了句："温姐姐，要不……我也收个房租、水电费怎么样？"

"滚。"温榆透过帽檐下的缝隙剜了陆沉年一眼，然后用力踢掉了鞋子，鞋子飞出去，差点砸到陆沉年的鼻子，看得陆沉年又是一声轻笑。

温榆整个人缩在公仔身上，翻了个身，谁也不想理了，顽劣的一面难得暴露无遗。然后脑袋不舒服地蹭了一下，半折起手臂，把脸趴在上面。

陆沉年快速回复完阮沉舟发过来的消息，把黏在公仔身上的小人儿扒拉下来，轻托起她，让她枕在自己怀里。见她终于消停了，拨了拨她散下来遮住眼睛的碎发。

她今天穿了一条洁白的裙子，裙摆扬起来时，像一朵云飘浮着似的，这朵云此时温柔地将她包裹着。从衣领中露出来一截细长白皙的脖颈，线条单薄，像画纸上细细勾勒出来的两笔。

陆沉年忍不住盯着她的脖颈看了一眼，轻叹了一口气，小人儿太脆弱了，脆弱得他一只手就能轻而易举地杀掉她。

思及此，陆沉年又想起温榆那无厘头的担忧，嘴角翘了翘："我要是真收你的房租、水费、电费、燃气费，我得是有多堕落。不过，我可以考虑收你点补偿。"

温榆闭上眼睛，一动不动，似乎怕惊扰了什么。

房间里安静得过分。温榆以为自己不会睡着，困了本就是找的借口，却慢慢酝酿出了睡意。她的脸颊几乎贴在了陆沉年白色的衬衣上，若有似无地感知到他的温热感，以及一种让她很有安全感的、温柔的、容易让她贪恋的气息，她像被大团柔软的棉花所包裹。

"温姐姐，得醒了，我们要出门了。"陆沉年看了眼时间，十三点二十分，距离下午的选修课还有一个小时，他在温榆头上挠了两下。

温榆犯懒，丝毫不想动弹，撒娇似的在他怀里翻滚几圈，撑着他的锁骨直起身，半跪着趴在他肩膀上继续睡回笼觉。

"你再这样，我就拎着你抖几下了。"陆沉年轻轻将她揽进手心里，把帽子拿过来给她，"给你三秒的时间，三、二点五、二……"

温榆模棱两可地"嗯"了一声，脑袋昏昏沉沉，也就是借着这股刚醒来的迷糊劲儿，她才能放任现在的自己这样肆无忌惮。

温榆拿过帽子戴好，白裙子像一只翩跹的蝴蝶，人却像只可爱的小仓鼠一样钻进了陆沉年的衬衫口袋，只露出可爱的小脑袋。

陆沉年"啧"了一声，凉薄好看的唇微微向上勾："我说温姐姐，如果有一天你变回去了，你还会这样习惯性地往我怀里钻吗？"

"那时候，你的口袋装得下我吗？"温榆抬眼似笑非笑地看着他的下巴。

"大概不能。"陆沉年狭长的眸眯了眯，慢条斯理地说，"不过我的怀抱容得下你。"

温榆有瞬间的恍惚，心脏忽然被他普通的言语轻轻地撩动了一下，她下意识地缩回了口袋里，像一只缩头乌龟一样。

然后，她听见陆沉年略带笑意的低沉嗓音："或许，温姐姐，你可以考虑试一试。"

第六章
Alice 的午后大冒险

MY

GIRLFRIEND'S

GETTING

SMALLER

—1—

下午十三点五十分。

陆沉年在去"花散里"找乔叶前，救了一只因为太胖而卡在栅栏缝里的猫，走失了一个因为太小，什么时候从口袋里掉出去都不知道的温榆。

直到他在草丛里捡到一顶帽顶有一副挂着兔毛球的鹿角的贝雷帽，他就这么看着贝雷帽，终于后知后觉地反应过来，好像从救了肥猫后，他就再也没有见到过温榆了，也不知道她现在是否安好。

"陆沉年，你这是掉金子了吗？一直盯着那片草地看。"恰巧路过的乔叶拄着拐杖凑过来，扫了一眼，就看见他掌心里的小帽子，"啧，看来没掉金子，是捡到了一寸公主的贝雷帽。陆沉年，你运气不错呀。"

"应该是运气挺差才对。"陆沉年眯着眼睛仔细地回想了一下，"因为我得去找到一寸公主，将帽子还给人家，她那么小，你说我怎么才能在最短的时间内找到她？"

"你要去找？"乔叶诧异地看着他，她想如果她现在可以不靠拐杖就能站立的话，一定会不由分说地用拐杖捅陆沉年的脸，"那帽子一看就是玩偶身上的，陆沉年你是傻了吗？信了我的话，以为是一寸公主的？"

"对啊，我得找到她。"陆沉年直言不讳地承认，将贝雷帽收进口袋里，开始沿着草丛延伸的方向仔细寻找。

"不不不，陆沉年，你听我说。"乔叶激动地摆着两只手，险些将手上的拐杖给甩出去，"一寸公主不存在的，她只是童话故事里的虚拟人物——等等，这不是重点。"乔叶感到不可思议，"重点是，陆沉年你为什么要寻找一寸公主？"这才是重点！

陆沉年望向乔叶，眸色幽深，淡淡地说："不管她是不是一寸公主，我都必须要找到她。"

青木的天空又阴沉下来，洁白的云朵被黑压压的乌云掩盖，就像被弄脏的贝雷帽。

沐遥已经揽着乔叶往青大走了，两人在说话。乔叶仰着脸笑着，沐遥低垂着头，偏向她，很自然地迁就她。这年头，连"影子"都在秀恩爱，被阳光拉长的影子重叠在一起，成双成对。

在这个并不寂寥的午后，陆沉年忽然生出了点羡慕的情绪。有点莫名其妙，所以他很快收回了视线。

这还不是羡慕的时候。他想啊，温榆那么小，小南街那么大，再耽搁下去，说不定就被谁家野猫叼了去，小小的一团可能塞野猫的牙缝都不够。

小南街里一切都是那样静谧，粉砖黛瓦，流水人家。

温榆揪着裙角坐在草丛里，好奇地观察着那只背着大米艰难行走的蚂蚁，也许是她的眼神太过灼热，那只黑色的蚂蚁回头用小小的复眼瞅了她一眼。

温榆几乎没有思考和犹豫，把掉落在脚边的另一粒大米交了出去。蚂蚁却无情离去，她望着蚂蚁的背影，觉得自己像个傻子。

在那只蚂蚁回来搬运温榆上交的大米时，她正背着手在她的活动区域内一蹦一跳的，白裙子像一片轻飘飘的云朵，漫无目的地飘荡在草丛里。

温榆走得很小心，草丛里有许多叫不出名字的小虫子，它们就像鬼屋里躲藏在暗处的工作人员，总想着出其不意地吓人一跳。

托这些小虫子的福，这条温榆最喜欢的路突然间变得非常不可爱起来。

穿过这草丛，是小南街的后街，有几百年的历史了，青石板磨得很光滑，巷弄的左右各有一排小巧的吊脚楼。白墙、木格窗，细雨绵绵之时，颇有一番烟雨江南的风味。

于是每年的梅雨季节，便效仿那江南的一些小镇，从二楼伸出系着彩带的长竹竿，花花绿绿的颜色，晃眼得很。

其实温榆一直没有想明白，为什么小南街非要修建画风差异如此之大的两条巷子呢？不是说齐聚一心才能齐家、治国、平天下吗？那为什么还要如此修建？

来试想一下，风景优美的现代风情街隔壁是飘扬着红红绿绿彩带的老旧巷子，无论向左转还是向右转都像是走在邪教组织的迷魂阵里。说实话，她是真不喜欢梅雨季时的这条巷子，她受够了两种颜色的碰撞，以及被高楼挡住视线。

但这次没有办法，对于仅有十厘米身高的温榆来说，走老巷是最安全、最明智的选择。毕竟"花散里"所在的那条巷子没什么可以藏身的地方，一言不合就会被人围观，然后就会被送进科学家的实验室做研究。所以温榆为了保持低调，义无反顾地走进了这迷魂阵似的老巷。

不过照目前的形式来看，她有极大可能要上电视火一把了，因为她被人发现了！

温榆清了清嗓子，却一句话也说不出来，秋千椅旁边奋力唱着小曲的老旧收音机都要比她更有活力。正是一天当中最为温暖的时候，蔚蓝色的天际飘着浮云，阳光被繁茂的大树枝丫切割成不规则的块状，零碎地打下来，让眼前这场猝不及防的相遇看起来梦幻了一点。

她举着树叶往矮株植物那边靠了靠，让层层堆叠的绿色枝干帮她打掩护，她揪着裙摆小心翼翼探出头来，打量着那个看起来像是刚刚睡醒的女孩子。

她似乎并没有察觉到自己的手被一个小人儿给撞了，其实这样再好不过。虽然按理说，温榆撞了人应该去道个歉，但她现在是特殊情况啊，所以，女孩子一定会原谅她的。

温榆隔着绿植满带歉意地朝女孩子弯腰，道了个只有自己能听见的歉，然后举着树叶，打算这样悄悄地从女孩子面前绕过去。

可她刚走没两步，身子就悬了空，她被两根手指捏着衣领提了起来，紧接着落在了一只干燥温暖的手掌上。

陌生的降落方法，说明拎她的人并不是陆沉年。期待转瞬化为失落，温榆蜷缩在那只温热的手掌上，用树叶盖住了自己，那模样像极了受伤后独自舔舐伤口的小兽，可怜极了。

看得宋锦柯忍不住上扬嘴角，心里又觉得疑惑，陆沉年怎么舍得让他的Alice独自出行？简单分析了一下，他得出"大概是Alice和陆沉年走散了"这一结论。

说起来，他遇见温榆应该是在十多分钟前。光滑的青石板路之上，一个穿白裙子的女孩子一蹦一跳，仔细去看会发现这个女孩子一直在左顾右盼，似乎在戒备着什么。

应该是在躲路过的行人吧，宋锦柯看着躲进草丛里的女孩子想，毕竟是个只有十厘米的陆沉年的Alice。

十厘米。想到这点的时候，宋锦柯下意识就想起了他的大花，那可恨的脊髓小脑变性症，还有那早早夭折的抑制药。

这突如其来的念头让宋锦柯攥紧了手指，指甲陷进了肉里也不吭一声，他觉得疼，更多的却是无力。大花却对这一切觉得无所谓。

大花坐在临窗的位置，手里翻着夏目漱石的《猫》，好像能看穿宋锦柯心中所想似的，安慰他道："没事的柯柯，不必自责，你已经很棒了。你要知道如果不是你的话，我现在早就与黄土为伴了。我很庆幸能遇见你。"

大花愉悦地弯起了眼睛，她看起来似乎真的很开心，甚至手撑着椅子的扶手打算直接翻下来："而且我身姿现在可灵活了，你看……"

宋锦柯应声看过去，看见那个身披轻薄毛毯的姑娘从椅子上滚了下来，像一头笨重的熊，"咚"的一声砸在了宋锦柯的脚边。

真丢脸啊，大花想，她明明想像只燕子从上面飞下来的。

"刚刚什么都没发生啊，都是错觉。如果你看到了什么，一定是地先动的手，就像倒霉蛋乔叶。"

那个倒霉蛋乔叶，就是在这时候走进来的。

是那个在开学第一天就从楼梯上滚下去的女孩子，宋锦柯扫了眼她白萝卜一样的腿，皱着眉问大花："你们约好的？"

大花点了点头："我们今天约好了去医院检查。"

她和乔叶不仅是大学同学，还是病友，躺着养病接受治疗的那段枯燥时间里，乔叶是等同于开心果一样的存在。

"好，路上小心。"

宋锦柯想，他当时一定是个傻子，怎么会觉得渐冻症女孩和断腿女孩能安然到医院呢？甚至连乔叶跟他保证她的温姐姐会陪她们一起去医院时，他都没能反应过来乔叶的温姐姐只有十厘米了……

思绪被"十厘米"这个词强行拉回，宋锦柯下意识放轻了步伐，忽然想看一看，这些人口中的温姐姐到底是怎样的一个人。

于是他就这样一路跟踪到"知春里"门口，直到温榆不小心撞上大花垂在椅侧的手，惊慌失措地躲在盆栽后面，他终于忍不住伸手将这个小家伙拎了起来，走进了"知春里"。

他甚至故意坏心眼地说："哇哦，居然是活生生的三寸小人儿，必须拍照发微博！"

听上去特别惊奇的一句话，成功地吓得温榆一个驴打滚翻坐起来，毕恭毕敬地说道："帅哥，只要不拍照发微博，一切都好说！"

"那就上交国家吧，科学试验品了解一下？"

温榆：我能直接报警吗？

"你到底怎么样才能放过我？"温榆选择性忽略刚才的问题。

面前的男人看起来人畜无害的样子，如果她刚才没有看错的话，这个男人的眼睛里有戏谑一闪而过？温榆抬头直视他的眼睛，只见里面古井无波，他的表情甚至有点严肃。

该不会真把她上交给国家吧？

温榆平时看小说多，偶尔还亲自操刀写一写，所以脑洞突破天际，喂药、解剖，或者被制成标本展览的想法全在脑海里过了一遍。但她看了眼宋锦柯，被阳光包裹的男人，穿着校园男神标配的白衬衫，实在无法想象他会狠心地把她上交给国家，让她被展览。再说了，小说和现实完全是两个世界，不可混为一谈的。

她是一个乐观的人，嗯，就是这样！

"给我试药。"

"嗯？"温榆一时间没反应过来，只觉得好像听到了什么不得了的东西。

"给我试药，我就放过你。"宋锦柯又说了一遍，但他的语气明显有些戏谑，像是故意要逗一逗她似的。

试药？试药！别是她想的那个试药吧？

"你要让我试……什么药？"温榆试探地问。

"我新制作而成的药，可以把人变成小怪兽。"宋锦柯说。

温榆特意咬了一口自己的下嘴唇，然而清晰的疼意告诉她这是真的，不是梦。气氛忽然变得奇怪起来。

宋锦柯盯着温榆一脸"我被雷劈了"的表情觉得很是好笑，没来得及开口，就听见大花兴奋的声音，她说："放下这个Alice让我来！"

莫名其妙地，温榆打了个寒战。

如果说夏天的蝉总是喧闹得让人心烦，那么此时的大花便是那惹人心烦的夏蝉。

虽然她打从心底感谢大花从宋锦柯的魔爪救下她这件事，但这并不能阻止她对大花此时此刻的行为产生烦躁的心理。

"来，笑一笑，对，就这么笑，这样子腮红才能上得匀称又漂亮。"大花正拿着一把不大不小的刷子往温榆凸起的苹果肌上扫着带珠光的粉红色。

旁边的宋锦柯伸出两只手指不轻不重地扣着温榆的手，她手里抱着一把锃亮的叉子。

除了大花，好像这房间里的每个人都不太开心，温榆和宋锦柯冷眼相向，脸上的表情既无奈又有着隐忍的怒气。

"说真的，大花——"宋锦柯闲散地靠在桌边，仔细地盯着正前方温榆的脸，只见她为了配合大花上腮红，不得不摆出僵硬又标准的笑脸。

说实话，如果不是他按着温榆的手，温榆一定早就不由分说地拿着叉子戳大花的脸了。

想到这里，宋锦柯扣着温榆的手的力道又重了几分："我跟你认识这么久，怎么不知道你这么爱打扮娃娃？"

"没办法，我只要一看到娃娃的眼睛就会想起蛇，就什么都不想弄了。"大花慢悠悠地抬起眼睛，像是想到了什么似的，打了个哆嗦。

"所以，这就是只你买娃娃衣服，不买娃娃的理由？"宋锦柯从温榆手中抽走叉子，塞了颗菠萝莓在她怀里。大花已经给她换好小衣服了，温榆坐在红色的茶杯里，整个人可爱得紧。

"真可爱。"宋锦柯顿了顿，"可是大花，你能做点不让人产生想打你的想法的事吗？"

"原来你也知道我想打她啊？"正试图从大花魔掌下逃离的温榆，闻言将头从菠萝莓上抬了起来。菠萝莓的香甜味道在口中漾开，她开心得眯起眼睛，"所以宋锦柯，你阻止我的时候，为什么不连她一起阻止？还有，这个红色的茶杯……"

温榆话还没说完，就被大花浪潮一般的惊呼声给打断了。大花单薄瘦削的肩膀，以及手上那串细碎的水晶链都随着这阵惊呼而发生了微妙的起伏。她想啊，世上竟有如此可爱的迷你小人儿，这真的是这段手忙脚乱的时间里最让人开心的事情了。

"天哪！"大花继续咯咯地笑着，"你真的好可爱，比橱窗里的娃娃可爱一百倍！你行行好，让我试试这盒子里的其他衣服吧。"

"哎哟，美女，你才是行行好，别折腾我了。"温榆抓住大花停嘴的瞬间，求饶道。

大花头也没抬地说："那试药了解一下？"

"那你还是折腾我吧。"

—2—

深咖色的蒸汽朋克礼帽被大花捏在指间，温榆下意识地抓起红色茶杯的杯盖，整个人身子往下一蹲，响起杯盖与杯身清脆的碰撞声，估计躲得太急，精致的茶杯边缘露出了一截浅咖色纱镶边的红色裙摆。总之，温榆整个人缩进了红色茶杯里，她是真的怕了大花，除了她现在洛丽塔风格的衣服之外，大花还给她试了瑞丽风和田园风。

其实，温榆有一些想不明白的事，比如说现在正拿着波西米亚长裙的大花，她对打扮自己的执念有多深？这对于被折腾了一个半小时的温榆来说，是一件很严肃的事情。

"帮你联系人来接你？可以啊。但你得知道，凡事都讲究付出和回报。"

"所以呢？"

"我希望你试穿我收藏的漂亮小衣服，那可都是我压箱底的宝贝。"

"哈？"

这是温榆逃离宋锦柯的魔爪时，和大花之间的对话。而现在这个时候，她回想起来，内心是大写的后悔。

要是早知道是这样的结果，她宁愿去试那据说吃了能变成小怪兽的药。

"好吧，小美人儿，这是最后一顶帽子，我发誓。"

大花揭开茶杯盖，像是变魔法似的，一下子就把温榆刚刚弄乱的发髻给重新盘好，顺便用别针将帽子固定在她毛茸茸的头发上。

"不过，你真的不考虑童话风吗？拇指公主或者小红帽这类的衣服风格？"

"大花。"宋锦柯的声音不大，却神奇地传进了大花拒绝听取任何话语的耳朵里，蕴含着一种莫名的清亮。他像是看着大花，又像是透过她看着别处，"我们答应过她的，帮她联系人过来接她，等会儿你也要回医院接受治疗。"

"噢——"大花不开心地抿了抿唇，她还是想再给温榆换一套衣服，"我想知道那个能和拇指姑娘朝夕相处的人是谁？"接着，她有些艰难地放下手中的碎花小裙子，像电影中的慢镜头，每一个动作都无比缓慢。

"大概是个很好的人。"温榆有些艰难地站了起来，用手撩开挡住视线的水晶链，"因为我好像有点喜欢他。"

温榆打来电话的时候，陆沉年正沿着后街草丛蔓延的方向各种翻找，长时间的精神紧绷让他没能立刻接起来，在手机铃声响了半分钟后，他才绷着脸接起来。

"喂，哪位？"他的语气非常不好，大有对方哪怕说一句废话就挂电话的意思。

温榆被他佛挡杀佛的语气给吓到了，顿了会儿才开口说："陆沉年，我被人发现了。"

陆沉年一时被她的声音弄得脑袋有点短路，过了好一会儿才反应过来是温榆。他下意识地做了一个深呼吸，胸腔有些疼，眼睛有些酸，甚至连说话的声音都沙哑异常，像是许久未开口说话的人。他说："那……你还好吗？"

"一点都不好。"温榆的声音特别委屈，"不仅被人当成木偶一样摆弄，还差点被绑去试能够变成小怪兽的药。"

能够变成小怪兽的药？陆沉年瞄了眼来电显示，瞬间确定了她所在的位置，绷着的神经瞬间放松下来："那你变成小怪兽了吗？"他问道，语气里带着无法忽视的笑意。

当然这份喜悦并非针对温榆的抱怨，而是来源于找到她，以及确定了她是安全的。毕竟她还能有时间故作委屈地同他抱怨，证明她现在很好，或许还有点好过头了？

可显然温榆并不这么想，在她看来，这一句含笑的疑问带点讽刺，于是她声音一转，尖酸而刻薄地说道："哟，真是劳烦陆大帅哥关心我了，您老放心，我生命力顽强如小强，死不了的。顺便让您老遗憾了，我没试药呢，在试衣服。"

陆沉年笑笑，倒也不介意，说："我挺放心的，毕竟你是在宋锦柯那里。"

得，在人家宋锦柯这里就放心了，温榆翻了翻白眼，这人到底对宋锦柯是多放心？

她吐槽归吐槽，转念一想却又觉得奇怪，这人怎么知道她在宋锦柯这里啊，难不成是在她身上安了监控器？

胡思乱想间，大花手里拿着几套风格迥异的洛丽塔裙装，一步步靠近的模样像极了《白雪公主》里的恶毒皇后。温榆哆嗦着躲进红色茶杯里，再也无暇去提出疑问，只能求救："再放心你也要来救我，我被当成娃娃各种打扮！"

"好啊。"陆沉年拍了拍身上沾着的草屑，朝"知春里"走去，"等我踏着七彩祥云去接你。"

"七彩祥云太慢，你还是打飞的吧，这个快点。"

温榆又说了几句后，才挂断电话。她回头一看，大花已经挑好了一套哥特风的洛丽塔裙子。

一看到她手中的银色十字架和黑色指甲贴，温榆连忙举手投降："大姐你放过我吧，我不走暗黑系风格的。"

"所以？"

"所以能不穿这套，或者来套甜美系的吗？"虽然甜美系她也不是特别想穿，可总比暗黑系的好看，不是吗？

"好了，小美人儿，人是不可能一直走同一种风格的。"大花不由分说地将小礼帽扣她脑袋上，"再说了，要时常给你家那位展现不同风格的一面，才能更好地抓住他的心。"

她没见过这么无厘头的人，可最后还是妥协了。

长时间的折腾让温榆和大花都有些吃不消，温榆疲倦地揉了揉眉心，抬眼看着正在捣鼓黑色小礼帽的大花："好了吗？"

大花温柔地对她笑了笑，在宋锦柯的帮助下捡起了因为温榆突然动弹而掉落的小礼帽："可以了。"说完后，赶紧给她戴上。

宋锦柯扫了眼大花垂在身侧的手，抿着嘴角，清俊的脸上没让温榆看出一丝异样，他只淡淡地对大花道："陆沉年已经过来了，大概十分钟。十分钟后我们回医院。"

不是去医院，而是回医院。大花张了张嘴，似乎想反驳什么，最终却什么也没说。

"知春里"的大门被人从外面推开的时候，温榆正拿着叉子跟盘子里那颗滑溜溜的菠萝莓较劲儿，听见门外的声响，立刻抬起了头。

温榆亮晶晶的眸子对上陆沉年的眼，两轮弯弯的月牙随之浮现，她伸手，撒娇地问了句："要抱抱吗？"

陆沉年闻言挑了下眉，三步并作两步走进来，伸手就把求抱抱的小人儿捉了过来，从头到脚检查了个遍，确定还是分开前的模样后，才接过宋锦柯递过来的温开水。

陆沉年看起来很疲惫，温榆窝在他的掌心里微微仰头，正巧看见他因吞咽而上下滑动的喉结，他喝得有些急促，应该是许久未碰水了。

得出的这个结论让她左心口的位置微微发酸发胀。温榆觉得眼睛忽然有些涩涩的，赶紧眨了眨，视线随之移动，看他因为太热而解开两粒扣子的衬衣，清俊雅致的面瘫脸和那双看不出情绪、云遮雾绕的眼睛，她仿佛听到自己的心脏处传来"啪"的一声爆裂，有什么东西一片片地碎裂开。

看着眼前的这个"巨人"，温榆心里竟然有点疼，而那微微的痛楚里，还含着说不清道不明的欢喜。这样强烈的感觉，连她也无法欺骗自己。

走丢的这几个小时里，她没什么好害怕的，假装自己是漂流的鲁滨逊，在名为小南街后街的地方突破困境。可是陆沉年一直在漫无目地寻找她。

那些没来得及说出口的暗恋和奢望，在这一瞬间躁动不安，想要突破禁锢着它们的小匣子。她喜欢他，从很久以前——多么简单粗暴，却又显而易见的答案。

温榆回过神时视线有些模糊，阳光从雕花镂空的木窗折射进来，忽明忽暗地被那颗在眼眶里打转的眼泪折射成美丽的光斑，而陆沉年就在那一片美丽的光斑里朝她微笑："阿榆，我找到你了。"

不是温姐姐，也不是温榆，而是阿榆。

记忆如细碎阳光，突然以失控的姿态疯狂涌入脑海。温榆终于记起来，很久以前有个人也这么叫她。白净漂亮的少年朝她微笑，桃花眼中隐有柔情。

现实与记忆相重合，来自老旧时光里的回忆被唤醒——

"榆钱树的榆啊，那我以后就叫你阿榆好了。"

不是温姐姐，也不是只有他自己知道的 Alice。

"叫什么阿榆，叫姐姐。"她故作生气地叉腰，踮起脚敲了敲他的脑袋。

"你才不是我姐姐，你是温榆，我的阿榆！"

天知道他陆沉年怎么会脑子一抽说出这样的话，幼稚得就像一个想要将所有喜欢的糖果都据为己有的孩子。

"噗。"温榆笑出声来，将大大的红色双肩包甩到身后，"好吧，我姑且是你的，那你姑且也是我的。"

天知道她说完这句话有多想落荒而逃，甚至脸上像火烧一般火辣辣的。她温榆平日里是出了名的矜持女王，今天怎么能够在这个颜值比她高、年龄比她小的少年面前，如此不矜持？那天的她一定是个假的！

不过是孩提时期的戏言，林川芙翡巷的小霸王温榆却当了真。

那天过后，一晃已三年。而曾几何时，那个一脸无赖和怨念跟在她身后的胖乎乎的倔小孩，已经长成偶像剧里走出来的人物一般，具有天才式的优秀，且丰神俊朗。

白驹过隙，竹冉冉的 Pen Pal 随着城市漂流瓶漂流过来了，小南街的西府海棠也要再次谢了，迟到了三年的约定也该实现了。

"知春里"很安静，只有宋锦柯翻书的声音。

陆沉年也很安静，除了进门看见温榆时一闪而过的慌乱和无措。

大花清了清嗓子准备打破这种安静，被宋锦柯捞进怀里捂住了嘴，只剩下一双仿佛会说话的眼睛贼心不死地盯着陆沉年和温榆那边。

温榆笨拙地从陆沉年的手掌圈出来的牢里逃出来，像走钢索一样踩着他的手臂，站在他的肩膀上，踮起脚亲了亲他的侧脸，小心翼翼，虔诚而温柔："嗯，被你找到了，陆沉年。"

"你知不知道我很担心你。"陆沉年开门见山。

温榆有些惊诧，陆沉年极少用如此严肃的语调说话，即使是她刚变成十厘米小人的时候，他脸上也带着些温柔和笑意，后来和自己单独相处的时候更是没了一个优雅君子的样子。

"我……我知道……"她就是因为知道，所以才这么肆无忌惮地冒险。

"是我做得不够好吗，阿榆？"陆沉年抿着嘴，修长干净的指尖在温榆毛茸茸的脑袋上轻轻揉着。

"不、不、不，你做得很好。"温榆抿了抿唇，声音低低地说，"我只是……"

"只是什么？阿榆，你想跟我说什么？"

"就……就说……"温榆揪着裙摆，说了半天也没说出个所以然来。

陆沉年倒也不怎么介意，心中却翻涌着一股说不清道不明的情绪，忽然伸手将温榆从肩膀上捉下来，放在杉木桌上的那只红色茶杯里。

温榆还没反应过来，便被陆沉年扣住下巴往上抬起了头，他低下头来，亲了亲她的额头。

"唔……"温榆慌忙避开，水汪汪的眸子惊愕地瞪大，双手捂住自己的额头，反应过来之后脸涨得通红。

陆沉年那极其低沉、富有磁性的声音在她耳边响起："凡事都讲究一对一的公平，你亲了我，那我也姑且亲你一下。"

意思再明显不过，她如果对他做了什么，他也会做同样的事。

—3—

温榆想了想，站起来，倾过身去一巴掌拍在他的脸颊上，十分响亮。她眉眼弯了弯，仿佛带着潋潋的水光："那我这样的话，你会做同样的事吗？"

陆沉年被她将了一军，微微挑眉："阿榆，你真是出息。"

听他这么说，温榆便抱住他的手指不撒手，在他手心里蹭了十秒，说道："嘿嘿，我这不是仗着你不会打我嘛。"

"我只是不想因为随手一巴掌负刑事责任而已。"陆沉年揉乱她的头发，话锋一转，说，"你除了这招，还会点别的吗？"

"会啊，我会的招数可多了。"温榆无辜地看着陆沉年，非常没有诚意地笑，"比如这一招。"

陆沉年坐姿笔直，回望她的目光里有了纵容。他伸出两根手指夹住她踹在自己脸上的脚，嘴角却不经意勾起一个弧度："站好，这次算你赢。"

陆沉年在"知春里"和宋锦柯聊了一会儿，才带着温榆离开。

陆沉年带着温榆经过回廊，望见前院大片的合欢花，花叶在风中浮动，葳蕤繁茂，堪称一大盛景。温榆看得出神，出声感慨："等变回去以后，我也要在'花散里'的院子里种西府海棠。"

陆沉年笑话她："小南街那么多西府海棠，你再种就撞花了，不如种点其他的花树，比如榆钱树。"

温榆点头："话是这么说没错。"阳光跳跃在她长长的睫毛上，她合上眼睛，挡住刺眼的光，晃着脚踢他的脸，"可榆钱树是几个意思？那是花树吗？"

陆沉年伸手握住她的腿："因为榆是榆钱树的榆，在自家院子里种点榆钱树没什么的，阿榆。"

突如其来的情绪，如同滔天巨浪席卷而来，却又马上退去，消失不见。

"阿榆，正式认识一下吧，我叫陆沉年。"陆沉年低头看着自己衬衣口袋里的小人儿，宠溺地说道。

"我叫温榆。好久不见，兔子先生。"

"好久不见，我的 Alice。"

这一天阳光正好，像极了初遇那天的样子。怪不得人家说"离别是为了更好地重逢"，原来，重逢后的悸动是这样子的。

温榆看着他，笑靥如花，眼神期待地望着他："那兔子先生，种榆钱树的事就交给你了，记得要种活啊。"

陆沉年失笑："你倒是会找人。"

"那可不？"

初夏的风还带着些许凉意，像宋锦柯说话时候微凉的声音。这么想着，大花手上的动作未停歇，麻利地从梳妆盒里取出假发片，卡在自己日渐稀疏的头发里，制造出自己头发依旧乌黑浓密的假象。

她又仔细地照了照镜子，确认自己的发型完美无缺，才慢腾腾地捧起桌上的水杯小口小口地啜饮。

在她做完这一切后，宋锦柯拎着装着换洗衣物的袋子从楼上下来，习惯性地揉了揉她毛茸茸的脑袋，随即皱了眉："大花，你该不会瞒着我什么事吧？"

大花用天真可爱的表情望着宋锦柯，笑意盈盈："我多乖呀，怎么可能瞒着你。"

　　呵，你瞒着我的事多了去了。宋锦柯这样想着，表面上却点了点头："好、好、好，你最乖了。"

　　春末夏初的夜晚，天空一片阴霾，好像要压下来。

　　刚走出浴室的陆沉年，扭开了煤气灶的开关，准备给自己热一杯牛奶。等待的时候闲得无聊，他顺手点开了学校的论坛。

　　今天的青木大学论坛依旧热闹非凡，其中更是以研究院计算机系为头条，说的还是人形电脑失窃那事。其中有篇帖子说有天下午放学时下暴雨，被困教学楼，意外看见人形电脑给一个腿残女孩送伞。

　　忽略掉其他没用的例如"土木工程系×××，现征女友一枚"这种蹭热度的回复，大概是因为发帖时间不久，评论数量并不多。

　　"求问人形电脑帅与否？"

　　"那么问题来了，人形电脑为什么要在下雨天给女孩子送伞？不怕进水导致电路板短路？"

　　"我觉得人形电脑可能是防水的。"

　　"支持楼上。"

　　雨天、逸夫楼、送伞、腿残女孩——上面的所有信息都特别眼熟，陆沉年看得一阵好笑，抬手回复：差点以为楼主就是自己，还以为是在梦游时发了这帖子呢。

　　锅里的水"咕噜咕噜"冒着泡，陆沉年把手机放进睡裤口袋里，关掉煤气灶，端着牛奶往卧室走去，开门时没注意门板上的小家伙，进去后反手就把门给关了。

　　于是下一秒，小炮仗炸开的声音传来："陆沉年，你倒是低头看我一眼啊！"

　　温榆打从心眼儿里觉得陆沉年是故意的。亏得她反应及时，跟着蹿了进去，不然以陆沉年那智商，她怕是得在客厅里睡一晚了。

　　不过她这一蹿，没能刹住车，直接蹿进了沙发下面的狭小缝隙中。

老熟人面前不谈尴尬，所以温榆只是讪讪地哼了一声："陆沉年你给我听好了，如果你不亲自把我捡出去，我今晚就睡这里面了。"

"别，我这就把你捡出来。"

陆沉年无奈地半跪在地上，靠直觉确定温榆所在的位置："所以你能配合点，乖乖地爬到我的手上吗？你再后退，我就捡不到你了。"

大概是因为那只在黑暗中挥舞的手有些可爱，所以温榆的双眼不可避免地笼上了一层柔和。自从和陆沉年重逢后，她总是在不经意间就会被陆沉年的一些举动打回女孩子的原形。

"我就在这里。"温榆捂着嘴偷笑，声音却一本正经，"不过有道妖风正在阻止我向你靠近，它的速度太快了，超过了我能反抗的范围。"

"你倒是会贫，别以为我不知道你是故意躲开我的手的。"陆沉年靠直觉在黑暗中打捞温榆，修长的指尖停留在距离温榆小脸一公分的地方，"你是选择自己过来，还是我捏着你的脑袋把你提过来？"

"少年，我劝你善良！不然等我恢复正常后，你会死得很惨哦！你是选择跪榴梿，还是跪搓衣板呢？"

陆沉年笑着说道："那就试试看咯。阿榆，你过不过来？"语气间充满了宠溺。

"好吧。"温榆不情不愿地靠近陆沉年的手，她是预备踢陆沉年两脚的，可被掉落在沙发下的小物件绊了一下，整个人不受控制地栽倒在了陆沉年微微虚握的手心里。

不知道是因为接连两次遭遇尴尬的情况，还是仗着陆沉年看不见她，总之，温榆皱着眉，花了三秒钟的时间犹豫后，扑到陆沉年手里撒泼打滚："我不管、我不管，宝宝摔倒了，要沉年爸爸亲亲抱抱举高高才起来。"

"我可没你这么袖珍的女儿，不过——"莫名地，陆沉年被这句话逗笑了，"亲亲抱抱举高高，我准了。"

温榆推开他压住自己背的手指："滚、滚、滚，就知道耍流氓。"

陆沉年半捧半握着温榆，作势往沙发腿上不轻不重地拍了两下之后，才将她放回她的专属小窝："你放心，我只对你一个人耍流氓，温姐姐。"他轻笑两声，补充了句，"你怎么看起来灰头土脸的？"

"陆沉年，你！"温榆听后翻了一个白眼，"你这样要是放我正常大小时，早被我乱棍打死了。"

陆沉年朝着她笑，眨了眨眼："你舍不得的。"

"我哪里舍不得了？我告诉你，我太舍得了！"

陆沉年意味深长地看了她一眼，笑而不语。温榆一头雾水地看着陆沉年颀长的背影。

今天的陆沉年似乎有点不一样。

陆沉年端着她的洗澡用具进来时，温榆才知道陆沉年哪里不一样，他弯腰在她光洁的额头上落下了一个吻，轻若蝶吻。

温榆捂着额头，脸红得像只被煮熟的小虾米，缩进那只浅口的青花瓷碗里。唔，这个流氓！

"陆沉年，你今天喝了牛奶吗，怎么这么能戳少女心？"

在一片绝对的寂静中，温榆看到门把手正轻微而隐秘地往下压了大概一厘米，于是她立马调整了一下泡澡的姿势，收回了搭在碗沿上的小长腿。

不过，门把手再也没有往下走的趋势了，它横亘在那里，像是凝固了。

其实，陆沉年只是在调整站姿时不小心压到的，因为温榆的声音太小了，他听不清楚："温姐姐，你刚刚说什么？"

温榆一时间沉默了，不知道为什么，她莫名有点失望。

凌晨时气温骤降，料峭的寒风从半开的窗户钻了进来，锲而不舍地绕着温榆一圈一圈地打着旋儿。温榆哆嗦了一下，醒了。可与其说是被冻醒，不如说是自己梦中惊醒更为准确，因为她又梦见了那位关键时刻掉链子的白胡子老头。

一点都不靠谱的白胡子老头，这次总算将变大的方法毫无保留地告诉了她——"对着万宝槌虔诚许愿后，和喜欢的人接吻。"

　　完全不切实际的方法，温榆环抱住自己，额头抵在膝盖上，到底不是天马行空的小说、电视剧，所以存在于传说中的东西，是无论如何也不会出现在现实世界的。

　　温榆就有点气，爬到陆沉年面前，伸出手想在他的脸上拍打几次叫醒他，正巧陆沉年似乎梦见什么开心的事情，嘴角上扬，露出一个无声的笑容，让温榆快要接近的手情不自禁地又收了回去。算了，叫醒了又有什么用呢，撑死不过是又多一个失眠人。

　　不过，温榆的视线落在陆沉年的唇上，她"嘿嘿"地笑起来，格外奸诈。没有万宝槌，喜欢的人的吻总该有了吧？

　　她发誓，她绝对不是觊觎陆沉年的吻，她只是想试试，就像《小南的迷你情人》里面那样。所以她就亲一下，一下就好了。

　　她柔软的唇落在他凉薄的唇上，仿若蜻蜓点水。也许是为了回应她试试的想法，温榆的身体一瞬间像是掉进了热水里，焦灼得全身难受，片刻间天翻地转，迷你小人儿已然消失不见，取而代之的是一位妙龄少女，没穿衣服的。

　　陆沉年在睡梦中感受到自己旁边的床面有点塌陷，眼皮沉重得只能睁开一条缝，然而黑暗的夜色让他看不清东西。他伸出手往旁边探了一下，好像有哪里不对。尚未清醒过来的他，只能靠触觉来分辨一切，光滑柔嫩的皮肤，是温榆没错，可这尺寸好像不太对……

　　陆沉年揉了揉眼皮，仍然酸涩得睁不开眼，眯着双眼费力地眨了几次，只是还没来得及看清眼前的一切，就被一巴掌打进了枕头里。

　　不同以往的巴掌和力度，被打蒙了的陆沉年一个鲤鱼打挺弹起来，借着窗外透进来的天光，看见的却是坐在被子上目瞪口呆的迷你温榆。所以他刚刚是在做梦？

第七章
该回家了，Alice

MY

GIRLFRIEND'S

GETTING

SMALLER

—1—

陆沉年的脑子像是骤然结了冰，不仅做不出应有的反应，甚至连最简单的理解和配凑零碎的词语都无法进行——尺寸、巴掌力度、迷你，这些合在一起是什么意思？他好像真的没办法正常思考了，所以他只能懵懂地看着温榆："温姐姐，你……"

总算缓过神的温榆第一时间抱住了光溜溜的自己，然后才对上陆沉年探究似的目光，气急败坏地道："陆沉年你看什么啊？赶紧转过去！你转过去啊！"

"啊？"显然陆沉年一下子没反应过来。

"你转过去就对了！"

她的语气很急，陆沉年疑惑地凑近了几分，轻声叹息。他本来想伸手去摸摸温榆的头发，但一看到温榆此刻的状况，便立刻扯过小被子盖在她身上。

他清俊的脸上迅速染上一层漂亮的淡粉色，看着缩在被子里只露出一个头的温榆，有些不自在地开口："房间里这么黑，我什么都没看见的，相信我。"

温榆狠狠地瞪了他一眼，然后不甘示弱地蹦出一连串的话语："你……你禽兽、变态，你……你居心不良、心怀叵测、丧心病狂！这么多年我还真是看错你了，你对得起我的信任吗？"

"温姐姐。"陆沉年停顿了一会儿，让温榆都觉得他是在找什么借口来搪塞她，"你这么袖珍，就算视线所及，可哪怕是白天，我要精准地一下看到不该看的地方，都是有点困难的，更何况现在是晚上。"他承认，这些话有一些故意的成分。

温榆趴在床上，用小被子把自己捂得严严实实的。她把通红的脸埋进被子里，深深地呼吸了几口气，努力平息心中的纷杂情绪。等差不多了，她才探出小脑袋，冷笑一声："你过来，我保证不打死你。"

然而，陆沉年对她的话置若罔闻，他翻出了一套新的小衣服，好笑地看着只探出脑袋的温榆，好意地建议道："要不你先穿上，再来打死我？"

温榆气急败坏地瞪他："流氓！你给我滚！"

温榆觉得自己可能是无意坠落三次元的二次元美少女，拥有神奇的体质。就像《乱马1/2》里误入了咒泉乡娘溺泉的主人公早乙女乱马。不同的是，早乙女乱马是被泼冷水会变成很可爱的女孩子，被泼热水则变回男儿身。而温榆是出其不意地变大、变小，没有任何征兆。

比如现在，温榆又变大了，她穿着陆沉年的衬衫坐在椅子上，晃悠着修长的双腿，室内光线充足，她的脚趾粉粉嫩嫩的，圆润可爱得让人移不开目光。她来回转着椅子，问陆沉年："沉年爸爸，我忽大忽小这件怪事，你怎么看？"

陆沉年耳尖微红，不自然地收回视线，双手抱胸，气势夺人："你还叫上瘾了是不是？"说完，他习惯性地伸手捏捏温榆软乎乎的脸。

亲昵自然的动作让温榆手上的动作顿了一下，她抬起双眼与陆沉年对视，露出一个戏谑的笑容："沉年爸爸，你不觉得你也捏上瘾了吗？"

"是有点。"

"你可以不用说得这么直白。"温榆目光微沉。如果不是因为她身上仅穿了这么一件衬衫，她一定要让陆沉年尝尝温氏回旋踢的厉害。

"好歹一起住了这么久不是，习惯什么的，早就养成了。"陆沉年说得一本正经，完全不在乎窝在椅子里的温榆眼睛圆圆地望着他，一副气鼓鼓的样子。

"好了，你可以圆润地滚了。"

毫无意外，这段对话最终以陆沉年的胜利作为结束。

于是在温榆再度缩小回十厘米的时候，她优雅万分地侧躺在陆沉年的肩上，特意穿了双细跟小皮鞋，不经意间就一脚踢在了陆沉年的脸上。

陆沉年哭笑不得，心里计算着温榆踢他的大概频率、时间，以及鞋跟踢到脸上的落点、力度。在温榆抬脚即将踢过来时，陆沉年伸出食指轻轻一挡，温榆就因反作用力骨碌碌地滚进了他的衬衫口袋里。

温榆气呼呼地从口袋里爬出来，头发乱糟糟的，挥着小皮鞋打他。陆沉年笑着抬手，小心翼翼地将她捂在自己心脏的位置。

"温姐姐，你说你是不是故意的，故意掉在我的心脏附近？"陆沉年侧着脸凑近她的脸庞，沉下声音问道。

"陆……陆沉年，不要突然切换模式好吗？"她的潜台词就是——陆沉年你的思维跳跃方式太快、太突兀了，我跟不上。

"我只是不放过任何一个可以说出经典台词的机会。"陆沉年的头更低一些，靠近温榆的脸。他在看见温榆不偏不倚正好落进口袋里时，脑海里莫名其妙地就浮现了这句话，这大概就是面对喜欢的人时的真情流露吧。

陆沉年想，他最近可能不太正常，一定是陪温榆看多了青春偶像剧，被剧里的情节和台词蒙蔽了双眼。

温榆满头黑线，半晌后忽然感叹："我竟无言以对！"

"嗯，有本事今晚不看爱情片。"

温榆瞬间沉默了。

上午，十点二十九分。乔叶在医院的门诊大楼处和打算离开医院去流浪的大花很亲密地说了几句话，最后两人拥抱了一下。

十点三十五分，乔叶拆完石膏出来，在走廊里遇见了拿着假发的宋锦柯和戴着帽子的大花，宋锦柯冷着一张脸，活像别人欠了他几百万似的。大花小媳妇儿似的揪着帽子上的毛绒小球，满脸委屈。

乔叶本打算上前问大花为什么和宋锦柯在一起，但还没来得及抬脚就出了点意外情况，走廊的另一侧阮沉舟和沐遥闪亮登场。这两人今天都是陪她来医院拆石膏的。经过这次，她觉得再摔一次，直接把石膏摔碎挺好的，毕竟两个美男在侧，跟保镖似的，挺好的。

　　乔叶捋了捋及腰的长发，笑容端庄。迎面过来的男男女女们都会对她保持五秒以上的注视，她面不改色地继续挺胸抬头往前走，左手搭在阮沉舟半抬的臂上，右手圈上了沐遥的臂弯，妥妥的太后风格，她感觉整个人都舒心了，腰也挺了，背也直了，就是走几步路感觉体力有些跟不上，果然是石膏打久了。

　　乔叶在心里暗暗发誓，以后每天一定要坚持不懈地做康复训练，早日恢复到当年"青木飞人"的实力。

　　回到"花散里"，阮沉舟和沐遥按照客厅墙上小黑板的日程表各就各位，而刚拆了石膏的乔叶则拄着拐杖在门口进行简易的康复训练。

　　阮沉舟趴在窗台上看她三步一歇五步一坐，受不了了："乔叶，你再这样，你的胡萝卜腿肯定会圆润成大白萝卜腿的。"

　　乔叶没好气地举起拐杖作势要打人："我修长的竹签腿哪里像胡萝卜腿了？你说说看，我保证不打死你。"

　　瞥了眼她明显比左腿肿了三圈的右腿，阮沉舟关上那扇格子窗后淡定地说："你可以低头看一看，没有对比就没有伤害。"

　　"不行，低头的话，王冠会掉。"

　　阮沉舟哭笑不得。

　　温榆的身体是从那天晚上亲吻了陆沉年过后开始不受控制的，明明三个月的期限未到，变大变小却已经随缘。为此，陆沉年特地去找了宋锦柯。

　　一切似乎早有所料，宋锦柯甚至事先打好了腹稿。陆沉年一出现在实验室门口，宋锦柯就晃着装了紫色不明液体的试管，头也不抬地说："变小药是我第一次制作，并未在人体或者动物体上试验过，所以你的 Alice 是第一个接受实验的人。关于她变大变小这事，三个月只是我个人的预估时间，具体的时间还是要以用药后的实际反应为准。"

"请以实际为准"，这解释和商品包装外的"图片仅供参考"有什么区别？

没区别的，对吧？陆沉年觉得很头疼。可再头疼又有什么用呢？温榆照样在睡梦中变大了。

陆沉年午睡醒来，就看见这姑娘光溜溜地窝在他怀里，连件蔽体的衬衫都没有，也不知道是故意还是无意，竟然还伸手抱住了他。

陆沉年叹一口气："温姐姐，你再不醒过来，我就对你有所行动了。"

趴在身上的人终于有了点反应："敢动手的话你就完了。"

"孤男寡女，干柴烈火，一点就着。年轻人做事冲动，且容易被眼前事物所诱惑，这种时候身体会比大脑先行一步，其后果不用我明说，想必温姐姐你也是明白的。虽说你今日遇上的是我，可我到底是个做事冲动的年轻人，你趁我毫无防备的时候躺在我怀里，我就算自制力再强，也是会胡来的。何况我已经忍得够久了，再忍下去就得坏了。所以阿榆，请不要按住我想要胡来的双手，好吗？"修长有力的手拎着件白衬衫，不由分说地披在温榆身上，陆沉年顿了顿道，"最后，能让我把扣子扣上吗？"

温榆没有反驳，她的小脚猝然踢上陆沉年的膝盖，他"砰"一声落了地。

陆沉年坐在地上愣了一秒，随即捶地大笑。因为上一秒还裹着衬衫准备再踢他一次的人，这会儿像只迷路的小仓鼠在衬衫里乱窜，始终找不着门路。

真可爱！陆沉年索性盘腿坐起来，托着腮看她东钻钻西蹿蹿，眼看着要从袖子里钻出去了，他五指微微弯曲并拢，手疾眼快地隔着衬衫罩住了温榆，大喝一声："何方妖孽？"

温榆被他突如其来的动作吓了一跳，缩在陆沉年的手掌下愣了一下，内心忽然涌出一股自己被压在如来佛祖的五指山下的压迫。不过怎么说呢？她好想跳起来把他一顿胖揍。她也不是第一次想削他，可是她像只驼背的小虾米被禁锢在那手掌下，真的有种自己是孙猴子的错觉。

陆沉年问她："逃得出来吗，温猴子？"

温榆缓缓回过神来，小暴脾气就像那夏日烈阳下的温度计，"噌噌噌"地往上涨，她踢了一下陆沉年："去你的温猴子。"

陆沉年回："我不姓温，也不是猴子。"

滚犊子！温榆拨开他的手指，漫无目的地一阵乱爬后，总算从衬衫里探出个头来，抬头就是一句："陆沉年，你是不是想挨打？"

"没有人想挨打的。"陆沉年哈哈笑了两声，连人带衬衫捞起来往卧室走，"说起来，温姐姐你这忽大忽小的，别是对万宝槌许愿了吧？"

"对啊，在你睡着的时候许下的。"不仅如此，她还偷偷亲了他一下呢，不过她可不会告诉他。

裹着凉被的温榆从衣柜里翻出之前穿的那套衣服，回头冲陆沉年笑了一下："我准备回去一趟。"

背对着她而站的陆沉年没说话，抬眼看了一眼墙上的挂钟，三分钟。从客厅到卧室，到他找出衣服，再到温榆换上衣服，最后到她变回正常大小，不多不少，正好三分钟。

温榆说："你要跟我一起吗？万一我忽然变小了，你在的话可以保护我。"说完，她朝陆沉年露出一个灿烂的笑容，脸颊上的两个酒窝分外明显。

"跟你回去啊……"陆沉年顿了一下，若有所思地打量了她一圈，摩挲着下巴，不怀好意地道，"代价呢？总不能白白给你做护卫吧。别人滴水之恩都会涌泉相报，你的话就一……"

温榆打断他的话："一颗糖葫芦，就这样。"

"糖葫芦可不行呢，我的 Alice。"陆沉年伸手握住温榆的手腕，微微使力便将人带进了自己的怀里，"得一个吻才行。"

温榆反应不及，便被陆沉年直接用手扣住下巴往上抬了一些，他低下头来，吻住了她的唇："因为一颗糖葫芦的话，你会吃掉另一半。"

—2—

青木六月初的天气如同热恋中的少女般，阴晴不定。明明白天还是晴空万里，到了晚上却下起雷阵雨。一道道闪电在窗外划过，像是要割裂夜空。

乔叶拿了个面包坐在电脑前，边啃边翻着青木大学的论坛，最火的帖子还是研究院计算机系的——

#震惊！失窃的人形电脑竟冒雨送伞，疑似被不明人士占为己有！#

青大研究院的计算机系向来是众学生的话题讨论中心，连研究生进精神病院的小事也能排上论坛首页。看来搞研究的多半精神不太好。

乔叶的目光移到了帖子下的评论上，只见众说纷纭，除了蹭热度的垃圾评论，还有不少爆料"失窃真相"的。

"说出来你们可能不信，失窃的人形电脑其实是被研究院的人带出去的。此事为层主亲眼所见，你们爱信不信，反正带走人形电脑的那位研究生已经住院了。"

"楼上的你怕不是在逗我，那台人形电脑分明是自己破解实验室的防护系统出去的。关于那位住院的研究生，导师早就给出说法了，人患了癔症。"

乔叶的视线徘徊在这两条评论上，正当她打算回复点什么的时候，注意力被头顶的吊灯成功吸引。

一闪一闪的吊灯，时不时发出"吱吱吱"的声音，与恐怖电影里的某些场景不谋而合，乔叶的心霎时凉了半截。哇，不要这么应景吧！

她赶紧掏出手机给沐遥打电话，可才按了个"1"就顿住了，她不知道沐遥的手机号……

她还来不及批斗粗心大意的自己，外边"轰隆"一声，四周瞬间被黑暗吞没。乔叶吓得惊叫一声，刚站起来，没料到被椅子绊了一下，她摔倒在地，缓了好一会儿才适应黑暗。

原本黑漆漆的房间被风掀开一角窗帘，乔叶抬头看了一眼，霎时，一股毛骨悚然的感觉蔓延至全身。她跪坐在地上，抬手摸到桌上的手机，打开手机里的手电筒功能，手机照出来的光线像是被黑暗吞噬了一般昏昏暗暗的，并未给她带来多少安慰，反而让她的惧意更甚。

乔叶嘴唇微微颤抖，眼睛直勾勾地盯着窗户，怎么也发不出声音来，裸露的手臂上甚至不由自主地冒出一层细密的鸡皮疙瘩。

她拉开窗帘后可以看见远处几盏灯光，像是潜藏在森林里的野兽的眼睛。

乔叶看见在宛如一张黑色幕布的夜里，那棵巨大的海棠树下，不知道什么时候站了一个穿白色衣服的女人。她身上的衣服看起来湿漉漉的，她的胸膛也微微起伏，似在呼吸。

看起来，那女人就像是刚从水里爬出来一样，不由得让人想起《聊斋》里怪力乱神的故事——会吸人精气的鬼怪。

乔叶不由自主地伸出手紧紧捂住自己的嘴巴，像是怕一出声就会被发现似的。她迫切地想逃，脚却像被死死地钉在地上一样，怎么也动不了。

不知是不是那个女人闻到了活人的气息，她缓缓侧头，露出一张年轻的脸，精致而漂亮的眉眼，扯出一抹若有似无的微笑，在这种诡异的黑夜里更加吓人，像极了鬼魅精怪。

看到这张脸的一瞬间，乔叶瞳孔猛地一缩，只觉得受到极大的冲击。不是害怕，而是一种极度震惊和极度愤怒交织在一起的战栗感。这种战栗感一层层地涌上她的大脑皮层，刺激得她心中十分澎湃，却无处宣泄。

她手指微抖，下意识地拿了一个放在桌子上的东西。她脑中只有一个念头——居然敢半夜装鬼吓人，有本事站在那里别跑，看我不打死你！

那个女人的脸，她怎么也不会认错。她怎么敢认错？

她默默在心底一遍遍念叨着那张脸的主人的名字："温榆……温榆……"

乔叶看着一动也不动的温榆，眯起一只眼睛，将手里的东西对准海棠树下的温榆，然后准确无误地砸在了她的身上："温大姐就是你，你别跑，我看见你了！"

她的话音刚落，便看见温榆身形虚晃了一下，整个人就那么消失了，白色的衣服轻飘飘地落在地上，溅上了泥水。这不科学！

乔叶暂时有点不能接受眼前的状况，她觉得自己受到了极大的惊吓，让她脸色惨白地跌倒在地，再也控制不住自己的声音，一声比一声尖锐的尖叫充斥整个"花散里"。

正坐在书桌前写信的阮沉舟被吓了一跳，来不及多想，匆匆收拾好信纸和笔，手忙脚乱地跑进了乔叶的房间。只一瞥，他便看见窗外海棠树下的那堆衣服，再看跌坐在地上的乔叶，小姑娘吓得不轻，还在口不择言地叫嚷着"温大姐消失了"。

扶着她的阮沉舟到底没稳住，所有的严肃和担心都因为"温大姐"那三个字破功。然而，没等他笑出口，就看见树后伸出一只修长有力的手，捡起了地上的衣服。

阮沉舟的动作猛地僵住，他半张着嘴，觉得自己像是缺氧的鱼，快要不能呼吸了。半晌后，他像是终于找回自己的声音，一声尖叫伴随着划亮夜空的闪电响起："妈妈呀，有鬼！"

外面的雨忽然大了起来，雨雾凝成珠串，从屋檐上垂落下来，滴在窗台下的石阶上，发出清脆悦耳的"嗒嗒"声。原本寂静的夜空被闪电和雷鸣弄得热闹起来，黑夜也开始明亮起来，透出了淡淡的水青色。

陆沉年抱着那团被雨打湿的衣服往后街走。在那堆衣服上，姿势平稳地坐着个迷你小人儿，她身上裹着一张绣花手帕。她忽然站起来，灵巧的身子跳起来，抓着陆沉年的衣服，缓缓爬进了他的口袋里，缩成小小的一团，不动了。

陆沉年叫了三声"温榆姐姐"，温榆才缓缓探出头来。

"晚上好，陆沉年。"她原本沉寂的眼睛里染上了鲜活的情绪，顿时兴高采烈起来。

"温姐姐，你的反射弧怎么越来越长了？"

陆沉年问出口后，温榆的表情在一瞬间变得很奇怪，她闷闷地说道："我又变小了。"

"我看见了。你还成功吓到了乔叶和阮沉舟，大概你明天会上微博热搜。"陆沉年点头，开了个玩笑，"话题就是，雨夜惊魂记——都市丽人凭空消失。"

"你是想被我打吗？"

陆沉年坦言道："不想。所以，你为什么又变小了？"

温榆摇头："你觉得我要是知道的话，会让这件事发生吗？"

陆沉年看着她，眼珠子转了转，声音含笑地说道："我知道为什么。"

"嗯？"

陆沉年清俊的脸庞上露出笑，一字一顿地说："大概是上天觉得我还得养着你，所以又将你变小，送到我身边。"

温榆注视着他的眼睛，和他身后被闪电照亮的水青色夜空，忽然笑了笑："才不是呢，是我故意的。"

这天晚上，温榆伪装成旅游归来的样子回"花散里"，结果运气不好遇上了暴雨，于是一时兴起扮鬼吓人，还特地选了对着乔叶房间的那棵海棠树，只要乔叶一转头就能看见海棠树下的她。可意外突如其来，乔叶把手里的东西扔过来砸在她的肩膀上时，每次变身时的焦灼感突然袭来。等温榆意识到不对劲时，她已经被暴雨打趴在衣服里。而陆沉年撑着伞偶然经过，顺手捡起了她。

胡诌！她才没那么傻，会认为陆沉年偶然经过，他一定是在暗中观察！

陆沉年回过神，笑着点了点温榆的头，提出了另一个问题："所以温姐姐，关于明天微博热搜的事，你打算怎么解决？"

温榆觉得很窘迫，忽略掉风雨里飘荡着的陆沉年的笑声，问道："你确定乔二叶那个傻子会送我上微博热搜？"

不确定，非常不确定。陆沉年笑笑，嘴上却说着："温姐姐，你要火了。"

温榆踢了陆沉年一脚："滚犊子，我早就很火了。"

夜晚寂静的小南街巷子里，年轻飞扬的笑声显得朝气又突兀，此刻的"花散里"却是一片死寂。

乔叶还有些惊魂未定，从厨房里拿了瓶"江小白"说要压惊。阮沉舟正半靠在沙发上和他的 Pen pal 聊天，他看见推门进来的乔叶，赶紧招手道："小表妹，你确定你看清楚了吗？那……那个……"他想了半天都不知道该怎么解释那只手和地上的衣服，更何况，乔叶还告诉他那套衣服的主人是温榆。

"鬼啊。"乔叶补充。

阮沉舟吓得脸更白了。

乔叶沉默了会儿说："然后那个鬼还顶了一张温大姐的脸，吓得宝宝随便拿了个东西就砸了过去，我也不知道拿了什么。"反正不是手机就好。

阮沉舟拧开"江小白"的盖子，喝了一口。

"我原本还想拍下来给温大姐看一看，可惜消失得太快。"乔叶明显有些失望。

阮沉舟将"江小白"递到乔叶面前："喝吧。"

"嗯，喝完我们睡客厅怎么样？"

"为什么要睡客厅？"阮沉舟疑惑，"难道我们不是该追剧到天明，以示自己对某某电视剧的深切喜爱吗？"

乔叶点头："懂了。"半晌她忽然问道，"某某电视剧是《推理要在晚餐后》吗？可以换成《贫穷贵公子》吗？"

阮沉舟理解地点点头，又将"江小白"拿起来说："那就看《武林外传》吧。"

"日版《深夜食堂》啊，好的！我有资源，你等一下，我去房间拿个……"走了几步的乔叶迅速倒退回来，乖巧地坐在沙发上，"还是《武林外传》吧，深夜禁止放毒。"

两人都沉默了。今天的乔•怕鬼•叶和阮•怕鬼•沉舟意外地统一战线，和平共处了呢。

温榆准备挑一个风和日丽的好天气回家。按照陆沉年的说法是"Alice在外面流浪太久了，也该回家了"。于是，温榆妥善收拾一番，准备买点东西回"花散里"。

陆沉年列好购物清单的时候，温榆正坐在沙发上和乔叶打微信电话，讨论的话题自然是雨夜惊魂记——关于昨晚海棠树下的女鬼到底是不是温榆。

陆沉年听着，总觉得要为温榆说点什么，比如制造不在场证明，于是清了清嗓子，说："昨晚阿榆一整晚都和我待在一起，是不可能有时间去扮鬼吓你的，除非她会分身术。"

"我就说嘛，总不可能出个国就……"乔叶忽然噤了声，像是听见了什么不得了的事情，三秒后，她挂断了微信电话。

温榆微笑："被误会了呢。"

陆沉年手指一僵，继而认真地附和道："好像是这样呢。所以，不如就这样误会下去吧。你觉得呢，阿榆？"

温榆托着腮，灼灼的目光落在陆沉年身上，她离他越来越近，目光也越来越炙热，然后她缓缓开口道："我觉得不怎么样呢。"温榆上前一步，抬脚把人从沙发上踹了下去，"皮这一下很开心？"

当然开心啊，开心得原地转圈呢。

—3—

乔叶却被吓得不轻，一集《武林外传》结束，她都没能从震惊中回过神来。

阮沉舟起初也没注意到乔叶的异样，听她碎碎念得厉害，一直捶抱枕，才漫不经心地朝她那边看了一眼，结果不看不知道，一看吓一跳。

乔叶绷着张素白小脸，半挂在沙发靠背上，目不斜视地看着手机，如临大敌的模样，确切点说应该是见鬼的表情，所以这是又看见顶着温榆脸的鬼魂了？

阮沉舟凑过去，伸手在她眼前晃了晃："乔二叶，想什么呢？"

"一件很严肃、很重要的事。"乔叶揉了揉酸涩的双眼，调整好坐姿，重新在沙发上坐好，哈欠才打了一半，忽然闭上嘴，问道，"表哥，你还记得温姐姐当初来青木的目的是什么吗？"

阮沉舟也没想过隐瞒，说："说是来找大表妹夫的。你也知道，她小时候在青木这边住过一段时间，多半是那时候勾搭上的。"

乔叶听了后没什么表情，"哦"了一声就没了下文，阮沉舟却是满脸惊讶："就这样？乔二叶，你这反应不符合你的人设啊。"

"那你倒是说说我该怎么反应？"

"总之不会就说一个'哦'。"

乔叶利落地翻了个白眼。

阮沉舟假装没看见她的白眼，有些疑惑地问："你是不是知道了什么？"

"也没什么。"乔叶笑笑，"也就知道她和一个男人，孤男寡女地待了整整一个晚上。"

哇，温榆路子这么野的啊。阮沉舟好奇："哪个男人胆子这么大，居然敢和温榆待一块儿？"

"除了陆沉年还能有谁？"

"陆沉年？"阮沉舟皱着眉想了想，随即开口，"那个陆沉年人不错啊，听温榆说，这家伙是第一个答应做她的兔子先生的人呢。"

乔叶转过头来，笑道："人是挺不错的，可是我的大表哥你想过没有，温榆在国外旅游呢。"

"所以？"

"请你解释一下，一个在国内，一个在国外，两个人怎么待在一起？开视频吗？"

阮沉舟无言以对。

从陆家离开，温榆直接找了个过两天要回国的朋友，让人家带点特产以及礼物回来。

温榆觉得自己可能是个大傻子。

朋友圈最新动态下面的评论，全是整齐划一求带礼物的，楼都不见歪一下。

所以她为什么要发一张在圣托里尼的照片配文说"要回国了，带礼物的赶紧留名"。嗯，大概因为她是个傻子吧。

还好有朋友在圣托里尼留学，而且马上要回国了，温榆这才找到了救命稻草。

温榆作为一个在国内当了将近一个月迷你小人儿，却要假装在国外浪的苦命人，自然是有苦说不出，她觉得一开始说出国游的自己可能是个白痴，明明说国内游就非常完美。

陆沉年偷笑，觉得温榆会觉得烦，大抵还是因为作死在朋友圈发的动态。他想，温榆大概是当之无愧的作死小能手了，毕竟撒谎的人都会想尽办法去圆这个谎。

陆沉年笑话她："温姐姐你真的好傻，干吗要说自己在国外？"

"和你比起来我是傻，但我傻得可爱。"阳光跳跃在温榆纤细的睫毛上，她轻合上眼睛，挡住刺眼的光。

陆沉年笑了笑，深邃的眼眸中带着星星点点的光，他觉得这一刻的温榆可真美啊。

头顶的老树隔绝了夏初的阳光，有风吹过，还算凉爽。

不知道是这一个月来陆沉年对照顾她已经养成了习惯，还是她被陆沉年照顾习惯了，总之温榆双手托腮，看着陆沉年将食物切成恰到好处的大小："我说陆沉年，你这么会照顾人，是要将未来老婆宠上天的节奏啊。"

"老婆本来就是要宠的，她要上天由着去就好了，而我呢，会在她身上系根风筝线，免得到时候忘记回来。"

"这倒是个理。"温榆打了个响指，示意服务员过来加菜，"不过你确定吗？风筝线——"莫名地，她被这三个字逗笑了，"风筝线很容易断的，陆沉年你可要认真考虑用什么线比较保险。"

陆沉年也跟着笑了，心里那个属于温榆的位置好像更软了。其实用什么线都不打紧，一切都是预料之中，他说："阿榆，没有比你更会跑，却记得回来的女孩子了。"

温榆笑，那是因为我喜欢你啊，从很久以前，久到你成为我的兔子先生之前，我就喜欢你了。

六月的白天阳光明媚，少女久久埋藏在心中的种子悄然钻出地面。温榆看着坐在左边的陆沉年，只顾着笑。

"你笑什么？"

"不告诉你。对了，你打算怎么和乔叶解释身在国外的我，身边会出现你的事情？"

"你不告诉我的话，我也不告诉你。"少年微微得意的表情，狡黠又可爱。那一瞬间，他们好像又回到相遇的那一天。

小时候，她家太后大人曾带她到青木住过一段时间，她就是那时候认识陆沉年的。

美好温暖的小小少年，站在相思树下，阳光穿过树的枝丫打落下来，在他影子的头顶上添了对小巧的兔耳朵。

那时候她舔着糖葫芦，傻乎乎地问他是不是兔子先生时，陆沉年也是这样得意而可爱的表情。他澄澈的眼睛里闪着细碎的光芒，像是藏着亮晶晶的宝石。就像老王后凭借一颗豌豆就确认女孩子的公主身份，那时的温榆凭借一个笑容和一对树枝偶然形成的兔耳朵影子，便认定陆沉年就是他的兔子先生。

后来呢，温榆就用半颗糖葫芦换来了他兔子先生的身份。其实本来是一颗的，不过兔子先生太恶劣了，所以她收回了一半，谁让他那么坏呢。

温榆捂着嘴兀自笑得开心，她问陆沉年："那么陆先生，你有什么想法吗？比如多个会变身的女友之类的。"

"不好意思，我拒绝这个提议。"

温榆也没表现出多失望，只是说："童话故事里，爱丽丝会打死兔子先生吗？"

陆沉年拍拍她的肩膀："别傻了温姐姐，就算是黑暗童话，也是兔子先生吃了爱丽丝。"

温榆挥开他："滚开，你这个破坏气氛小能手。"

太阳一点一点落下去，渐渐消失在山后，在天边留下一处火烧云。陆沉年提着袋子跟在温榆身后，沿着她走过的地方慢悠悠地走着。

青木的暮色里，街道两旁布满低矮的房屋和苍翠的树，白色的裙子在树影间跳跃，给人一种岁月静好的感觉。

小南街的后街，金色的夕阳软绵绵地从雕花楼顶上倾泻下来，整个老巷都显得特别静谧。电线杆上停了几只鸟，缩着烟灰色的翅膀。街巷中的低洼里残留着暴雨过后的水坑，温榆在水坑与水坑之间跳来跳去，但还是不可避免地被溅了一鞋子水。

陆沉年看着她孩子气的动作，一双好看的眼眸含笑，许是暖暖的微风吹得他心神微微荡漾，他一只手提着东西，另一只手想要去拉旁边那一只。

缀满粉色花朵的爬藤蔷薇从墙的那一边探出来，轻缠在大树较低的枝丫上，温榆站在树下跳来跳去，伸手去摘那些散发着淡淡清香的蔷薇。

陆沉年故意去拉了几下她的手都拉空了，一双眸子顿时沉了下来，透着危险的意味。

温榆却丝毫未曾发觉，还在仰着头，像只笨重的企鹅一样旋转跳跃。

突然，温榆感觉自己的手腕被什么东西有力地钳住，在随即而来的力量驱使下，温榆原地转了个圈，直接撞到了陆沉年的胸膛上。

她一抬头就看见陆沉年似笑非笑的脸："既然长得矮就不要挣扎了，小矮子拿好东西，看沉年爸爸的。"

温榆刚想回嘴，就被陆沉年递过来的袋子压弯了腰。

陆沉年站定，抬起头。那一抹在浓荫下穿着白衬衫、清瘦颀长的身影，让温榆莫名地想到了"遗世独立"这个词。

陆沉年突然原地跃起，伸手一掠，温榆还没反应过来，他已经轻松地落在地上，向她走来，指间是一朵开得正好的蔷薇花。

"鲜花赠美人。"陆沉年像在说再正常不过的事，将蔷薇花递给她。

橙色的夕阳落在他身上，镀上淡淡的光辉，望着宛若神祇的陆沉年，温榆心下一阵恍惚，脑子一抽，脱口而出："鲜花是我的，美人是你的。"

"美人是我的……"陆沉年停下手里的动作，好整以暇地看着她，"美人，你这个提议我非常喜欢。"

温榆愣了一下，忽然反应过来他口中的"美人"是她自己，而那朵蔷薇是要送她的。反应过来后，她拍拍他的肩膀语重心长："不错呀，小伙子，战术玩得挺好的。"

她说完，迅速将手里的大小袋子塞到他手里，拿着那枝蔷薇花转身就往"花散里"的方向走去。剩下陆沉年独自站在那里，脸颊上还残留着些许温度。

　　她八成是故意的，陆沉年想。

　　几秒前，温榆攀上他的脖子，拿走了他手中的蔷薇花。

　　"陆沉年。"她的唇像无意般轻轻落在了他的侧脸上，轻若羽毛，而她笑得像只狡猾的小狐狸，露出尖尖的虎牙，特别可爱，"君予我蔷薇，我予君浅吻，不错的买卖。"

　　一花换一吻，那么如果是一树的繁花呢，能换来什么？

第八章
我有特殊的变身技巧

MY

GIRLFRIEND'S

GETTING

SMALLER

—1—

天完全暗沉下来之后，温榆和陆沉年在老巷转了一阵，回"花散里"的路上偶然看见沐遥拎着购物袋，走进一家稍显破败的院子。

原来他住的地方和"花散里"隔得这样近，在相邻的两条街上，拐个弯就到了。院子里种了满天星，大片大片的白色满天星，像初冬的薄雪覆盖了大半个院落。

温榆伸手采了一把满天星往"花散里"走去，细小的白色花朵缀在浅绿色的枝丫上，像落在绿色幕布上的小星星。

"陆沉年。"温榆忽然转头望向陆沉年，"你说我要不要进去打个招呼，感谢他这些日子以来对乔叶无微不至的照顾？顺便见一见我那好久不见的大表哥。"

"温姐姐，你……确定知道你在说什么吗？"陆沉年迟疑着。

温榆直视着他的眼睛，又扯了一把满天星："我确定。我想去见一见这位不请自来的帅气男保姆。"

一时间，世界静得好像只有风吹过树叶留下的沙沙声，陆沉年微微扬起嘴角，终于伸手牵住她的手："温姐姐，你确定不是想去问人家要不要继续当你家保姆？"

温榆故作惊讶地张大嘴巴，表情浮夸地说："你怎么知道的？"

陆沉年抬手，揉了揉她因为不开心鼓起的脸颊，说道："我看出来的，你觊觎他继续当你家保姆很久了。"

温榆点了一下头："对，我觊觎他很久了，但我是在对他进行考察。"她轻轻一仰头，触碰到了从旁侧伸出的枝丫，白色的小花像雨一样在两人头顶纷纷洒下，她扭头看着陆沉年，侧颈构成一道流畅优美的弧线，她说，"我担心他对乔叶有不良企图。"

陆沉年说："我知道。"

温榆嘴角带了点笑意："你怎么这么厉害，什么都知道吗？"

陆沉年笑："因为你什么都写在脸上，从来不会藏起来。"他望着她完全傻掉、不知所措的表情，眼睛里满满都是爱意。

"什么嘛，嘴跟抹了蜜似的。"温榆低着头，不自在地嘟囔着。

陆沉年听着她小声的嘟囔，情不自禁地低头吻了吻她的脸颊。

温榆是真的惊到了，眨了眨眼："你亲我干吗？想让我喊非礼吗？"

"因为我想亲了。"陆沉年搂住温榆的腰，在她唇上亲了一口，深邃的双眸中闪着星星点点的光，"你叫吧，反正叫破喉咙也不会有人来救你的。"

温榆静静地看着陆沉年，突然道："陆沉年，你真像个流氓。"

"嗯，多谢夸奖。"

"不说点什么？"

"我只对你耍流氓。"

"滚蛋吧你！"

黄昏之后刚入夜，乔叶跟着阮沉舟去了马路对面的花店。

装饰风格清新的花店，透着一股清静和安逸。竹冉冉正在给新到的白茶修剪枝丫，骨节分明的手指上套着一把银色的剪刀，她歪着头，摆弄着半人高的茶树，似乎在思考要给它们剪个什么造型才好。

乔叶和阮沉舟过来，亲近地和竹冉冉打招呼。竹冉冉日常问候一句："温女王仍然迷失在异国迷宫的十字路口吗？"

乔叶直接进入话题，聊起这次温榆旅行却勾搭上陆沉年的问题。她说到一半，竹冉冉问起身旁摆弄着满天星的阮沉舟："今天温榆会回来吧？"见被询问的人点了点头，竹冉冉又道，"那把柜台上那几枝修剪好的海棠带回去换上。"

"又该换了？"

"嗯。"

乔叶听着一来一往的对话，记起温榆每次远行归来时门口花瓶里的海棠换新枝的事。温榆对海棠的喜欢几乎到了偏执的地步，好像放上那么一枝海棠，她的意中人就会踏着七彩祥云而来一样。

阮沉舟抱着那束海棠回"花散里"。乔叶蹲在地上帮竹冉冉修剪玫瑰花枝上的刺，两人正聊着温榆和陆沉年的旧事，"花散里"又来了新的客人。

不见其人先闻其声，高跟鞋踩在地板上发出的清脆响声由远而近地传来，在寂静的初夏夜听得格外清楚。

来人穿一件简约清新风的雪纺裙，手上提着两三个印花纸袋，长发披肩，一部分头发松松地绾了个髻，别着一枝开得正烈的蔷薇，花瓣上有冰裂般的纹路，姣好的身形映在旁边的落地窗上。陆沉年紧随其后。

"温姐姐回来了呀，怎么出去一趟，画风都不一样了呀？"乔叶立即起身去门口迎她——手上的礼物。

竹冉冉出于对礼物和陆沉年的好奇，也站起来打招呼："你好，我叫竹冉冉。"

陆沉年打量她，目光审视，见竹冉冉有双很漂亮的杏眼，画了淡淡的眼影，除此之外——嗯，比温榆高几厘米。

乔叶立即为他们介绍彼此。这两个人，一个是青大法律系的学生，一个是青大美术系毕业的书店老板娘，怎么看怎么搭不上边，也没有可聊的话题。

倒是乔叶异常热情地拉着陆沉年寒暄起来："今天怎么有空过来？那天我和我姐聊天时你怎么会在啊？你们什么时候在一起的，我怎么不知道？"

一连三个问题，饶是陆沉年也怔了一怔。他满脸无奈，却又像是故意的："我是送阿榆回'花散里'的，至于其他两个问题，你问阿榆吧，我有权保持沉默。"

竹冉冉一头雾水："阿榆，什么情况？你们谁给我说一下？"

温榆被晾在一边，听他们一句接一句地聊着，不好贸然插话打断他们，便站在那里发呆。渺茫的夜色里，远方晕黄的灯光像蜿蜒了一路的星光，在远方汇聚成一片璀璨的海洋。

有道修长的身影在对面出现，温榆蓦然被他身后的灯光晃了眼，一阵刺痛，视线中出现了成串的黑点。她赶紧闭上眼睛揉了揉，忍过这阵眩晕，过了几秒才睁开，却发现世界不一样了。

她环顾四周，看到的都是被工整挽起的裤脚和亮闪闪的凉鞋，左边是掉在地上的礼物包装袋，以及竹冉冉和乔叶因为震惊而不自觉颤抖的小腿。

惊讶之余，她审视着自己的身体，发现她又变成小人儿了，还是当着乔叶和竹冉冉的面变身！完蛋了，他感觉完全不知道该怎么解释了。

乔叶被眼前这出突如其来大变活人的戏码给吓到了。

只是一个眨眼的工夫，温榆就缩水成迷你小人儿的模样。被眼前这一幕惊呆的乔叶，出于本能反应，还下意识地拿出手机来飞快地按了几下，"咔嚓咔嚓"的声音不绝于耳。

竹冉冉傻愣愣地看着赤裸的温榆被陆沉年用手帕温柔地裹住，圈入掌心，那娴熟轻柔的动作仿佛做过无数次。她只觉得一时间信息量有点大，回不过神来，呆滞地说："我以前也没发现你有变身的技能啊。"

温榆坐在陆沉年的肩膀上，晃悠着双脚，也不见半点紧张和尴尬，似是习以为常，但其实她内心早已像炉灶上水壶里的沸水一样，躁动不安。

陆沉年察觉到她的身子微微颤抖，伸手把人从肩上小心翼翼地拿下来，装进了衬衫口袋里。等她整个人都缩进去，看不见一分一毫，陆沉年才抬头看向依然目瞪口呆的旁人，一本正经地道："这是她在意大利罗马市的许愿池许的愿。"

"那个许愿池啊，我记得。上次和温姐姐去许愿池观光，我许愿娶爱豆来着，结果没多久我就在梦里被粉丝打死了。"乔叶也一本正经地说道，似乎怕他不相信，又补充了句，"特别灵验。"

陆沉年、竹冉冉："乔二叶，你不说话，没人当你是哑巴。"

"哦。"

花店里面的气氛再次回落，安静得仿佛空气中的尘埃都凝固了。被陆沉年放在口袋里的温榆似乎已经平静下来，慢慢地爬了出来。

她这一爬不打紧，本来老远就看见大变活人戏码吓得原地死机三分钟的阮沉舟，一进门就看见陆沉年的衬衫口袋里长出个小脑袋，顿时吓得整个人都蒙了。

竹冉冉将目光转向温榆："你吓到他了。"

"嗯。"温榆难得简短地回应。

温榆抓着陆沉年的衬衫攀岩似的三两下又坐在少年的肩膀上，活动了一下脖子："大表哥胆子向来很小，连小强都怕，我早就习惯了。"

"怕小强？"竹冉冉蒙了一下。

"哎，大表哥，芙翡巷的小强现在如何了？"温榆一脸关心表哥的样子。

"芙翡巷现在哪儿还有什么小强呀，以前倒是挺多……"竹冉冉忽然想到什么似的抖了三抖，"喂，我说，阮沉舟他……不会是住在林川芙翡巷吧？"

乔叶听到后耳朵立刻竖得直直的，生怕错过了什么。而温榆轻轻笑了笑，知道话题转移成功了。

"我就是问一问，因为我认识的一个人就住在那里。"在阮沉舟开口之前，竹冉冉已经十分有眼色地先行解释，"说起来挺巧的，他也很怕小强哦。"

"嗯。"阮沉舟略作沉吟，"我是住在林川芙翡巷没错……"

他说得认真，像是经过了深思熟虑，让听完回答的竹冉冉不由得露出难以置信的表情。

阮沉舟继续说："你那个胆子很小还怕小强的朋友，也许就是我也不一定。"

听他这么说，脑洞清奇如乔二叶，瞬间脑补出了一万字的因缘巧合文。

比起乔二叶的茫然，温榆却是一副似笑非笑的模样，并且在眼神的交流中与谁达成了什么共识。

"果然，有什么事在我不知道的时候发生了……对吧？"这是来自于停止心理活动并且呆滞了五分钟的乔叶的疑惑。然而，在场的所有人没有一个人回答她。

陆沉年的一声轻嗤打断了"花散里"的第二次安静："所以，阮沉舟是你的那位朋友吗，竹小姐？"拖长的尾音，带着戏谑。

阮沉舟也反应过来，笑着说："世界可大可小，我不一定是你的那位朋友。我刚刚的话，你就当成耳边风吧。"

"我……"竹冉冉顿了顿，觉得太直白了不太好，于是将所有差点脱口而出的话悉数咽回了肚子里，接着，小心翼翼地挑选了一句最适合的："我会的，阮沉舟。"

阮沉舟没有什么反应，他向来嘴欠得很，大抵是和温榆待久了被传染的。见到竹冉冉一副理所当然的样子时，一时间真不知道该说什么好。

乔叶察觉到气氛有点微妙和尴尬，于是求救般看向温榆，却见她趴在陆沉年的肩膀上打了一个哈欠，温榆问："我们可以回去休息了吗？就留他们在花店做帮工吧。"

"这怎么行？"乔叶试图挽留，"你还没有告诉我们你为什么会变身呢，你不说不准走。"

"不想说。"

乔叶不肯轻易放弃："那你总得和冉冉姐叙叙旧吧？"

"裹着手帕叙旧？乔二叶，你怕不是被我的变身吓傻了。"温榆依旧嘴上不饶人。

—2—

阮沉舟看着温榆，这个小人儿竟然真的是那个叱咤风云、得理不饶人的温女王。很多年没有见到了，她还是他记忆中的模样，没有多大改变，除了她的身形。

树影映在阮沉舟身后的墙上，一阵摇曳，流光在他肩上浮动，他的声音带着不自觉的颤抖："是我的大表妹温榆吗？"

温榆看着他笑意盈盈，她想，该怎么向奉阮家太后之命而来的大表哥阮沉舟解释呢？

"你好，我叫温·爱丽丝·榆，是《爱丽丝梦游仙境》里的小小主角。"

温榆话音落下的那一瞬间，对，就是那一瞬间，阮沉舟立马就石化了。

如果放在动漫里，这大概就是那种一秒褪去所有色彩变成黑白，风卷着树叶打着旋儿吹过，然后碎成一地渣渣的情景过程。

爱……爱丽丝……爱丽丝穿越次元了吗？

花费了好一番工夫才从石化状态恢复成能够思考的人形，阮沉舟的第一反应却是在思考这个问题，丝毫没有察觉到自己被温榆忽悠了。

阮沉舟站在那里看了温·爱丽丝·榆半天，最后想也没想，径直走过去问："那你怎么长了一张和我大表妹一模一样的脸？"

阮沉舟这个突如其来的问题把温榆给问蒙了，因为以"宁信猪上树，不信温大榆"为警示名言的阮沉舟竟然相信了她的胡诌。

温榆抬起头，还没来得及开口，阮沉舟忽然笑起来，俊朗的眉眼带着笑意，说："大表妹，你怎么这么可爱？"

温榆倒是坦荡，对着阮沉舟笑笑不说话，说道："我一直这么可爱呀，难不成你现在才发现？"

阮沉舟"扑哧"一声笑了出来。

宁信猪上树，不信温大榆。阮沉舟到底还是没有相信温榆，他像发现新大陆的哥伦布，好奇地绕着她转圈圈，最后难以置信地伸手戳了戳她，说："居然真的变小了。温榆，你这到底什么操作，怎么这么魔幻二次元风？"

温榆挺烦他的动手动脚，挥手打掉他不老实的爪子，反问他说："为什么我一定要告诉你我的操作？"

她这么一问倒还真把阮沉舟给问住了，温榆瞥了他一眼，觉得自己的态度挺差的，可能会伤到他，于是简单地解释了一下："敲一下就能变大变小的万宝槌听过没？就是它。"

阮沉舟想到什么，问："那万宝槌呢？"

"我扔了。"温榆说，扔在了《一寸法师》的故事里。

阮沉舟记得温榆小时候最喜欢的就是《一寸法师》和《爱丽丝梦游仙境》的故事，曾无数次幻想自己变小被人捧在手心里宠着，这么一说也算是了却了小时候一桩异想天开的梦，想想还挺有趣的。阮沉舟笑着说："温大榆，梦想达成的感觉怎么样？是不是很棒？"

温榆没搭理阮沉舟，阮沉舟尴尬到不知所措，特别哀怨地看着温榆，也不知道她托着腮在思考什么。

正准备收拾收拾回对门的时候，温榆忽然开口说："我突然想起来，阮沉舟，你来青木是干什么的？"

温榆不知道怎么就忽然想起了这一茬。阮沉舟这人见她就跟见了瘟疫似的，恨不得躲得远远的。当年她离开林川时，阮沉舟还竖着三根手指对天发誓，坚决不踏入有她的城市，就算是阮家太后的命令，他也绝对不踏入。

所以这会儿温榆就迫不及待地问他，一脸"我真的很好奇"的表情，问："来，大表哥，告诉我，你这一身反骨，阮太后是怎么给你捋正的？"

"我一身正骨还需要捋？"

"可你不是死活不愿意来青木吗？以前还对天发誓来着，三根手指那种。"

阮沉舟想了想，觉得温榆这句话的毛病挺大，说："三根手指算发誓？对天发誓是四根手指好吗？不要看我记性不好就胡诌。"

温榆不说话了，漫长地吐息之后，说："算了，我不跟智障计较。"

"什么？"阮沉舟没听清。

温榆可不会再说第二遍，懒懒地开口："没什么，以后你就知道了。"

后来温榆维持了好几天的十厘米状态，阮沉舟以前没发现，这会儿才觉得原来温榆也可以这么可爱，小小的一只，怪好欺负的。

他趁着现在的温榆不能反抗，给花店拍了一组"杯与花与精灵"的宣传照片，风格清新可爱，一时间花店的订单暴涨。

而精灵模特温榆正坐在杯子里，好整以暇地看着忙到飞起的竹冉冉和阮沉舟，觉得好笑。她站起来，从杯子里出来，悬着腿坐在风信子上，白皙修长的小腿裸露在外面，她晃了晃脚丫子，这种在一旁坐着看别人忙碌的感觉真好。温榆长叹了一口气，故作哀怨："好心疼你们哦。"

"滚吧你。"竹冉冉哼了一声，隔着一指的距离弹了弹。温榆配合地做出被弹飞的姿势，哼哼唧唧的，自带音效。

竹冉冉深吸一口气，觉得好笑又有点气。她低着头，继续打包花束。早知道她就不该让阮沉舟拍那组照片了，已经过了好几天，还没忙完，明天得去给阿舟寄信了。

温榆终于听到身边人说起她旅游的事，是在她打算在睡莲的浮水叶上睡个觉时，阮沉舟问的。

坐在电脑前处理订单的阮沉舟忽然想起什么来，眼睛有多大瞪多大，说："你还记得你之前说是在旅游的事不？我突然在想，你这么小是怎么在国外旅游的？"

温榆沉思良久道："我什么时候说的，我怎么不记得了？"

"我的妈啊，你昨天还带了礼物的，怎么今天就忘了？"

竹冉冉听见对话抬起头来，活动了下酸痛的脖子，说："什么你的妈，她这么明显的装傻，你没看出来就算了，还你的妈！她都背过身想假装自己不在了，这还不是想隐瞒什么不可描述的事啊！"

"可是十厘米的大小能做什么不可描述的事？"阮沉舟说，"人家陆沉年清风朗月正人君子一个，就算有点不为人知的小癖好……等等，不会是买一堆娃娃衣服玩变装秀吧？"

阮沉舟和竹冉冉讨论得热闹，温榆也就看着他们，忽然笑起来。

笑什么呢？她自己也不太清楚，只是偶尔回想起这段时间和陆沉年的点点滴滴，总觉得是梦一样的经历，虚幻得可怕。

阮沉舟见温榆一直抿着唇微笑，也不说话，比了个"暂停"的手势，敲了敲装睡莲的盆，说："温大榆。"

温榆不理，他就晃了晃浮水叶边上的睡莲花，花粉如雨一般纷纷洒下，说："温小榆？"见人还是不理他，就揪着衣领把人提起来，让她面对自己，说，"大表妹。"

温榆烦死了，拍掉他的手："你想干什么？"

"想问你，你这段所谓的旅游时间是不是和陆沉年住在一起？"阮沉舟义正词严，继续说道，"孤男寡女共处一室，我担心你，怕你吃亏。"

我信了你的邪。温榆深吸一口气，说："那你把我放下来，我们好好说话成吗？"

"成！"阮沉舟把她放回浮水叶上，说，"温大榆，你请说，我听着呢，两只耳朵都竖起来了。"

他才说完，温榆就立马转身，留给他一个背影。

为什么啊？阮沉舟很蒙，这和说好的不一样啊。他特别委屈地伸出一根手指戳了戳温榆的背，结果力道没控制好，温榆被他没轻没重地一戳，骨碌碌地滚下了浮水叶。

"扑通"一声，溅起了漂亮的水花。

旁边的竹冉冉看着空空如也的浮水叶，声音大得差点把阮沉舟吓破胆："阮沉舟，你把温榆推下水了！"

温榆怎么也没想到自己居然会滚到水里去，要是她知道浮水叶上这么危险、阮沉舟这么手欠，她一定躺到旁边那朵开得正好的睡莲花里去，就算会沾一身的花粉。

她在水里待了三分钟才被阮沉舟捞起来，他仔仔细细问了她半天有没有身体不适之类的。温榆说："阮沉舟，装傻没关系，因为你本来就是个二缺，所以你不用狡辩。从今天开始你记住一件事就成。"她顿了一下，语气很认真，"我现在是很好欺负没错。"

阮沉舟听她讲完之后，拎着她的衣领抖了抖她身上的水，轻轻地应了一声："嗯。"

"你再抖我试试？"温榆火冒三丈，说，"阮沉舟，你别忘了我可是会变回去的！"

"所以呢？"

"所以你现在最好对我好点。"她看着阮沉舟，"阮沉舟，你打算拎我到什么时候？"

阮沉舟气势十足："对不起，我拒绝。你别忘了风水轮流转，总有一天会转到你那里的。温榆，你大概怎么也想不到会有这一天吧。"

"你会后悔的，阮沉舟。"

温榆忽然觉得自己有点可怜，后来还是忍不住踢了他几脚。一方面她想踢人的脚是真的控制不住，阮沉舟又太欠揍，另一面，阮沉舟的话也没错，这么多年，虽然说着兄妹相亲相爱、和谐友好，可是在林川的日子里，她真没少欺负阮沉舟，所以现在自己变小了不说，还被阮沉舟各种欺负。所以，用"风水轮流转"这句话来形容他们俩，还真有点贴切。

不过至少竹冉冉还是关心她的，去厨房熬姜汤了。

这会儿温榆情绪低落地坐在浮水叶上拧衣服上的水，偶尔抬眼能看见阮沉舟得意扬扬的小表情。怎么说呢，自从当着阮沉舟的面变小之后，他就处处逮着机会"报仇雪恨"了。

陆沉年推开门看到的就是一个半耷着头的迷你小人儿，像一只淋雨后的流浪猫一样，可是温榆的眼睛在看到他的那一瞬间又亮了起来。

的确是亮，温榆好歹被陆沉年捧着宠了、疼了、照顾了一个月，回到"花散里"的待遇却从天上掉到了地上，所以这会儿看到陆沉年，她心里超级感动。咦，感动？应该不是，更像是……走失许久的宠物忽然见到了主人的那种心情。

不过陆沉年还不明白这一点，刚才温榆的表情是期待已久的那种欣喜吗？于是他语重心长，跟批评孩子一样，说："阮沉舟啊，你是怎么照顾我家 Alice 的？"

温榆看着徐徐走来的陆沉年，可以说是非常绝望了。因为从陆沉年刚刚那句话来看，她可以确定，今天他的打开方式是绝对不对的。

不过陆沉年并不这么觉得，他十分开心，还帅气地眨了眨眼睛："嘿，Alice，怎么你跟落汤鸡似的啊？你别是故意掉水里，想让我宽衣解带地照顾你吧。"

果然，你瞧。温榆一口气差点背过去："我闲得慌？"

"不然你天天待红茶杯里，怎么刚好今天就坐浮水叶上，还落了水？"

"那我为什么不坐窗台上？我看外面那股妖风觊觎我很久了。"温榆语气不善，眼神更是带着非常赤裸的敌意。

可是陆沉年毫无自知之明，拿出手帕裹在温榆身上，紧接着把人握在自己掌心里，说："根据螳螂捕蝉黄雀在后的典故，妖风是知道它身后还有人在盯着的。"

哪儿来的歪理？

—3—

后来终于不闹了，陆沉年说："温姐姐。"

温榆抬起头，没来得及开口，陆沉年忽然笑起来，指尖温柔地撩起她耳边一缕湿发，说："温姐姐，你怎么这么不会照顾自己？我这才多久没见你呀。"

假装沉迷电脑订单实则暗中观察两人的阮沉舟，意味深长地笑起来，附和着说："就是就是，大表妹，你怎么这么不会照顾自己？"

"没办法啊，你说对吧，大表哥。"温榆似笑非笑，看向阮沉舟。

阮沉舟喝了点咖啡润了润喉咙，忽然想起什么来："啊，我记起来了，竹小姐的姜汤还在锅里，我得去看看。"说完他就要起身往厨房去，没想到和竹冉冉打了个照面。

正巧从厨房出来的竹冉冉端着姜汤，莫名其妙地看向阮沉舟，这阮沉舟别是反射弧有三米长吧，怎么现在才想起姜汤这回事呢？

阮沉舟觉得，所谓的光速打脸，大概就是这样的吧。啊，这酸爽的感觉！

社会上有一句话，叫"出来混，迟早是要还的"。而阮沉舟有一句话，叫"风水轮流转，总有一天转到你那里"。同样，还会转回来。

阮沉舟大概是第三次和竹冉冉聊起温榆在林川时他水深火热的日子，正聊得起劲时，老天猝不及防给他送来了正常大小的大表妹——温榆。

温榆说："hello, my big cousin（你好，我的大表哥）。我是你的表妹温大榆，还记得我吗，一米五几的我？"

阮沉舟硬着头皮道："不好意思，今天的我好像是个假的。"

温榆靠在门上，说："你今天不是假的，请接受我变回来了这个事实。"

阮沉舟不知所措，说话都有些结巴了，想了半天伸出手："我、我、我……我是阮沉舟，阮沉舟的舟，不，是一叶扁舟的……"

没等阮沉舟说完，竹冉冉就从阮沉舟背后露出半个头，说："呀，温榆你可算变回来了，快来帮忙。"然后走出来，跟温榆打小报告，"他刚刚给我说了报复你的一百零八招分别是哪一百零八招。"

"哈？"阮沉舟看了一眼竹冉冉，对方只是抿着嘴挤出一个笑，然后就拉着温榆分配工作去了。陆沉年跟在温榆身后，递给他一个"自求多福"的眼神。

阮沉舟小声问："为啥会突然变回来？难道你亲她了？"

"亲她？"陆沉年挑眉，意味深长地笑起来，"你猜猜看。"

阮沉舟一头雾水地看着陆沉年顾长的身影。应该是亲了吧，电视剧里都这么演。

宁惹乔二叶，不惹温大榆。不小心惹了温大榆的阮沉舟觉得现在的自己很危险，有些不知所措且惶恐不安，况且竹冉冉还临门补了一记狠刀。

他往不知道什么时候坐到沙发上的陆沉年那边瞥了好几眼，说："既然都跟着温榆过来了，你就不能过来和我聊聊天，增进感情吗？非得青天大老爷似的坐在那里看戏吗？你的良心就不会痛吗？你……"

"我喜欢看戏。"陆沉年打断他，"况且是你自己作死，和我没什么关系吧？不作不死，你总得死一下才知道好坏，我就看戏不补刀的。"

话是这么说没错，可是……

陆沉年不知道什么时候站了起来，端了杯子走过来，倒了杯水又走回去，手里还拿了袋焦糖瓜子。不知道为什么，阮沉舟总有一种他是故意这么做的错觉。

他问："你是打算前排售卖瓜子、饮料吗？那瓜呢，不卖？"

陆沉年还没想过这个问题，这会儿阮沉舟仿佛发自灵魂的一问，他才意识到这个问题。

于是，他仔细地想了想，说道："外面十字路口的小货车卖西瓜十块钱三个，要来二十块钱的吗？"

"我不要，"阮沉舟说，"我要三块五一斤的。"

"随你，反正我又不买。"

而温榆盘腿坐在椅子上，跟听不见这边的对话一样，自始至终没有发声。阮沉舟偷偷看她很久了，这才对上她慢慢转过来的视线。

温榆笑了笑，嘴角扬起一点点弧度，温柔迷人，她说："阮沉舟啊，风水那个轮流转啊，总有一天会转到你身上的哟。"

都这么无情无义的吗……阮沉舟表示很惶恐。

他忽然觉得挺累的，一累就想写信。对于他这种常年被欺压的人来说，就只有一头扎进某一件事情里面，才能忘记生理以及心理上的痛楚。

于是他还真拾掇拾掇回"花散里"给他的 Pen Pal 写信，一写就直接到天黑。

温榆觉得这么多年没见，阮沉舟还是这么好玩，一紧张就会自我介绍的习惯，没想到还保留着，而且这个紧张的习惯也只有面对她时才会表现出来。

温榆坐在小凳子上修剪花枝，陆沉年不知道是什么时候走过来的，他总是这样悄声无息，跟个鬼一样。

温榆说："正常人走路都是带声音的，你这样，我没被你吓出心脏病，真是命大。"

阮沉舟倒不在意这个问题，说："我脚步轻巧，免你受惊扰。"

温榆淡淡地瞥了他一眼："你脚步轻巧了，手能轻巧吗？"想了想她又觉得不对，正眼看过去，"陆沉年，你可以不扯我的头发吗？"

温榆极其无奈地剪着花枝，陆沉年垂着眼，看着她垂在肩侧的头发、漂亮的眼角，还有下颌，说："温榆，我有一个请求。"

"嗯？"

陆沉年声音沉哑，有温暖的气息："我可不可以……"

手机铃声忽然响起，一小节拍的《单身情歌》打乱了两人的浪漫氛围。温榆抬头，竹冉冉渐渐从订单的海洋里上岸，借着接电话的时间休息休息。

温榆回过头，和陆沉年的视线相遇，他的眼睛干净又好看。温榆觉得心跳好像停了一下，然后恍若擂鼓。她等了半天，说："你说啊。"

陆沉年说："我可不可以在你的头上别满这种小蝴蝶啊？小蝴蝶这么可爱，你也这么可爱，凑一起肯定是双倍的可爱啊！"

温榆看了他许久，准确一点是瞪了他许久，忽然站起来，拖动凳子的声音巨大无比，她踩在小凳子上，比陆沉年高出一个头，沉默了一会儿问："你对我的头发做了什么？"

陆沉年看着她粉色的耳根，看起来柔软而可爱，他想说，我为你束发了，可话到嘴边又变了："我在你的头发上放了只小蝴蝶。"

温榆摸上发梢，拿下一只小小的蝴蝶发卡，小心翼翼地放在手里，嘴上不饶人，说："你幼不幼稚啊，陆沉年！"

我的阿榆，我怎么会真这么幼稚呢？陆沉年短促地笑了声，说："乖，工作结束，沉年爸爸带你去撸串，就巷口那家你最喜欢的。"

"好啊，沉年爸爸。"

说着，她倏地低头，轻如蝉翼的吻就落在了陆沉年的眼上，然后在陆沉年伸手搂住她之前轻巧退开。陆沉年含着笑意的声音在小小的房间里听起来分外撩人："我付钱，你负责吃。"

陆沉年看着她，女孩黑曜石般的眼中烟波流转，透出了小小的狡猾和得意，她若有所思时露齿一笑的样子像极了小狐狸。

"好啊。"真是再好不过了。

竹冉冉懒洋洋地走回来，手里捏着一封浅色的信笺，语气跟讲故事一样，说："思念竹子小姐的第 N+1 天，我这里的隔音效果好，否则你一定能听到我怦怦的心跳声，我们之间隔着几千棵树、几百条河、几十座桥，但是我一直都在思念你。"

"嗯。"温榆应了一声。

竹冉冉接着说："怎么可能几百条河才几十座桥？别都是跨海大桥吧。这林川的阿舟该不会是个傻子吧？"

"你也是个傻子好吗？咱们国家哪来的几十座跨海大桥，是跨到国外去了吗？"

竹冉冉笑："直女真可怕！这数量越多，不就代表着他日日思念我吗？你是不是傻？"

温榆面无表情地看着她："我有句脏话特别想讲。"

竹冉冉不再理会温榆。

竹冉冉低头去看手里的信笺，只见信封上写着：致青木的竹子小姐。

竹子小姐：

又是思念你的一天，我越过山川河流，终于回到了你身边。

对，是"回"，不是来。你让我觉得亲切，哪怕你我从未见过面。

入夏之后的气候不太稳定，夜晚的青木总是下雨，就像今夜。

半夜时下了一场暴雨，雷电交加的雨夜总会让人联想到灵异事件。所以在我给你写这封信时，从小叶子表妹的房间里传来了惊恐无比的尖叫声。因为她看见了长着和大榆表妹的脸相似的女鬼，所以后来我陪她在客厅里看了一夜的《武林外传》，她害怕得不敢在房间睡觉，还喝了好几瓶"江小白"压惊。

雨夜中，人的恐惧会放大很多，一切都变得阴森可怕。

比如小叶子表妹想看的日版《深夜食堂》被她存放在卧室书桌上的 U 盘里，木质楼梯上的灯光橙黄昏暗，再往上便更黑了，于是她幻想出那黑暗中有各种可怕的生物。最后，小叶子表妹忍痛割爱，放弃《深夜食堂》，选择了《武林外传》。

她太害怕了，缩在沙发角落里瑟瑟发抖的模样，像极了受到惊吓的小猫咪。

这段时间我的脑子有些乱，小叶子表妹常常骂我胆子小，说我特别尿。其实跟胆子没有关系，你知道我不是那种男孩子。

竹子小姐，我喝完第三瓶"江小白"了，嘴里"江小白"的味道很浓，小叶子表妹依旧缩在沙发上瑟瑟发抖。

大概还有三个小时天才会慢慢亮起来，那时候东边的云层会变幻成浅浅的湖蓝色，外边的树梢上会响起叽叽喳喳的鸟鸣。

所以，亲爱的竹子小姐，别来无恙，你在心上。

那么竹子小姐，愿我们十字路口有缘相见。

——林川的阿舟先生

"怎么，林川阿舟先生的信？"

竹冉冉站在屋子中央，手里拿着一张印花信纸。

她像被老师点名到黑板上做题，但又不会做，抿着嘴紧张兮兮等待答案的小学生。然而坐在沙发上的温榆只淡淡地扫了一眼，又低下头去。

她的手里是竹冉冉刚刚取回来的一封信，米白色的信封，印着不同时节的花。不过她关注的并不是这些花，此时此刻，她在意的是信的开头：思念竹子小姐的第 N 天，如果有下辈子，我愿做你窗前的一株朝颜花，朝开暮谢，皆为你。

温榆情不自禁地念出来："我不知道未来的我们会迎来怎样的结局，但是现在，我想要和你在一起。"

啧，谁要是说这些不是情书，她第一个跟他急！

第九章
有生之年，幸逢你

MY

GIRLFRIEND'S

GETTING

SMALLER

—1—

"温榆。"竹冉冉在非常不痛快的时候，喜欢连名带姓、用一种命令的口吻对别人说话。于是不知不觉中，她仰起了下巴，"请你不要念出来，好吗？"太羞耻了！

温榆才不管呢，翻看着信封上的地址，没有抬头："情话技能太强了，非常撩。"

"所以呢？"竹冉冉冷笑了一下。

"你们如果不是网恋，算我输。"

听她这么说，竹冉冉脸都差点红了，她定了定神，却听到温榆悠悠地说了一句："世界是黑白的，而你是太阳。所以即便是遍体鳞伤，我也想要靠近你。"

"什么？"竹冉冉真的脸红了，温榆依旧面不改色，继续念道："于我而言，世间独一份的风景，是你。"

"……"那封信被看见了，不过竹冉冉没阻止温榆继续念下去，况且耳根还红着呢。

温榆抬起头来看了她一眼，接着念："世界是个很讨厌的圆，总是走着走着就又回到了起点，不过也多亏如此，我才能兜兜转转，最后再次遇见你。

"总有人说年少时光里不该遇到太过惊艳的人，否则余生都不能安然度过，可是我已经遇到了你。你说，你是不是该对我负责呢？

"不过话说在前面，我呢，是个很贪心的人，陪了你天光乍破，还想陪你暮雪白头，所以你可得考虑好了。"

温榆的声音带了微微的沙哑，念完后还看了身边的陆先生一眼，那娓娓道来的语气，就像老式收音机里的温雅女声，温柔了时光里最好的一段岁月。

竹冉冉想啊，她的阿舟先生是否也是这般温文尔雅，他们以后的爱情也能像这般细水长流吗？

"陆沉年。"温榆回头看着身后缓缓抬起头的人，笑容有些甜甜的，问，"你听见了吗？"

"听见了。"陆沉年也跟着笑了起来，"真狡猾。"顿了顿，他还是补上了一句，"海上月是天上月，眼前人是心上人。"

还好自己平时喜欢读书，现在才能随意撩动女神心。陆沉年在心里庆幸着。

所以啊，我亲爱的阿榆，你听见了吗？我喜欢你，像《钗头凤》搁下了最后一笔，相思成疾。

温榆似乎想了一会儿，才说："为什么我突然觉得林川的阿舟先生好可怕？"

"什么？"

温榆拍了拍那张信纸，说："难道你们不觉得这人被小说荼毒太深了吗？哦，还有那些情感语录，一看就是某瓣上的吧。"

竹冉冉投降，她终于知道得罪温榆是什么下场了，明明分外撩人的信，这会儿被她这么一说，还真觉得阿舟先生有点可怕了。

她没力气了，问："所以呢？你无情戳穿的理由是什么？"

温榆回答得格外认真："图个乐吧。"心里却觉得挺好玩的，好像记忆中的阮沉舟并不是这般模样，一封信也能将千里之外的女孩子撩得不要不要的，不一样了啊阮沉舟。

温榆是在买完生活用品回来的路上看到阮沉舟的，他站在小南街后街的那个邮局门口，手里拿着一封信，皱着眉头一本正经地和邮递员交谈。

又换邮局了啊，也不嫌麻烦。

温榆是知道阮沉舟有位青木 Pen Pal 的，而且也知道这位 Pen Pal 就是竹冉冉。可她实在不懂阮沉舟一封信一个邮局的行为到底有什么意义。

"因为我要走过她走过的路，看过她看过的风景。"阮沉舟将盖好邮戳的信塞进墨绿色的邮筒里，回头朝温榆笑了笑，"哟，买这么多，今晚是准备做满汉全席吗？"说着，他伸手接过了购物袋。

温榆被突如其来的解释吓了一跳，抬头看着面前的阮沉舟，愣了一下才反应过来，原来她不知不觉中把心中的疑惑给问了出来。

不过阮沉舟这回答，怎么说呢，太文艺了。她也不是没有看过微博、QQ空间、某瓣的情感语句，可是阮沉舟给她的感觉，就像是思恋多年却爱而不得的苦情人，最后只能一车、一人、一背包四处颠沛流离，沿途走过心上人走过的路，看心上人看过的景。

阮沉舟问她："说得好吗？"

温榆缓过神来，轻咳了两声以掩尴尬，说："好呀。"忽然她又看见他手中的素色信封，温榆问，"是竹子小姐的信？那她知道你来青木了吗？"

阮沉舟也没拐弯抹角，说："难道她不该知道吗？"

温榆喉咙差点堵住，顺了半天才顺下去。她哼了一声，忽然想起什么，问："那你们什么时候见面？"

"啊？"阮沉舟显然没能反应过来。

温榆说："你和竹子小姐书信来往三年了，难道从来没想过见面这回事？我记得竹子小姐就住在小南街，你好不容易来趟青木，怎么说也得见上一面吧。"虽然温榆现在知道了竹子小姐就是竹冉冉，但是她并不准备戳破他们俩，这种事还是要等他们自己去发现，不知道到时候得有多精彩啊。

到时候，三年的书信终将止于青木的某个朝或暮，而距离三十六小时三十分钟车程的竹子小姐和阮舟先生会坐在街角的咖啡厅会面，可是那些传递了三年心意的书信似乎有点可怜。

阮沉舟忽然犹豫起来，握拳放在嘴边轻咳两声，说："温大榆，站着说话不腰疼，你不要说话。"

站着说话不腰疼？温榆侧头看他："你不想见见竹子小姐？"

"不想见。"

"不想见个鬼，你想见她的。"温榆眯着眼睛，环着手走近，女王气场十足，她甚至伸出一根手指直戳他的心口，"阮沉舟，你告诉我，你真的不想见竹子小姐吗？说出你的心里话，你想见竹子小姐，你想见竹子小姐，你想见竹子小姐。"

阮沉舟是想见没错，不过温榆说的这句意有所图的话，他还是能听懂的，就像是猎人设下的陷阱。

"呵呵！"阮沉舟干笑两声，温榆往前走，他就往后退，问，"你为什么这么希望我和竹子小姐见面？"

"因为你和竹子小姐认识三年了。"

"哈？"阮沉舟可真是弄不明白女孩子的脑回路，他格外认真地解释，"我和竹子小姐认识了三年是没错，可我们只是书信来往，纯粹的 Pen Pal 关系。而且，温大榆，你有没有想过，如果竹子小姐已经嫁为人妇……"

封号"黄金剩斗士"的竹子小姐嫁为人妇了？

Excuse me, Are you kidding me（打扰一下，你在跟我开玩笑吗）？

脑袋里一条条弹幕就这样刷过去，脑洞清奇如温榆，难得在脑内弹幕刷完之后没有脑补。

她打断了阮沉舟的喋喋不休，说："你是不是因为自卑，觉得自己长得不好看？"想了想觉得自己太直白了，末尾加了句，"长得有点抱歉？"

温榆简直是将对方怼到怀疑人生之后，没心没肺地又狠狠补上了一刀。

阮沉舟不知道该哭还是该笑，拍了拍温榆的肩膀，说："别忘了，我们还有第二个三年啊。"

第二个三年？温榆莫名被这句话戳中了怒点，一气之下捏住阮沉舟的下颌，有些不耐烦："阮沉舟，你觉得人生能有几个三年给你浪费？简直就是耽误你笔友的大好青春年华！"然后看着神色慌张，有点不自在的陆沉年，略带讽刺地笑了，"好，就算这一个三年竹子小姐未嫁，那么下一个三年呢？醒醒吧，阮沉舟，你们已经不是十五六岁的花季少年少女了。"

她这么一说，倒还真把阮沉舟给说得无话可说了。温榆瞥了他一眼，觉得自己这么说挺犀利的，可能会导致表兄妹关系不友爱，就说："大表哥你别太伤心，这年头爱而不得的情侣多了去了。"

一时之间，阮沉舟不知道该说什么才好，好半天才从嘴里挤出几个字："可是……可是竹子小姐她工作繁忙，没有时间啊。"

温榆放开手，不甚在意："工作繁忙？"

"她和闺密合伙开了家花店，闺密去旅游了，她一个人看店，所以没时间见面。"

"她是开了家二十四小时营业的花店吗，还没时间见面？"

阮沉舟揉着自己差点脱臼的下巴，半天才想出个理由："因为……我们是 Pen Pal 吧。"

温榆一手托着手肘，一手托腮，似乎在认真思考这个问题，可是阮沉舟立马发现自己还是太年轻了，和陆沉年待过一段时间的温榆怎么可能还是小白兔。温榆依旧保持着那样的姿势，说："既然这样，那你觉得终止 Pen Pal 关系怎么样？"

"啊？"

"不是信中告白很多次了吗，什么我想和你在一起？"

"不是……不是这样的……不对，你怎么知道的？"阮沉舟这辈子大概没有遇到过这样无法招架的对话。

"你管我？我在给你支招好不好？"

此时此刻，阮沉舟的心情唯有用"束手无策"这四个字来形容最为贴切，哪怕他腹稿打了上万字，各种理由信手拈来，可是对于温榆的话，他是真的不知该怎么回答。

"这样不好吧。"阮沉舟接着说，"况且，万一竹子小姐有男朋友了，或者结婚了，甚至有孩子了呢？"

温榆白了他一眼，说："我的意思是你们以后别联系了。"

"不如我和竹子小姐见个面，你觉得好不好？"

爱情本来没什么大道理，来了就是来了。

虽然阮沉舟不清楚这是不是爱情，可是书信三年了，就算没吃过猪肉，难道还没见过猪跑吗？况且，他对爱情本来就没什么概念，在他过去二十余年的感情经历中，只有这么一个女孩子会陪他写信三年，他每次收到对方的来信都会很开心，这样的感情，除了喜欢，还会是什么呢？

"温大榆你说，我给她写了这么多情书，她有没有一点点动心？"阮沉舟右手的食指和大拇指交叉捏紧，像是捏着一个极细极小的东西，"就算是一点点喜欢，应该是有的吧？"

"我可看不出来她喜不喜欢你。"温榆又不是竹子小姐，怎么知道竹子小姐是不是有那么一点点喜欢他。她白了阮沉舟一眼，接着说，"虽然我不知道竹子小姐怎么想的，可我觉得，如果不喜欢的话，在你写第一封信时，她就不会回复你了。可是她回复了，直到第三十六封，一月一封。"温榆偏着头，柔软的发丝随着风飘起来，表情认真，"那她应该是喜欢你的吧。"

"真的？"阮沉舟沉浸在温榆认可竹子小姐喜欢他的喜悦中，暂且忘记了她是怎么知道那些信的内容的。他发誓，那些信他真的没有给温大榆看过，大表妹只是知道有这么一个人存在而已。

阿舟先生认识竹子小姐三年，三年前，芙翡巷巷口那棵百年相思树还在。

那时候，芙翡巷的小霸王温榆离开林川，在青木遇见了她的兔子先生。巷子两边种满凤凰树，每到秋天就是一道盛景。阮沉舟每天骑着单车在那里穿梭，车轮从一地落叶上碾过。

竹子小姐的信放在他家门口信箱的那天傍晚，阮沉舟从学校做完实验回来，心情也不错，口哨吹得响亮。校服被风吹得鼓起，书包斜挎在肩上，头顶一片火红的凤凰花竟比天边的火烧云还要漂亮好几倍。

直到晚饭的时候听阮家太后说起，从青木寄来了信件，可能是温榆的，阮沉舟点点头，没把这件事放在心上。

平静无波的秋夜，和以往没有什么不同。只不过夜里阮沉舟睡不着，爬起来打游戏时，发现被放在书桌上的信封，上面的字迹娟秀漂亮，像老电影里温婉的富家小姐的字。阮沉舟觉得自己八成是眼花看错了，坐在床头凝神闭目，良久之后，视死如归般拆开了信。

那是他收到的竹子小姐的第一封信，信上寥寥几字：见信安，我是青木的竹子小姐。

竹子小姐啊，那是他某次在社交平台上无意间认识的。阮沉舟用手支撑着头，朝窗外望去。

阮家太后喜花，每天清晨都会在花店买一束满天星，半束紫色半束白色，插在透明的花瓶里，摆放在房间的书桌或者花架上。

从阮沉舟这个角度看过去，星星点点的花朵就像不经意坠落的星子。

他望了望窗外，已经是深秋，夜空中繁星点点，月光和星光和着霓虹灯一起照亮了整座城市，夜晚的林川显得特别寂静。阮沉舟看见印花信纸上的末尾写着：缘结于此，繁星为证，有生之年，幸逢你。

她叫竹子小姐。

缘起于此，印着干花的信纸辗转于两座城市，一结便是三年。

—2—

"三年了啊，竹子小姐和阿舟先生。"温榆拿过竹冉冉搁在桌面上的第三十六封信，抽出第一张看了看，"那，竹子小姐，你想过见阿舟先生一面吗？"她对竹冉冉笑，像只狡猾的小狐狸，"信封上的地址是青木的，信上说走你走过的路、看你看过的景，既然来了，那就见一面吧。"

近来这段时间，竹冉冉经常在拆阿舟先生信件的时候听到温榆说"三年了，白浅都等到重生的夜华了，旭凤也等到回来的锦觅"。竹冉冉不用想也知道她意欲何为。

开始几次，竹冉冉还会认真考虑一番，然后认真解释加分析不见面的十大理由，最近她就开始无所畏惧了，说："不见，谢谢。"

可是温榆脸皮也不薄，说："见个面吧，哪里都行。"

竹冉冉真无奈啊，趴在沙发上有气无力地说："你变小之前怎么不催着我约阿舟先生见面？"

温榆认真想了想，喝下杯子里最后一口柠檬水，酸酸的味道在嘴里化开，让她忍不住皱了眉："那会儿阿舟先生还没来青木啊。"

话是这么说没错，可是……

"那现在呢？"

现在？大概是想看看阿舟先生是否真的是阮沉舟吧，不对，她现在能够确定阿舟先生就是阮沉舟，但是，她很想看这位大表哥知道竹冉冉就是他的竹子小姐时，会闹出怎样的笑话，好期待哦。不过温榆可没敢把这话说出口，只说："他来青木了，信上说，最近住在小南街。"

竹冉冉转过头看了她一眼，说："所以近在咫尺，不如见一面？"

温榆双腿交叠靠在桌子上，一手托着手肘，一手揉着太阳穴，坐在椅子上一脸严肃地盯着她："你觉得呢？"

竹冉冉瞥了她一眼，说："答案再明显不过好吗？"

温榆抬头看着她，竹冉冉的声音有点懒懒的，继续说道："我见或不见，他都在那里。"

所以竹子小姐，你这是哪来的谜之自信？温榆看着竹冉冉，张了张嘴，好半天才憋出这么一句话："你凭什么认为他还在那里？"

这还用问？竹冉冉理直气壮："凭他是阿舟先生啊。"

"所以呢？"温榆头一次觉得一个人的脑回路这么难懂。

她疑惑地望向竹冉冉，只听她不缓不急地说："因为他是阿舟先生啊，仅仅如此。所以，我知道的，他会在那里。"

所以说，你这是哪里来的谜之自信啊？再看看阿舟先生，他似乎有点怂呢。

被温榆扔在茶几上的手机，一条微信底气不足地躺在屏幕上。

阮沉舟："温大榆，我想了一下，还是觉得不太合适，突然见面什么的，万一吓着人家竹子小姐了怎么办？"

还能怎么办，赶鸭子上架呗。

入夏之后的青木气候极其不稳定，只一杯茶的工夫，天空又飘起了小雨。小南街上人烟稀少，有风吹过树叶发出"沙沙"的声音，翠绿色的树叶浸泡在细雨里，泛着晶莹的光泽。

温榆扫视着微信上阮沉舟的消息，无非在说见面可能影响对方生活，以及把以前给对方树立的良好形象破坏。总而言之就一句话，怕见光死。

短短半天不见，这阮沉舟也不知道经历了什么，突然就变了主意。不过转念一想，他这一出倒还挺符合他的小怂包性格，也真是难为竹冉冉了。

今天的阮沉舟依旧无药可救——温榆看着窗外，不知道该怎么回信的竹冉冉还在她耳边忧虑地喋喋不休："温大榆，阿舟先生的信越来越露骨了，我该怎么回他啊？"

"相见不如思念，思念不如相见。"温榆依然没有收回目光。

"我是在问你怎么回信，你居然给我玩文艺。温大榆你变了，你不爱我了。"

"这和我爱不爱你没关系，况且我对你可没兴趣。"温榆托着腮道，"把那两句话翻译成你能懂的白话文，就是见个面，简单得很。"

竹冉冉白了她一眼，没有说话。

温榆接着说："不过怎么说呢，Pen Pal 的关系，可以说是恋人未满，友人以上，所以你们见不见面都没什么。不过我很好奇，你们打算维持这段关系到什么时候？"

"我还能再战三年！"

"你以为玩暗恋呢，再战三年？"温榆抬起头来道，"你一个母胎单身的，玩儿什么暗恋呢？真想把自己熬成'黄金剩斗士'？小心到时候没人要！"

竹冉冉无语。这个女人就不能说一些符合她气质和身份的话？"黄金剩斗士"，还有这种令人窒息的操作？

"反正只是见面，又不是让你们相亲，怕个啥？"温榆把目光转回来，点开了手机微信。

微信上还是只有阮沉舟一个人的留言。

阮沉舟："为什么 Pen Pal 一定要发展到见面这一步，就不能好好地只做二次元好友吗？二次元多好啊，不仅能给对方最好的念想，还能让这段关系长久地维持下去。"

阮沉舟："而且我有种强烈的预感……竹子小姐应该是我们的熟人。"

阮沉舟："不对，是你的熟人，熟到不能再熟那种！"

阮沉舟："温榆，你代替我跟她见面吧，到时候我就躲在旁边暗中观察，情况对的话，我就上，不对的话，就交给你了。"

阮沉舟："好吧，我可以假装是陪你去见面的。"

温榆回复："我真是谢谢你的假装陪我去见面，到底是我的 Pen Pal 还是你的？请你搞清楚，谢谢。"

"温榆，你说我这信要怎么回啊？"竹冉冉又把话题扯了回去。

温榆瞥了一眼竹冉冉，她正咬着笔头，一脸微微苦恼的模样，如果没记错的话，那应该是阿舟先生的第三十六封信，信的最后似乎写的是：玲珑骰子安红豆，入骨相思君知否。

她想了一下，回答道："第一句，愿我如星君如月，夜夜流光相皎洁；第二句，山有木兮木有枝，心悦君兮君不知；第三句，只愿君心似我心，定不负相思意。三选一，你选吧。"温榆把决定权交给了竹冉冉。

"滚吧你，去你的三选一。"竹冉冉继续咬着笔头。

温榆将手机放进自己的口袋里，叹了口气，重新看着窗外。

阴沉了一上午的天不知什么时候放晴了，云层散开，稀薄的日光洒下来。

海棠树下的女孩子穿着浅粉色的小斗篷外套，长发披肩，手里抓着一个小包包。她身上应该有好闻的香水味，有一只蝴蝶停落在了她的肩头。

那是有过几面之缘的大花，而站在她身边，穿着白衬衫、身材修长的男子是陆沉年。

两人并肩而立，男子温文尔雅，女子俏丽，让过往的路人频频回头观望，绝大部分人都将两人认作了情侣。

陆沉年的目光朝这边转来，像是无意识地在打量着温榆这边的商铺。

不用看清楚，温榆也知道他的表情是怎么样的。他眉目温和，眼神内敛，当他注视着你说话的时候，你总会误以为自己被专注地凝视着。温榆眯起眼睛，想要看得清楚一点，他像是在寻找什么，嘴唇习惯性地微微抿着——绿树成荫，看不见掩在树荫后的花店也是情有可原。

温榆却能清楚地看见他的一举一动，她看着陆沉年，仿佛离得很近，伸出手，却是一个远远够不到的距离。

她捏着竹冉冉最心爱的玩偶小熊的脖子，轻声说："啊啊啊，背着我和漂亮妹妹见面，我掐死你。"

竹冉冉一声河东狮吼："温榆，放下我的小熊好好说话，不要想不开！"

陆沉年也许听见了那一声吼，在大花从包里拿出一封信递给他时回头，茫然地循着声音望去，看到的只是一排繁密的西府海棠和几株相思树。

视线扫过，除了看见一只小熊以优美的抛物线从小店窗户里飞出来，挂在相思树的树枝上，没有看见那个熟悉的身影。

不知道从哪里飘出来的温柔女声，听起来耳熟，像是温榆最近新换的手机铃声——《新しい私になって》（熊木杏里的歌《成为新的自己》）。

收下大花的信之后，陆沉年没有马上拆开，而是先去做了别的事。

他回来的时候，挂在树枝上的小熊已经不在了，树下随意丢弃着一根竹竿。再往那边走一点，可以看见探出来的红色月季，在风中微微颤抖着。

然后，陆沉年听见竹冉冉气急败坏的声音："爸爸的小熊！温大榆，你怎么能一竿子把它戳下来！戳死了怎么办？信不信我一竿子戳死你！"

然后，温大榆就被竹冉冉一竿子戳成了温小榆。

竹冉冉对于这个二皮脸、做错了事还毫无自觉性、一竿子戳过去还没碰到就变小的姑娘无言以对。

温榆根本没注意到陆沉年冲进来看见这番景象的时候，脸都黑成包公脸了。衣服披在变小的温榆身上，几乎把她压垮了，她伏在地上一边往外爬一边发呆，丝毫没察觉到刚进门的那个人微妙的眼神。

说起来，最近一言不合就变身惯了，不过因为几天没变身，所以温榆才敢肆无忌惮地惹怒竹冉冉。

至于陆沉年，他进来时，她是真没看见，只顾上蹲下跳躲避竹冉冉的攻击了。

嗯，今天计划要出门去采购新鲜的水果和牛奶的，还要买一些保质期长一点的食物，嗯，新出的火鸡面可以给阮沉舟备一些。阮沉舟拖欠房租费、水电费好几天了，家里三个人开销又大，只能委屈陆沉年去买了。

莫名开始计算着原本这次需要买的东西，在心里列了一张长长的清单出来，列好后忍不住舒了口气。

她这十厘米的模样怎么出去采购啊，如果全超市人民都看见一个迷你小人儿在逛超市，她肯定会上微博热搜吧……

温榆像只无头苍蝇似的爬了一段之后，蜷缩成小小的一团。她想了想，问了句："你能看见我在哪里吗，距离出口还有多远？我找不到出去的路了。"说完，她开始翻滚。

竹冉冉近期以来已经习惯她在衣服堆里的路痴属性，闻言都没看温榆一眼，却在陆沉年的面无表情中吞了吞口水，抓过旁边的晾衣杆，动作利落地手起杆落，刚要戳过去，就见柔软的布料蠕动了一下，忽然从里头滚出来一个——头发乱糟糟、神色茫然，还衣不蔽体的迷你小人儿。

惊呆的竹冉冉与这个只有巴掌大的小人儿四目相对，她双目微怔，显然没想到会是这种局面。

两人对视片刻，温榆的眼神不知扫到了哪里，忽然从头到脚像个小龙虾般爆红。竹冉冉随着她的目光一转头，突然后知后觉地意识到……然后猛地丢了一个小熊给温榆："啊啊啊，温小榆快躲起来，有色狼！"

—3—

迷你小人儿被一只上过树的小熊以平沙落雁泰山压顶的招数凶猛袭击，终年不详，卒。

怎、怎么办？她好像不小心打死了一个裸体温小榆，或者说是陆沉年的心上人？啊啊啊，救命！

竹冉冉一时间满脑子乱七八糟的念头，就像失手打翻了一百罐调味料。她掀开小熊，腿一软，坐在了地上。只见巴掌大的小人儿没有反应，不知生死。难道真的死掉了？

温榆趴在那儿，背部朝上，看不见脸，只把屁股对着竹冉冉。竹冉冉抱紧小熊瑟瑟发抖，不敢将她翻过来，只能蹲在那里默默地盯着她，一动不动。

怎么办？用晾衣杆作为武器把温小榆翻过来，看看还有没有呼吸吗？万一没有了怎么办，警察会不会把她抓起来关进监狱？要是真的进了监狱，就只能从此看着铁窗，捧着窝窝头，再也不能出来……

面色青白交加的竹冉冉脑补了一系列"花季少女错手杀人被判无期徒刑，并成为监狱一枝花""花季少女在监狱里流下了忏悔的泪水：不该为了觊觎闺密裸体的少年，从而扔下那只小熊"的故事，蹲在原地悲伤逆流成河，几乎哭成狗。

然而这并没有什么用，地上那个小人儿挺翘的小屁股微微一动时，她以为温小榆诈尸，"嗷"的一声尖叫，差点抄起怀里的小熊二度"行凶"。

幸好旁边的陆沉年身体素质优良、反射神经发达，在她动手的前一秒转过身，拿出手帕裹住温榆，捞在手里握着，随即将目光移向竹冉冉，迎上了她手中的小熊。

被陆沉年一动不动注视的竹冉冉动作迅速地将小熊藏在了身后，并一脸无辜、眼神纯真地看着他。

眼神犀利的陆沉年简直无语。

妈妈，这个捧着温小榆的大帅哥眼神好可怕！更可怕的是温小榆从帅哥手上爬起来了！怎么办？他们两个人都在看我，在线等，挺急的！

温榆晃晃脑袋，睁开了眼，略显呆滞地摸了摸裹在身上的手帕，细细的眉毛微微一皱，仿佛还没意识到发生了什么，转而望向竹冉冉，问道："你好，请问你见过我的兔子先生吗？"

竹冉冉吓得抱紧了自己的小熊。

不不不，我并没有看见兔子先生在哪里。救命，感觉心里好难过。

而一直被当作透明的陆沉年呢？他揉了揉手里温榆的脑袋，她看起来似乎还有点晕，甚至有点分不清现实和童话，大抵是被砸傻了吧。

温榆脸上一副"我是谁，我在哪儿，我在干什么"的表情，却从始至终盯着陆沉年，声音柔柔地问他："你看到我的兔子先生了吗？"

陆沉年笑了一下："你看我像吗？"

温榆歪了歪脑袋，模样分外可爱，说："像。"

"那我就是了，你的兔子先生。"

竹冉冉插了一句："不要脸。"

陆沉年面无表情地看着她。单单是他的眼神就让竹冉冉有种想惶恐溜走的冲动，更别提他的视线在她身上停留了三秒钟。

是陆沉年啊，活的陆沉年啊！就算这个人长着一张教导主任的地中海脸，她都不会有现在这么坐立不安、欲生欲死的心情啊！救命！等等！她为什么这么厌？这打开的方式分明不对，换个方式重来一次！

竹冉冉瞬间挺直背脊，瞪圆了眼睛无所畏惧地迎向陆沉年的目光，然而——

两人沉默对视的时间太久，竹冉冉支撑不住甘拜下风，轻咳一声，在温榆看过来时觉得心虚，连声音都低了下去："对不起，我差点杀死了温榆。"说完之后，是无比标准的土下座（一种礼仪）。

从童话世界回归现实的温榆突然不知该说些什么，连被瞪了三分钟的陆沉年也一时无话。

竹冉冉等了半天也没听到陆沉年说"原谅你了"，好像她刚刚说的话和诚恳无比的动作都被狗吃了一样，他压根没怎么听没怎么看。半晌后，他才问了一句话："温姐姐，她刚刚说什么，我怎么不太懂？"

"她在给你道歉。"温榆回。

陆沉年点头："哦，给我道歉。那她为什么给我下跪？难道是道歉的新姿势？"

竹冉冉很意外，难道是她砸温小榆时画面太美，陆沉年看傻了？

"新的姿势？"温榆问。

陆沉年不缓不急地说："就是她刚刚五体投地的动作。"

"嗯？"

"班级群里经常看到那样的表情包，据说是谢罪或请愿，用来表示最深的歉意或者诚心请求之意。"

温榆觉得好笑："所以这和道歉的新姿势有什么关系？应该是竹冉冉做了什么事，要用土下座的方式来道歉吧。"

"她的确做了，她用小熊砸你，还意图二次行凶。"陆沉年理所当然地说道。

竹冉冉被噎得说不出话来，还真让人无法反驳。

温榆恨不得拍手叫好，要这样说的话，竹冉冉这个土下座还真的挺适合的。

竹冉冉半天才从牙缝里憋出几个字："你们两个，想死一次吗？"他们不知道土下座是个高难度，且无比累人的动作吗？

"我想想。"温榆若有所思一番，"竹冉冉，你平身吧。"

竹冉冉冷哼一声，觉得自己体内的洪荒之力快控制不住了，想行凶打人。

乔叶来花店的时候开心得像个两百斤的孩子。她今天上完课回来的路上，竟然在老街看见了一座满天星小院。当然，这还不是最主要的。最主要的是，小院的主人是那个帅出宇宙、上得厅堂下得厨房的她的前男保姆——沐遥。她要是想承包那个小院简直毫无压力啊，当然前提是得到沐遥的同意。

简直是超幸运的一天。乔叶头一次觉得她也是被神明眷顾着的孩子。

是陆沉年先发现的乔叶，他靠着沙发看着乔叶，朝温榆这边扬了扬下巴，乔叶才发现趴在他膝上的温榆，问："醒了？"

"她刚睡着。"刚睡下哪来的醒，陆沉年忽然觉得乔叶挺傻的。

乔叶似乎认真想了一番，问："怎么又变小了？"

竹冉冉这次学乖了，双手拢在唇边，小声地说："被我一杆子戳小的。"说完之后，她赶紧回头瞧了瞧陆沉年，正好迎上一双冷若冰霜、幽深似海的眼睛，顿觉肩上压了一座沉甸甸的喜马拉雅山，几乎要"噢"的一声哭出来了。

温小榆你快醒醒，陆沉年好可怕！

陆沉年当然不是对于她刚才自以为的悄悄话才有的不满，更多的是对于温榆身体情况的一种心塞。大花的身体状况一日不如一日，宋锦柯这会儿忙着研究制作抑制药物，根本没时间管他，所以他只能自求多福。

竹冉冉纠结了两秒后，又弱弱地举起了手："我有个……小小的建议，为了温榆的生命安全着想，你要不要带她回家……我、我的意思是将温榆交给你，我们都放心。乔叶，你说对吧？"

她差点当着本人的面说出"其实小小个的温榆特别好欺负"这样的话。

竹冉冉捂住脑袋，任由陆沉年的眼神从她因为紧张而越发泛红的面上掠过。

幸好陆沉年没有读心功能，他撑着脸，眯着眼睛看着竹冉冉，说道："这个建议挺不错的，我觉得挺好。可如果让我家 Alice 听到了，你应该不会死得很难看吧？"

竹冉冉慢慢抬眼，先看到的是陆沉年似笑非笑的表情，她还没来得及开口，乔叶倒先说了："陆沉年你错了，竹姐姐会死得很难看的。"

乔二叶这个二缺怕是不戳穿真相心里不痛快吧？竹冉冉有点想一杆子戳死乔二叶。

乔叶余光注意到了竹冉冉的表情，赶紧补充了一句："我记错了，阿舟先生会死得很难看才对。"

陆沉年依旧似笑非笑地说："那正好，Alice 最近的身体状况我也放心不下，既然你们都开口了，那我就勉为其难接受好了，等一下我就将人带回去了。"

带回去？乔叶觉得自己好像听漏了什么，难以置信地问道："你想对我的温姐姐做什么？"

"包养她。"陆沉年笑了笑。

空荡荡的房间一下子陷入了某种诡异的沉默中，竹冉冉自始至终盯着陆沉年，而陆沉年淡定儒雅地喝着水，还不忘给温榆披了披手帕一角。

而乔叶，说实话她挺蒙的，可是这会儿怎么看自己都像个局外人，这两人之间究竟有什么不可告人的事，她完全不知道。

再说，她亲爱的姐姐温榆……趴在陆沉年膝上睡得不省人事，等她醒来怎么都要月上柳梢头了。所以她很天真无辜地笑了笑，然后看向了竹冉冉："听竹姐姐你这意思，别是打算把我温姐姐便宜卖给陆沉年吧？"

竹冉冉忽然将小熊往旁边一放，站起来："很好的建议，陆沉年，你给个价吧。"

"啊？"乔叶觉得刚刚自己好像说了不得了的话。

"八折优惠，不接受讲价。"竹冉冉说完看向"始作俑者"乔叶，冲她道，"拿到的钱我们三七分，我七你三。怎么样，是不是很棒？"

"喂，这不是过家家闹着玩啊。"莫名被卷进来的乔叶求助地看着陆沉年，谁知道陆沉年居然也不反对，反而一点头："好。"

好？好什么好！这两人究竟几岁了？她叹了口气，大概陆沉年五岁，竹冉冉三岁，一个陆五岁，一个竹三岁，两人加在一起可真会作妖。

乔叶看向沉迷睡觉无法自拔的温榆，默默在胸口画了个十字：阿门，愿主保佑你，我的姐姐。

第十章
记当时年少

MY
GIRLFRIEND'S
GETTING
SMALLER

—1—

　　温榆是在陆沉年和竹冉冉讨价还价的时候醒过来的，裹着手帕坐在陆沉年的腿上，像不倒翁一样轻轻摇晃，眼睛半睁着，大概是没睡醒。

　　她醒得太突然了。憋住尖叫的乔叶紧张地咽了咽口水，双手老老实实地放在膝上，比在大礼堂代表新生进行演讲还要紧张："温姐姐，你醒啦。"

　　"我不该醒吗？"

　　"不、不、不。"乔叶赶紧摇头否认，"那么温姐姐，我问你，你还记得你睡着之前经历了什么吗？"

　　刚睡醒的大脑还不能及时处理来自外界的信息，听见这个问题时，温榆眼中明显出现了一瞬间的迷茫。这一瞬间的迷茫说明她记忆里一定出现了短暂的记忆缺失，所以她的答案绝对会是："抱歉，我也不清楚。"

　　嘤嘤嘤，欺负人。乔叶欲哭无泪。这个状态的温姐姐，如果自己告诉她，她被竹冉冉以跳楼大甩卖的价位卖给了陆沉年，她绝对会把自己当成神经病交给警察叔叔的吧，乔叶不想坐牢！

　　乔叶只好换个角度提问："温姐姐，你知道在你睡的时候，竹姐姐干了什么吗？她把你八折优惠卖给了陆沉年。"

　　乔叶睁着无辜的大眼睛，努力地想让温榆明白这件事的严重性，一向英明神武、机智勇敢的女王大人温榆应当也是头一回遇到这种情况，犹豫了几秒钟后，转而看向了眼神飘忽的竹冉冉，问："售价多少？"随即又看向陆沉年，"你买了吗？"

　　想二百五十块就把人卖出去的竹冉冉呆住，而想免费就把人买回去的陆沉年也不知该说什么。出卖了两人的乔叶意味深长地扫了无话可说的两人一眼，坐在小角落里捧着瓜子"咔嚓咔嚓"地啃着。

而温榆呢？她气沉丹田般漫长吐息之后，看了他们俩一眼："一个二百五，一个免费，我可都听见了。"继而她又一本正经地继续道，"我很好奇，是谁给你们俩的勇气？"

陆沉年倒是认真回答了，给温榆折了折无意翻开的手帕，扬起嘴角："至于为什么是免费，是因为兔子先生的 Alice 小姐是无法估价的宝物，所以是无价的。"

"去你的无价，无价和免费是两个意思好吗？你一个法律系的，怎么这都不明白，还需要我给你科普吗？"温榆觉得，如果他再说下去，自己就要咬人了。

陆沉年意味深长地点了点头，说："既然这样，那我明白了。"

温榆叹气，心想改天要仔仔细细地把无价和免费二者的区别写篇论文出来，给陆沉年好好科普科普。

这才刚醒来，就被这几个人打乱了思路，她都忘记自己要说什么了。直到现在她才记起来自己是有事要说的，她看着一旁强装淡定、抱着小熊的人，开口："竹冉冉小姐。"

"说。"

温榆说："我有句话得跟你说一声。"

"不用说了，我不想听。"

也不知竹冉冉在想什么事，头也没抬，也没往这边看，说话漫不经心。温榆叹气，还是说了："我有句话一定要讲。当然，这并不是主要的……"她说着，目光在房间里剩下的三个人身上转了一圈，"像你们这样……怎么说呢，就是有点欠抽欠揍的，我得向你们证明一下，别以为我现在十厘米，就觉得我是好欺负的。"

竹冉冉慢慢抬眼，先看到的是陆沉年"请允悲"的表情，接着才是温榆似笑非笑的表情，眼皮没来由地跳了一下。完了，她有种非常不祥的预感……

晚上，竹冉冉困到不行，很早就睡了。不过她这人向来浅眠，这会儿四周一片漆黑，她总觉得有什么东西在眼皮底下飘啊飘，还带着冷飕飕的风，瘆得慌……

竹冉冉本来就脑洞清奇，晚上还经常有一些天马行空的想法，把自己吓得睡不着觉。这会儿她在脑海里极力地催眠自己，这是圣诞老人踏雪而来送圣诞礼物，以及田螺姑娘来给她盖被子之类的，可无奈一闭上眼睛就很害怕。她坐起来，听着窗外雨水落地的"啪嗒、啪嗒"声。不对，天气预报根本就没说今夜有雨的事，那么这个声音是哪儿来的？

与此同时，竹冉冉余光注意到了洒落在木质地板上的皎洁月光，像是湖水一般。可那水声一声接着一声，回响在窗外。

竹冉冉听着这水珠滴落的声音，像被卷进去一般，心中的恐慌感慢慢弥散开来，手脚动弹不得。突然有诡异尖锐的笑声传来，她惊得大叫一声，后背皆是冷汗，手脚发软，险些跌落下床，可定睛一看，窗外空荡荡的。

而此时，温榆正站在阳台边调整着水龙头里水珠滴落的频率，"啪嗒、啪嗒、啪嗒"的声音不断响起。

阮沉舟走过来，一把拧紧了水龙头的开关，极淡地瞥了温榆一眼，问："你几岁了？"

温榆似乎认真地想了一下，说："大概三岁，温三岁。"

阮沉舟把安装着简易水龙头的小水桶没收了："大半夜的不睡觉，瞎折腾什么呢？赶紧回去睡觉。"

温榆笑："大半夜的不睡觉，不是偷鸡摸狗就是整蛊别人啊，你是不是傻？"

"温榆。"阮沉舟忽然语气严肃起来，"我记得我告诉过你，离开了林川就不许再整蛊别人，就算真要做，一定记得问问我的意见，你没忘记吧？"温榆没说话，阮沉舟又说，"整蛊别人这么好玩的事，你怎么能不带上我一起呢？太见外了。"

"就算整蛊的对象是竹子小姐？"

"刚刚风有点大，你说什么了吗？"

"没……"温榆捋了捋被刚刚那阵妖风吹乱的发，起身往屋子里走去，走了两步又回过头，"阮沉舟，你有没有想过，也许竹冉冉就是竹子小姐？毕竟她符合竹子小姐所提供的一切信息。"

"没有想过。"

没有想过啊，到底是谁给你的勇气不去想？

温榆笑："那个水桶你留着吧，就当我送给你的。"

"哎，那你呢？"

"我去下一家吓人啊。"

温榆进陆沉年的房间时，不小心弄出了声响，陆沉年摸黑开灯的时候，踢到了什么东西，他蹲下来摸了一下，是个人。

是个人？陆沉年前一秒没来由地想起了温榆下午的话，下一秒就被温榆一把拉下去按在了地上，她冰凉的手臂搭在他身上。

陆沉年只觉得似乎有一座大山压了下来，听到温榆说："兔子先生，我冷，我真的好冷。"

"那你别睡地上啊。"陆沉年推不开温榆的手，这会儿觉得被压得有点喘不过气，他将心里的疑惑问了出来，"温姐姐，你什么时候进来的？"

温榆没回他，只是说："兔子先生，我好冷。"

"那你先起来啊。"

陆沉年好不容易找到灯的开关，打开了灯，就见温榆穿着玩偶娃娃的小裙子坐在地上，抱着叉子小小的一团，明明刚刚还神勇无比地压着他来着。陆沉年无奈地笑了笑。

门口响起敲门声，陆沉年打开门，阮沉舟站在门口，似乎早就料到温榆在这里似的，问："吓到了？"

陆沉年瞥了他一眼，没说话。

阮沉舟也没多问，又说："她是神经病。"

"啊？"

"梦游。"阮沉舟不明白陆沉年为什么这么惊讶，"梦游症不是神经病吗？"

"你把'神经'两个字反过来说可能更贴切一点。"陆沉年笑，忽然又想到什么，"对了，温姐姐，你是掌握了变身的方法吗？还有……"

温榆知道他想说什么，所以没等他把话说完，抢先道："为了反抗资本家的剥削，我必须变得更强。至于变身的问题，你不是要包养我吗？这不，为了被你包养，我特地学了变身魔法。"

温榆说这话的时候一直看着在门边左顾右盼的人，没想到他还真沉得住气，脸上没有一点变化。

不过陆沉年就沉不住气了，脸红到不行，觉得温榆一本正经地说着不正经的话真是太不像女孩子了，他支支吾吾了半天道："不是，我是在疑惑你怎么进的我家。别是变小从门缝底下钻进来，又变大开的门。"

温榆终于将视线移回到陆沉年身上，盯了他好半天，问："我哪里给你我身手这么好的错觉了？"

哪里呢？陆沉年也说不上来，不过想想也是，温榆这人就是看起来嘴巴厉害了点，能悄无声息地进来，多半是有钥匙。

不然一个十厘米的小人，哪能真从他家大门的门缝里爬进来。

温榆熟门熟路地找到自己平时待的地方，拉过陆沉年给她买的迷你龙猫玩偶舒服地靠着，很享受的样子。

阮沉舟刚想说温小榆赶紧跟我回家，大晚上的在人家纯洁小男生房间里做什么呢？见温榆这副模样，不由得捂脸。

陆沉年却忽然笑起来，翻出她的小被子给她盖着，这才转头看着阮沉舟，问："要喝茶吗？"

"好啊，可以提提神。"阮沉舟随口答道。

陆沉年拿着杯子走到阮沉舟面前："那你去厨房自己泡吧，茶叶在左边柜子的第三层。"

　　阮沉舟点点头，端着茶杯出去，左转，推开了厨房的玻璃门，临门就看见了陆沉年所说的柜子，刚准备打开，忽然想起了什么来："不对啊，我是客，你是主人，你让我自己泡茶几个意思？"

　　满室寂静无声，只有凉风不甘寂寞地从窗户缝里钻进来。阮沉舟找了张椅子坐下来，忍不住想，几十分钟前，他为什么会同意温小榆来陆沉年家的要求？预料之中的整人游戏，却是猜中了开头，没有猜中结尾，陆沉年这个人未免也太不按常理出牌了吧？

　　毕竟，套路是那么残忍的东西。

　　人们常说"不按常理出牌的，其实是在套路你，给你下圈套，等你来跳"，可套路他有什么用呢？该套路的应当是刚患了梦游症的温小榆吧。

　　阮沉舟歪着头倚在靠背上闭眼休息，盛夏的夜晚，手心却一片冰凉。

　　"温姐姐，温姐姐，醒一醒……"

　　温榆把眼睛睁开一条缝，面前的人身穿浅蓝色的睡衣，身形犹如松柏般挺拔。最迷人的是他的一双桃花眼，望着你微笑的时候，嘴角微微向上翘，眼睛眯成两道月牙儿："别在这里睡，容易着凉。"

　　"陆沉年？"温榆不确定地问。

　　米黄色的灯光洒下来，刺得温榆的眼睛有些睁不开，哪怕是面对这副熟悉的面孔，也只能靠猜。

　　"嗯，看来没睡傻，还认得出我是谁。"陆沉年笑，托着她的脑袋，将她整个人握在手心里，"到床上去睡吧，想来你今晚肯定是要赖定我的，我床铺都给你整理好了。"

　　"我为什么会在你家？是你摸黑进入'花散里'把我偷出来的？"温榆问。

　　"嗯，是我变成纸片人，从你家大门的门缝里进去把你偷出来的。"陆沉年说，"那是我新学的技能，想着今天拿来练练手也好，于是就把你偷出来了。"

温榆安静地听他说话，觉得好笑。

陆沉年可真会顺着杆子往上爬，简直比猴子还要灵敏。温榆躺在小床上，双手抓着被子边缘，只露出一双亮晶晶的眼睛，目不转睛地盯着他。

陆沉年被她盯得久了，忍不住伸出一根手指轻轻按着她的小脑袋，动作温柔："你再看我，我就把你按进被子里了。"

温榆问："你怎么不问我为什么会来你家呀？"

陆沉年扯了下嘴角："梦游。"

好敷衍的说辞，温榆撇撇嘴，明显不相信。

"对了，陆沉年。"温榆有些不自然地问，"我下午在小南街看见你和大花了，你们看起来好像很熟的样子。"

空气里莫名地就飘散着一股味道，陆沉年笑起来，看来有人吃醋了呢。

"我和宋锦柯挺熟的。"潜台词就是：所以和大花也熟。

温榆抿着唇，沉默着不说话。

陆沉年低着头看这姑娘眉头打结，也不点破。温榆若是抬头，就会发现他眼角眉梢都含着丝不可捉摸的笑。

他弯腰凑近，这个距离已经有些过分亲近，但温榆没有注意到。陆沉年轻轻捏住她的下巴，轻抬，在她额上亲了一口："这是今晚你吓到我的补偿。"

温榆疑惑地抬头，迷茫地眨了眨那双水润的眼睛，半天才蹦出一句话："流氓，明明没有被吓到！"

—2—

陆沉年从卧室里出来的时候，温榆已经睡下了，闭着眼睛各种摸索的模样让他差点忍不住笑出声来。他知道她在找什么，是他的手指。将近一个月的相处时间，让温榆完全养成了抱着他的手指睡觉的习惯。

　　陆沉年随手塞了糖宝玩偶抱枕在她怀里，端着瓷杯出去，左转，打开壁灯的开关，抬眼就对客厅里的人说："温姐姐已经睡下了，你今晚是回'花散里'，还是留下来，睡我家客厅的沙发？"

　　阮沉舟淡淡地说了一句："为什么留下来就一定要睡客厅的沙发？"

　　陆沉年失笑："你明明是随温姐姐来我家的，温姐姐在我房间里睡着了，你却不阻止她，偏偏跑来这儿抽烟，要不是温姐姐说你们是从花店过来的，我还真琢磨不出你到底在想什么。"

　　沸水翻滚，茶叶也随之沉浮。阮沉舟盯着杯子看得专心致志，没有回答。

　　陆沉年自顾自地说："温姐姐曾和我提起过竹小姐的 Pen Pal。三年过去了，两人还在书信来往着，笔友的性子也还那样好玩，有点呆有点欠揍，情话也是连篇的。"

　　"你知道的还挺多。"阮沉舟不冷不热地说。

　　"没办法，家有万事通，知道的事自然就多了。"陆沉年脸上带着一抹揶揄的笑，"说起来，竹小姐最近似乎打算和她的 Pen Pal 见上一面，原因是那位林川的 Pen Pal 来青木了，好像就住在小南街。竹小姐给我和温姐姐看过 Pen Pal 寄过来的信。"陆沉年半眯的桃花眼狡黠一眨，凝视着阮沉舟，像是要从那张突然冰冷的脸上看到点有趣的表情，可惜他失望了。

　　阮沉舟起身，坐到客厅中央那张黑色松软的沙发上，等待接受治疗般躺下来。他像是累极了，合眼沉沉入梦，没有再开口的打算。

　　陆沉年一阵哑然。他是学过心理学的，虽说心理疏导很有一手，但在对方根本不配合的情况下，就算持证上岗也束手无策。但如今话挑明一半，很多事情或许会变得不一样，陆沉年想。

　　温榆还没睡着的时候，藏在被窝里偷偷告诉他，阮沉舟其实也怀疑竹冉冉是竹子小姐的，因为她不小心说漏嘴了。

　　陆沉年当时说了什么来着？好像什么也没说，只是从被窝里把那个小脸憋得通红的小姑娘给拉出来。他笑得温柔，索性就着眼下的姿势托着小姑娘，然后轻轻啄了她的红唇一口，安慰着说道："没事。"

温榆后来跟竹冉冉说起，自己唆使阮沉舟半夜撬了陆沉年家的门的事，才发现原来自己也可以这么野，竹冉冉连连佩服。

竹冉冉说："社会我温榆，人小路子野。你大半夜撬陆小哥家门，就不觉得害羞吗？"

温榆说："害羞个屁，亲都亲了。"

竹冉冉偷笑，很了解地拍拍她的肩膀："陆沉年的操作可真牛，你这么小，就不怕亲亲的时候，不小心一口把你给吃掉了？"

温榆瞪她："神级操作可不可以？"

竹冉冉赶紧竖起了大拇指："可以可以，这操作完全可以有。"

那是当然。她那晚窝在陆沉年的手心里不小心睡着了，迷迷糊糊被放到小床上时，感觉有轻若羽毛的吻落在发间，温柔得不像话。

所以后来呀，她似乎还做了一个梦，冗长的梦境里掺杂着的孩提时代的记忆在她的大脑中沉浮，反反复复全是小时候的陆沉年。许是时光过去太久，温榆第一次遇见陆沉年的场景，连色调也昏黄了。

青石板铺就的马路，两旁是红砖黛瓦的老旧房子，灰白的屋檐下还有燕子筑的巢，门沿上都是早春时贴的新春对联，某一户的新春对联不知被谁家的顽童撕了一角。

那天天气很好，阳光也炙热，微风和煦。温榆咬着一串冰糖葫芦，像大王派去巡山的小妖怪，睁着一双圆溜溜的大眼睛在街道的每一处搜寻，仿佛这样做，她就可以发现路过山头的唐僧一样。

温榆是在那株相思树下发现陆沉年的，结着红色小果子的翠绿的树，与旁边的海棠格格不入。她从没见过这样漂亮精致的孩子，像个小仙童似的，长睫毛，大眼睛，特别乖。她看着这个小仙童，瞬间入了迷，想用手去戳戳他的脸，但还是忍住了。

　　她一本正经地皱着眉头，装出一副极其稳重的样子："哎，哪家的仙君这么缺心眼，随随便便就把小仙童扔在路上？"

　　小仙童抬头看了她一眼，那双黑如子夜的眼睛里盛着细碎的光芒，像藏着万千星辰般，里面还有一个小小的温榆。

　　温榆惊讶得瞪圆了眼睛，忘记嚼碎嘴里的糖就直接咽了下去，咳得她满脸通红，捶胸顿足，根本停不下来。

　　很久很久以后，她始终记得这天她站在人来人往的小南街上，因为在人群里看了一眼陆沉年，差点没被噎死，显得特别没出息。

　　但那时确实是她睁大眼睛，费尽了心思，想要记住那最初的容颜和相遇的时光。

　　太阳的光束洒下来，被拖长了，斜斜地映在小沉年柔软的发梢上，如同海水般漫开，轻轻地笼罩着他的全身。有一片树荫遮挡住了一部分阳光，在这样的映衬之下，少年玉色的脸庞越发白皙透明。不知是他选的位置太好，还是上帝的无意捉弄，总之陆沉年倒映在地上的影子，头顶上有一对长长的耳朵，像兔子那样。

　　温榆感觉自己就像看到了兔子先生的爱丽丝，所有的害羞都随着午后的风悄然而去，被带到了十万八千里外，她像个被点着的小追炮，"咻"的一声就蹿了过去。抓在手里的竹签上还有一颗糖葫芦，她满心欢喜地递过去："兔子先生，你吃糖葫芦吗？"

　　他一本正经地纠正她："我不是兔子先生，我是陆沉年。"

　　温榆才不管呢，眼见为实，耳听为虚，她都看见他的兔子耳朵了，肯定是兔子先生。她看着陆沉年皱着眉急于解释的模样，猜测他或许是怕坏人捉他，然后把他宰了做老妈兔头，顿时拍了拍胸口，突然觉得自己是吃了菠菜的大力水手。

　　她像模像样地安抚人，摸着小孩粉白的脸，用手掩着嘴："兔子先生你别怕哦，我会保护你的。"顿了顿，她似乎想起什么来，"对了，你要不要把这颗糖葫芦吃了？吃了就是我的人了，这样我就可以明目张胆地保护你了。"

这后一句话，是温榆前阵子从黑白电视机里听来的，她记性挺好，悟性也挺高，还会学以致用。

但兔子先生拒绝了她的糖葫芦，并投入了美女的怀抱。拿着糖葫芦被抛弃在相思树下的温榆，可以说是非常绝望了。

青木作为一座拥有百年历史的古城，即使在风貌上已经有了翻天覆地的变化，但有些东西依然存留着，比如安静舒适。整座城市的节奏都是慢悠悠的，因此茶馆跟清吧的生意都特别好。

太阳落了山，裹挟着雨后湿气的风有一丝透骨的凉。温榆下意识地扯了扯毛呢帽上的兔子耳朵，见坐在相思树下咬着糖葫芦的小小少年朝她挥了挥手。

"是你啊，兔子先生。"温榆澄澈的眼睛放着光，圆溜溜的眼珠忍不住好奇地打量他身后的小店，"叫我过来干什么？带你走吗？哦，我知道了，你家仙君今天不在。"

陆沉年不说话。

看来是不在了。温榆心里得意。嘿嘿，小样儿，还想装哑巴不告诉我呀，我可是暗中观察了才来的！

她小心翼翼地靠近，像一只螃蟹，挨着小少年粉白的耳垂，跟他咬耳朵："兔子先生，你跟我走吧，我带你私奔。"她说完，摸了摸头上柔软的毛呢帽，眉心一皱，又展开笑颜，"今天我没有糖葫芦，只有帽子。我跟你说哦，我最喜欢这顶帽子了，现在我把它送给你，你跟我走。"

虽然她是真的很喜欢这顶帽子，不过为了带走兔子先生，她可以散尽家财。对了，这句话也是她从电视机里听来的。

陆沉年听她说了这么多，没点头也没摇头，就只静静地看着温榆。

温榆不好意思了，红着脸说："你……你老盯着我干、干……干什么？"今天早上起床、刷牙、洗脸，她特地让自家太后大人帮她抹了香香的，脸上应该没有什么脏东西才对。

温榆顺着他的视线看，注意到自己手上粉白色的毛呢兔耳帽，咧嘴一笑，踮起脚戴在他头上，兔耳朵软趴趴地垂在两侧，特别可爱。

温榆郑重其事地拍拍他的肩膀，觉得自己特别有气势："好了，现在你是我的人了。啊对了，"温榆想起一件大事，"我忘记告诉你了，我叫温榆，温柔的温，榆钱树的榆，就是那个可以吃的榆钱。你叫什么名字？名字里有可以吃的吗？"

"他叫沉年，年糕的年，也可以吃的哦。"年轻漂亮的女人从店里出来，把手里一把彩色的糖果递给温榆，柔声哄着小姑娘，"你可以和我家沉年一起玩吗？阿姨现在有点忙。"

"好啊。"温榆满口答应，小心翼翼地捧着糖，挑出里面看上去最漂亮的那颗糖放在陆沉年手里，又笑眯眯地对女人说，"谢谢阿姨，我这就把他带走。"

女人被她故作严肃的可爱语气逗笑了，伸手揉了揉她的脑袋："嗯，那我家沉年就交给你了。"

温榆拍着小胸脯说："没问题的阿姨，把他交给我，你就放一万个心吧，我会好好待他的。"

那天温榆带着陆沉年去公园里荡秋千、放风筝、看人工湖里的天鹅翩翩起舞，还带他到青木的金临渠看烟花。

回去时，天上挂着几颗星星，月亮隐在云朵后，温榆摸黑不太能看见路，好几次踩进水洼里，鞋都湿透了，寒气从脚底冒上来冻得她直打哆嗦。

察觉到她的异样的陆沉年回头看两人刚才走过的路，漆黑一片，像是瞬间能把人吞没。他似乎思考了一下，用胳膊圈住她，两个人就像冷极了依偎着取暖一般，陆沉年用脸颊蹭了蹭温榆的脸颊，乌黑的眸子里有星光闪烁，安慰她："你别怕哦，有我在。"

温榆反驳着："我才不害怕呢，兔子先生你污蔑我！"

她当然不是因为害怕走夜路，别看温榆小小年纪，可天不怕地不怕，唯独怕她的兔子先生跑了。可陆沉年不知道呀，他低头看着咬着嘴唇一脸倔强的小姑娘，只当她死鸭子嘴硬不承认罢了。

为了安抚这个不断发抖的小姑娘，他甚至低头亲了亲她的脸颊，拿出宝贝了一天的糖葫芦，学着她之前安抚他的模样，一本正经地说道："乖，阿榆，吃了这个就不怕了。当然，你吃了它就是我的人了。"

那一瞬间，温榆以为自己得到了兔子先生，专属于她一个人的兔子先生。

后来她长大了，才明白那时候的兔子先生只是为了安慰她而已。

—3—

温榆咬着甜腻腻的糖葫芦，口齿不清地问他："既然这样的话，帽子可以还给我吗？"

陆沉年疑惑地摇头："为什么要还给你？你说过送给我的。"

"因为我吃了你的糖葫芦呀。"温榆笑起来，露出小小的虎牙，狡猾而可爱地说，"你说过的，吃了糖葫芦就是你的人了。大人们有句话是这样说的，你的就是我的，我的还是我的。"

眼睛弯成月牙儿的小姑娘，说着毫无道理可讲的要求。陆沉年看着她期待的小脸，妥协了，说："那你不许偷偷跟着别人跑啊。"

"好的！"温榆咬下半颗糖葫芦，闭着眼将另外半颗塞进他嘴里，并趁机把手上的糖渍全部擦在陆沉年干净的白外套上，等塞完了，她还有模有样地说，"你一半我一半，你是我的另一半。"

陆沉年看着自己脏兮兮的外套，小姑娘下手没半点犹豫，说道："有点甜，还有点酸，想吐。"

"啊啊啊，兔子先生，快给我吞下去，说好的一人一半！"

哎，什么时候说好了？陆沉年吞下那半颗糖葫芦之后，沉默了很久，说："阿榆，你这样很容易失去我的。"

"没事，我有毛呢兔耳帽和糖葫芦。"温榆看着他的眼睛，说得很认真，"而且，你已经是我的了，所以我不怕。"

"那我也不怕了。"

不怕吗？谁说不怕的？后来温榆喜欢上《魔卡少女樱》里的月城雪兔，天天嚷着要娶了那只长着翅膀的兔子先生，陆沉年知道后假装受伤到不行，还特矫情地把自己藏起来。

可是温榆看见他微红的眼眶那一刻，说："别生气了。"接着她又问，"为什么生我的气？"

清晨微弱的阳光穿透云层，从天际遥遥投射下来。陆沉年一如既往地沉默以对。

他手上拿着一个木头做的陀螺和一根小棍子，棍子上绑着段细绳，默默走到门前的空地上。

温榆视线极佳，只一眼就瞥到上面用黑笔写的"月城雪兔"四个字，来不及阻止，陆沉年已经低着头把细绳缠在陀螺上，然后猛地一抽，使陀螺迅速旋转起来，他一边抽脸上还一边挂着得意的笑，再接再厉，一下一下甩着绳子，不让陀螺停下来。小皮绳精准无比地抽在那四个字上面，一下一下，看得温榆心尖一紧，"哇"的一声哭了出来。

陆沉年吓傻了，一时慌了神，慢半拍地去抱她，却怎么也抱不起来。她粉白色的薄毛衣被他蹂躏得有些凌乱，似被风拂皱的花海，怎么也抚不平整。

各种目光朝这边聚拢，敏感和自尊在一瞬间涌上脑袋。陆沉年用胳膊圈住温榆，笨拙地拍着她瘦削的背。

他的眼睛凝视着温榆哭花的脸，心中慌乱无措："阿榆……你别哭了，我不打它了。"

温榆泪眼盈盈，眼眶里的眼泪汹涌地流淌下来，渐渐滴湿了陆沉年绣着暗色青藤花纹的袖口，连同着他细白的手腕也沾染了一片湿润。

她哭号着："打都打了，现在说不打有什么用？"

陆沉年特别无语，小姑娘怎么这么不讲理呢？他明明打的是陀螺，搞得跟打了月城雪兔本人似的。他心里也不好受。

于是他揽着温榆往那边走，一直走到墙角了，把陀螺塞她手里，说："那你……抱着安慰安慰它吧。"

温榆说："只是一个陀螺而已，我为什么要安慰它？"

陆沉年叹气："那你别哭啊，你哭的话，我会难受的。"

温榆用手擦了一把眼泪："那你……可以不生我的气了吗？"说完她又悄悄说，"以后你在的时候我不看有翅膀的兔子先生了，等你不在的时候我再偷偷……"

泪眼蒙胧的小姑娘说着任性妄为的话，没有一点道理可讲。可是陆沉年一看见她红肿的眼睛，再不情愿都妥协了："好、好、好，都依你。"

可是为什么啊？那时年纪尚小的他们还不懂，陆沉年只知道看见小姑娘流泪时，心中会有种膨胀的发酸发疼的感觉，只好什么都顺着她，一点出息都没有，却甘之如饴。

后来他渐渐长大，才明白每个人都会遇到自己的劫。你见不得她难过，见不得她委屈，见不得她遭受苦难，恨不得将她捧在手心里宠着，放在心尖上疼着。而温榆就是他的劫。

而所有见不得和恨不得的东西，归根究底，不过是因为喜欢她。喜欢到什么程度呢？喜欢到忘记自己喜欢她，就像呼吸一样，明明必不可少，每天都在发生，可是经常忘记自己在呼吸。

陆沉年看着她的眼睛，纠正了一个问题，说："阿榆，我不在的时候也不许偷看。"

"所以呢？"温榆紧皱眉头，"你在我不能看，你不在我也不能看，那我什么时候看？兔子先生，你这样很霸道。"她不满地控诉着，"明明说好了的，要好好宠着我的。"

陆沉年捏着她软乎乎的脸，问她："你为什么这么任性啊？"

温榆忽然笑起来，长而密集的睫毛如蝶翼轻轻颤抖，似要振翅欲飞："因为我是温榆啊，有兔子先生保护的小温榆。"

莫名其妙的回答，却惹得陆沉年一阵发笑。

她说得也没错不是吗？小温榆有兔子先生保护，所以有任性的资本。

卧室里空荡荡的，呼吸在这一刻格外有存在感。

温榆从梦中醒来，梦境里，小仙童似的陆沉年还坐在那棵结满了红色小果子的相思树下，拿着糖葫芦朝她招手。那时候，他为什么朝她招手呢？她带着这样的疑问猛地睁开眼睛，头痛欲裂，眼前却趴着个嘴角带着笑意，睡得正酣的陆沉年。

他应当是做了个美梦，噙在嘴角的微笑是那样温和。温榆把耳朵凑近，能听见他一下一下清浅的呼吸声。四下万籁俱寂，窗外的树影在月色中摇曳了两下。温榆心里柔软一片，重逢是早晚的事，因为兔子先生注定是 Alice 的心上人。

不过说起来，她是怎么喜欢上陆沉年的呢？是因为那半颗糖葫芦，还是因为那对兔耳朵，她好像都已经记不太清了。她还记得的是，离开青木时，小小的兔子先生站在安检口外挥手告别，以及那一句几乎喊破了嗓子的话——Alice，我在青木等你回来！

天色已经大亮，汽车的鸣笛声彼此起伏。温榆望着天花板上兔子先生的贴图呆了几秒，才想起这里是陆沉年的卧室。她昨晚带着阮沉舟入侵了他的公寓，困得厉害了，直接在她的小床上睡了。

陆沉年不见身影，温榆裹着薄被在屋子里转了转，想找件陆沉年的衬衫穿一穿。

卧室里有一个隔间，隔间的墙上还有一道门，颜色刷得雪白，不仔细看，一眼还真瞧不出来，温榆记得那好像是陆沉年的衣帽间。想了一会儿，她推开了那扇门，入眼一片黑暗。

拉上的窗帘严严实实地遮挡住来自外界的光线，温榆摸索着往里走两步，好像踢倒了好几个盒子，里面的东西散落一地，发出清脆的响声。沿着墙壁，她摸到的是一排衣架，上面挂着好几件男士衬衫，有淡淡的佛手柑的味道。

温榆凭着感觉取下衬衫，抱在怀里，正准备退出去，转身却碰到一个人。

她的整张脸直接撞在一个赤裸的胸膛上，干燥温热的皮肤紧贴着她的脸庞，她脚下也没怎么站稳，双手下意识地抓住了对方长裤上系的皮带，顺带又摸了一把细腰。

静默了好几秒后，温榆说道："薄被要掉了……"她的声音很低很低，以细若蚊蚋的声音说着，但是陆沉年还是听到了，干燥温暖的手指微微颤抖着，将薄被一点一点地提起，收拢。

温榆紧张得差点忘记了呼吸，然后瞬间弹开一米远，努力保持镇定，说："抱歉……我、我只是来找件衣服……没想到你会在……要是知道的话我肯定会……唔……"

他忽然停住手上的动作，向前走了一步，侧首凑近，用自己的唇贴上她喋喋不休的嘴巴，蜻蜓点水一般，很快便分开，但是这足够让她血液逆流至大脑。她的双眼如圆杏一般瞪着，满是不可思议。

他望着她呆呆的模样，心中一片柔软，嘴角扬起一抹浅笑，故意逗她："要是知道的话，你会怎么样？"

温榆愣愣地望着他，本就混沌的脑袋这下更难消化他突如其来的一吻，对于他的问题，回答得更像是条件反射："会找个地方先躲起来。"

陆沉年抿着唇，嘴角是掩不住的笑意，面对她呆愣的目光，一字一顿地问："然后呢？我的阿榆。"

声音是他认真时一贯低沉的音调，带着温润柔情拂过她的心，狠狠地拨动了她心上那根弦，令她脑海中轰鸣。

她揉着发昏的脑袋，他灼热的目光如旋涡一般拉着她下沉，她轻叹一声："你不要这样看我，不然我会忍不住亲你的……"

"好啊。"他抿唇，笑意渐浓。

和喜欢的人接吻是什么感受？温榆的答案是不知道。

或许，是因为黑暗将心底的某些东西放大数倍，以至于那本来清浅的呼吸变得微微粗重起来，温榆的脸颊泛着红晕，似是醉了酒。她双唇水润饱满，呼吸微促。

一切感觉都太过虚幻，唯一的感受是他们紧贴着彼此，火热滚烫。

他们的额头抵在一起，彼此灼热的呼吸交错在一起。温榆望着陆沉年，眼中是从未出现过的娇媚，可更多的是茫然，她不确定地问："你是随便……还是认真的？"

这话让陆沉年紧皱起眉心："我像是随便的人吗？"黑暗的小房间里，个子娇小的温榆被他桎梏在逼仄的角落里，不能逃离。

"当然不是，那……"温榆摇摇头，沉吟片刻，"你能离我远一点吗？意思就是，我和你的距离太近了。"近得能感受到属于对方的一切。

"才不要。"他摇头，见她还贴着墙壁，便干脆把她拉进怀里，紧拥着她的肩膀，手掌扣住她的后脑勺，让她的头紧贴在自己怀里。

温榆抬手捶了一下他的胸口："流氓、流氓、流氓、流氓、流氓！"仿佛为了过瘾似的，她不停地重复这个词。

他温热柔软的唇在她的耳侧轻语："我只对你耍流氓。"

本来打算继续喊他流氓的温榆，嘴巴已经张开却生生定住，"咻"地一下瞪圆了眼睛，眼神是不可思议，并且带着警惕的。

"逗你玩的，要真继续流氓下去，那就要出人命了。"陆沉年知道她在想什么，自然也能从她的一举一动中猜到她心中的小九九，"不过，'只对你耍流氓'这句话，我是认真的。"

她仰着头，水润的双眸凝望着他："你打算什么时候放开我？我也是认真的。"

他按住她乱动的小脑袋，说道："再等等，等我充好电。"

温榆略显惊讶地白了他一眼："充个头的电！亲也亲了，抱也抱了，这电还没充满，怕不是坏了吧。"

陆沉年好笑地低头又亲了亲她的嘴角，故意压低了声音，略显蛊惑地道："所以要不要考虑换种方式充电？"

温榆一把推开他，特别不淡定地在早已习惯的黑暗中狂奔，夺门而逃。

温榆气喘吁吁地出了卧室，坐在沙发上给阮沉舟打电话："阮沉舟救命，要出人命啦！"

阮沉舟说："拿什么拯救你，我的大表妹？"

温榆说："给我送一套衣服过来，就能拯救我！"

阮沉舟问："那么，是要原宿森女的还是要洛丽塔？洛丽塔的话，是要甜美系还是哥特系的？个人强烈建议哥特系，非常适合你的气质。"

这些人就不能放过洛丽塔这个服装梗吗？温榆满头黑线："请给我正常的日常装。话说回来，哥特系是什么鬼，是觉得我的设定很暗黑系女王吗？"

阮沉舟说："不，只是觉得既然心都黑了，不如外表、服装也一起黑了，统一一下色号而已。怎么突然要我给你送衣服，是不是有什么事？"

温榆说："没……没事。"不就是被亲了吗，人这一辈子，哪能不遇到擦枪走火事件？再说还没走火呢。她像模像样地安慰自己，就是内心还没有平静下来。

阮沉舟说："没事就好，我再睡会儿，等我睡醒了就回'花散里'给你拿衣服。嗯，晚安，我的大表妹。"

温榆拍案而起，气势汹汹地走到卧室旁的客房门口，朝着里面大喊："滚、滚、滚，才不叫你！"

第十一章
既已相逢

MY

GIRLFRIEND'S

GETTING

SMALLER

—1—

陆沉年还从来没有见过这么大大咧咧的女孩子，纵然少年时期见惯了温榆的放荡不羁爱自由和路子野，可到底三年不见，所以他才在匆匆一瞥中就发现了客厅角落里特别扎眼的存在——光着脚丫，扎着松松垮垮的马尾，穿着一件纯白色衬衫的温榆。

他坐在沙发靠背上，不自觉地盯着温榆已有三分钟之久。晨风有些大，来来回回卷着衬衫的衣摆，总想掀起来搞事情。

温榆一直站在那面被刷得雪白的墙角处，明明被吹得开始打哆嗦了，也没有要离开的意思，相反，她时不时地踮着脚仰起脸，紧贴着墙壁，一副很想要找到机关所在，打开出口的急切模样。

终于，陆沉年倒了一杯茶，坐在不远处继续看她，这个角度的温榆更像是在家里睡到一半然后梦游症发作的小可怜，就差手里抱着一本童话书或者一个熊娃娃了。等等，陆沉年再一看，温榆手里好像真的抱了本书。

他不禁抖开了准备好的大浴巾，毕竟现在温榆忽大忽小的，准备一条浴巾以防万一。陆沉年走过去，准备问清楚他的温姐姐在干什么，温榆就开了口："陆沉年，我看过了，像这种什么都看不出的墙壁通常有道暗门，指不定你一靠，就顺势翻到门的另一边去了。"

陆沉年哭笑不得地将浴巾围在她细柳般的腰上。平心而论，他觉得傻贴着墙而站的温榆挺可爱的，东敲敲西打打，就这么一脸殷切地望着从墙壁上抖落的白灰，像是能听到什么，还非得凑到那个声音不太对的地方仔细盯几眼才行。可是吧，这是钢筋混凝土建造而成的墙，能有什么暗门呢？

"陆沉年，你家墙就不能有个地方是空响的吗？"

"空响的？"陆沉年眉一挑，眼神依旧落在温榆挺得笔直的背上，然后就看见她转了个身，头绳是一只抱着萝卜啃的流氓兔，陆沉年一笑，他都好多年没见过这种东西了，"为什么要找会空响的墙？"

"我就想看看你家是不是有很多电视里演的那种衣帽间……就是放在卧室里的小黑屋，有机关那种吧。"

小黑屋——这名字倒挺贴切。配着温榆被风吹得鼓囊囊的衬衫，陆沉年想起了掉在隔间里的那床鹅毛薄被。

"很遗憾，我家里只有那一间小黑屋。"陆沉年将杯子中的茶喝完之后，又倒了半杯柠檬苏打水，这才端着瓷杯走过去，站在温榆的面前，"你喜欢的话，我可以请人打造两间。"

"我喜欢……"温榆被如此善解人意的陆沉年吓得一个激灵，随即扭头警惕地看着眼前这个穿着黑衬衫的人，"你说真的？"

"假的。"陆沉年言简意赅。

"那，那你……"温榆有些不好意思地往后退了一两步，从卧室出来和阮沉舟通完电话之后，她就一直在这个角落里蹲着，"那你能离我远一点吗？我觉得这个距离太危险了。"

"哪里危险了？"陆沉年眼神一瞟，看清了温榆怀里抱着的是一本《妙法莲华经》。

"哪里都很危险。"她一本正经地回答。

陆沉年被温榆逗笑了，便开门见山地给她保证："我下次一定控制住自己，相信我。"

"相信你会控制住自己，还不如相信阮沉舟会去见竹子小姐呢，可信度太低了。"温榆不相信地看着眼前这身形颀长的男人，她深知"男人的话不可信"这句话的含义。她近来已经被他占了很多便宜，实在不想再吃这种意外之亏。

"我会控制不住还不是因为你。"陆沉年无奈，"所以归根究底，危险的人应该是你吧。"

这……温榆眨巴眨巴眼，这要怎么说呢？温榆想了想，脸"噌"地一下就红了。陆沉年说得好像很有道理的样子，于是她埋着头，紧了紧身上那件对于她来说过大的衬衫，挪着小碎步绕过陆沉年，打算落荒而逃。

"怎么了？"陆沉年声音很轻，似乎还带着些暖和的笑意，"拒绝承认事实？"

"是这样的。"温榆笑着捏了一把陆沉年劲瘦的腰，强装淡定地看着他，"为了证明我很危险，我得让乔叶给我送一身很危险的衣服过来。"

陆沉年也没想到，那一身很危险的衣服是温榆新买的荷叶袖小香风连衣裙。

乔叶进门看到的就是乖乖捧着瓷杯喝水的温榆，而陆沉年端着瓷杯在一旁看着。怎么说呢，她就觉得温榆会变大变小之后，人生就处处是猝不及防了。她硬着头皮道："不好意思，我可能走错了。"

温榆咽下最后一口柠檬苏打水，说："你没走错，我叫温榆。"

乔叶不知所措，说话都结巴了，想了半天伸出手："我我我……我叫乔叶，乔是那个……"

没等乔叶说完，阮沉舟就从里面露出半个头，说："叫她二叶就成。"然后走出来，跟乔叶介绍，"这是你未来的大表姐夫。"

"啥？"乔叶看了一眼陆沉年，对方没什么表情，只是抿着嘴扯出一个微笑，然后低头给温榆理了理衣领。

乔叶小声问："为啥是未来的大表姐夫？你们昨晚在这里发生了什么？"

"促膝长谈。"阮沉舟促狭地笑了笑，"然后关小黑屋里，一起探索人生的精彩。"

乔叶觉得自己知道了不得了的事情，有些不知所措，况且温榆脖颈上的痕迹正向她诉说着某些不可描述的事。她往不知道什么时候坐到沙发上的温榆那边瞥了好几眼，说："懂了，既然这样的话，阮沉舟你是怎么……"

"隔墙有耳。"阮沉舟打断她，"你一定不忍心看着你大表哥受苦受难的吧？"

"我很忍心。"乔叶拒绝了他的乞求，并向温榆打小报告，"温姐姐，阮沉舟听你墙脚！"

温榆不知道什么时候站了起来，端着杯子走过来，倒了半杯水又走回去。不知道为什么，阮沉舟总有一种非常绝望的感觉。

而陆沉年笑了笑，嘴角扬起一点点弧度，温柔迷人，似是感慨："被听墙脚了啊，温姐姐。"

"我听见了。"温榆笑眯眯地瞥了阮沉舟一眼，"所以呢，阮沉舟，你想怎么死？"

阮沉舟一听这话，差点跳起来，右手跟上了发条似的直摆："不不不，乔二叶那个满嘴跑火车的傻缺的话怎么能信呢，你说是吧？再说了我的大表妹，你忘记我在客房沉迷睡觉无法自拔……"

"行了行了。"温榆被他狗腿的样子弄得无可奈何，只得赶紧比出一个暂停的手势，"你滚吧。"

"嘿嘿，就知道大表妹你最好了。下次，等那家自助海鲜火锅店翻新开门了，我请你吃两顿行吧？就看在你今儿个如此相信我的分上。"阮沉舟下意识地往旁边挪了两步，嘴一念叨起来就没停，"可是你也得有防范意识不是？虽说你和陆小哥早就睡在一起了，但是你也不能一点身为女生的自觉都没有啊！十厘米还好，可是一米五还敢裹着……"

念叨着念叨着，阮沉舟忽然发现乔叶笑了一下。她这一笑，算是把阮沉舟给惊着了。虽说乔叶这人常常莫名其妙地笑起来，但也绝不会在这种情况下露出此等笑容——阮沉舟心惊胆战地将头扭过去，果然，乔叶不是冲他笑的。

"阮沉舟——"

温榆的背后是湛蓝的天空和绿茵茵的树叶，就是在这样一幅漫画似的背景下，穿着白衬衫的温榆歪了歪头，字正腔圆地跟因为不小心说漏嘴所以此时悄悄往墙角挪的阮沉舟道谢："谢谢你的善意提醒啊，听墙脚的大表哥。"

"啊？"阮沉舟明显还没有回过神来，半眯着眼睛，盯了好久才反应过来眼前这个笑容甜美的女人是谁，"我说大表妹啊，我是那种听别人墙脚的人吗？我不是！我只是不小心走到……"话说到一半，他又发现身旁还站着一个暗黑系的陆沉年，于是下意识地摸了摸凉风拂过的后脖子，典型的做贼心虚的缘故让他不由得打了个哆嗦："门、门没关，我以为是客房……"

"喂，以为是客房呢——"乔叶故意拉长了声音，并朝自个儿的姐姐温榆努努嘴，"没想到大表哥你居然是这样的人。温姐姐，他真的听你墙脚！"

"啊呸呸，刚刚是口误。"阮沉舟声音愤愤，乔叶每次都是这样卖他的，屡教不改，简直惯犯，他深呼一口气，压着自己的怒气，"脑子是个很好的东西，我建议你出门的时候带上。"

"这句话我原封不动地还给你。"乔叶的马尾扫着后颈，她俏皮地眨眨眼，像恶作剧成功的小孩，"然后呢，我今天还带来了一封信。"

阮沉舟心里突然"咯噔"了一下，脑子里电光石火地闪过一个名字，脸色倏地一变，也不去看温榆，直接冲到客房里，一把拿起床头柜上的手机，快速拨了一个号码，语速飞快地说："帮我查一下两个小时后飞林川的飞机，对，今天的！"

那边还没回复，手机就被人拿走了，阮沉舟看着温榆面无表情的脸，直想挖个地洞把自己埋进去。

"对不起，我哥哥有被害妄想症，时常幻想自己是被黑道追杀的富家大少爷。"温榆冷淡的声音在客厅里缓缓响起，听见后，阮沉舟默默地往后退了一步，温榆继续道，"对，他刚刚把你当成了承包他日常生活和行程的管家。"阮沉舟又往后退了一步，温榆接着说，"好的，我下一次一定看紧他。"

温榆又说了几句后，就挂了电话。她回头一看，阮沉舟已经退到了墙角。

一接触到她的目光，阮沉舟连忙举手呈发誓状："我发誓我并不是准备落荒而逃，我只是……只是突然想起我有个重要的合同没有签。"

"然后呢？"

"然后我必须回去签下这份合同。"阮沉舟虽然非常不想承认，可是他刚刚打电话的目的的确是想逃得越远越好。

"所以？"

"所以你能不能不要在电话里黑我？"阮沉舟双手合十，做乞求状，一副可怜兮兮的模样。

温榆绕着他转了一圈，抬着手肘摩挲着自己过分好看的下巴，说道："其实……刚刚我拿过手机的时候，电话已经挂了。没想到啊，你的重点居然是我黑你，而不是你自己想落荒而逃。"

阮沉舟想死的心都有了，面无表情地看着前方："爱我就请别伤害我。"

"那如果不爱你，就可以随便伤害，是吧？"温榆似乎并不打算在这些没有意义的问题上浪费时间了，转而看向正在和陆沉年分西瓜的乔叶，"竹子小姐说过在哪里见面吗？"

乔叶疑惑地摇摇头："没有说，信上只说了想见一见。"

"既然这样的话，阮沉舟你回信吧。"温榆走过去，挑了块看起来特别好吃的西瓜，"就写在哪里见面。你别尻也别怕，我们会大发慈悲陪你去的。对，我会暗中观察。"

"暗中观察个啥啊！"没暗中哪来的观察？阮沉舟第一次觉得自己脾气挺大的。

温榆倒觉得心情不错，重新坐回沙发上倚靠着沙发背，声音带着丝慵懒："这样吧，咱们商量一下，你只要和竹子小姐见面，我就不追究你听墙脚的事。"

其实对于温榆来说，听墙脚这事可大可小，却怎么也不会到非得削阮沉舟一顿的地步，她的反应这么大，不过是骨子里的恶作剧因子作祟罢了。

可阮沉舟不知道呀，到底是被温榆整怕了。听温榆这么说，略微一思考，便点头答应了。

乔叶好奇地问："就这么放过他了？"

温榆斜睨她一眼："你煽风点火够了？"

乔叶扭头看向陆沉年，愤愤指责道："你打算拿着我姐姐的小裙子到什么时候？是不是看我姐姐穿着你的白衬衫有种莫名其妙的成就感？陆沉年，你心思太不纯洁了！"

陆沉年无语，也不知道心思不纯洁的人到底是谁。

—2—

乔叶听别的人说，三岁一代沟，五岁一鸿沟，按照这么算的话，那温榆和陆沉年之间，大概是隔着一道宇宙裂痕般的沟壑了——其实一点也没有想象中吓人。在她看来，陆沉年脾气好心眼也好，所以他做什么都是一副"淡定、潇洒、收放自如"的模样。

但有些遗憾的是，哪怕温榆穿着他的白衬衫在客厅里晃悠，乔叶都没有看见陆沉年身为年轻男人该有的反应，大概是上回看到了十厘米温榆，所以免疫了吧。

好吧，她差点忘了，温榆只比陆沉年大两三岁。

"来，我的温姐姐，去把你这身看起来不危险的白衬衫换了。"陆沉年放下裙子之后郑重其事地看着温榆，语气坚决。

"什么叫'不危险的白衬衫'？这衬衫比我的小裙子还要危险几十倍好吗？"

温榆面无表情，心里一阵群马踏蹄而去的声音。呸！可是此情此景，她只能用眼神默默示意。大家心知肚明。

没忍住又说了几句之后，陆沉年极为绅士的送她进卧室，回来后将阮沉舟的手机还给他。

阮沉舟还没来得及问手机怎么在他那里，就被陆沉年拖着往外走：“没什么啦，就是和 Pen Pal 见个面，两个人坐在氛围良好的咖啡厅里你侬我侬地喝着咖啡，你只需要展现最好的一面和她谈天说地，顺便谈个情说个爱就好。”

“保证不会让你有什么危险。”陆沉年信誓旦旦地说道。

的确不会有什么危险，可是按照这群人唯恐天下不乱的性格，阮沉舟会成为那个戏台上万众瞩目的最佳男主角，需要承受心理上的暴击。

比如现在一脸促狭靠过来的吃瓜人，满身的西瓜味让阮沉舟有些呼吸困难，甚至快要窒息：“大表哥，贴心小表妹乔叶全程暗中保护你哦，是不是很感动？”

阮沉舟看着她眼底的戏谑，利落地抢过她手上那块没动的西瓜，面无表情地咬了一口，“噗噗”地吐了一地的西瓜籽，指着地上的西瓜籽跟乔叶说：“我很感动，感动得我吐了一地的西瓜籽。”

乔叶的表情有些冷漠：“真的感动吗？”

“不然呢？”阮沉舟一脸认真。

乔叶欲语还休了半天：“嗯，我怎么会有你这样的大表哥……”转眼她又换上天真的表情，“不过还好了，大表哥你本来就与众不同，表达感动的方式自然也是别出心裁。”

“你滚吧，乔二叶！”这令人绝望的亲情。

大抵竹子小姐也是位耿直女士，阮沉舟寄去约见面的信后，很快就收到回复了，在信中竹子小姐直接定好了见面的咖啡厅，其行动力可见一斑。

阮沉舟握着那封信的时候手都是抖的，内心十分纠结。

温榆就在一旁看着，觉得挺好笑。于是阮沉舟回过头看见的就是温榆对着他似笑非笑，又很玩味的表情。他刚刚看到信的时候都没这么悚然，这会儿被看得特别不自在，努力镇定下来问：“你笑什么？”

“笑你……”温榆想了一下，决定还是不说“屁”这个字比较好，

"笑你傻得可爱。"

傻得可爱？阮沉舟没说，你梦游碰瓷的时候也挺可爱的，又足够娇憨。不过他也笑，笑完不等温榆问他笑什么，又说："没什么。"

可是压根就没人问他笑什么啊……乔叶一直静静地坐在一旁，看他的眼神就跟看神经病一样。

阮沉舟耸肩，觉得自己待不下去了，于是回房关门，联系陆沉年，并想让陆沉年顺道过来带走沉迷变身无法自拔的温大榆。

这大表妹搞得他最近神经兮兮的，一个不留神她就又变了。

外面，乔叶维持着原来的动作没有动，温榆环着手靠在墙壁上，忽然开口，声音沉了许多，问："你知道竹子小姐的真实身份吗？"

乔叶没说话，想必是知道的。竹子小姐，是某小说里的女主角名字，会起这种简单粗暴名字的人除了竹冉冉不会再有其他人选。

她现在正在想另外一个问题，隔壁满天星小院的主人沐遥什么时候能把院子承包给她？

温榆又说："至于阮沉舟，他应该是知道的。"她还记得从陆沉年家回来后，阮沉舟看见竹冉冉时欲言又止的表情，大概是介意竹冉冉的反应，有些话怎么也说不出口。

乔叶问："你很喜欢吃瓜看戏？"

温榆想了一会儿，说："不怎么喜欢，但是忍不住。"

"好巧，我也是。"

"竹冉冉应该也是有所察觉的，只是不能确定阮沉舟这个傻子到底是不是她那个情话技能超强的阿舟先生，毕竟阮沉舟和阿舟先生差太远了……"她没顺着乔叶的话聊下去，自顾自地说，"这种只会纸上谈兵的……对了，乔叶，你也是纸上谈兵的类型，那么也应该很了解竹冉冉的心情了。到底该以何种心情来面对这件事，才能以最好的自己和对方相处？"

乔叶看着她很久才说："温姐姐，纸上谈兵这个技能大概是会遗传的。"

温榆笑了一下，转头看向窗外，说道："所以我们彼此彼此啦，半斤八两，谁也别笑谁。"

竹冉冉从花店出来，站在门口那棵相思树下，本来也没做什么见阿舟先生的打算，虽然信寄出去了，就当脑袋一时发热，回头写封道歉信就好，谁让自己意志不坚定……

可是没多久之后阮沉舟就找到她，说"竹小姐怎么办，我要去见 Pen Pal 了"，又说"竹小姐，你说我不去可不可以，回头写封道歉信就好了"。

她说，你这样会失去你的 Pen Pal 的。

她忽然意识到，如果最后谁也没去，只收到各自的道歉信的话，那得多尴尬啊。后来她犹豫了很久，还是决定去见一见阿舟先生，不管阿舟先生会不会来。

她叹了口气，抬眸看"花散里"二楼放着藤编秋千椅的阳台一眼，正准备走的时候，撞到一个男生，看起来年纪不大，像是个学生。他神色慌张，似乎是在找什么人。

阮沉舟从房间里出来的时候，温榆和乔叶已经不知道去了哪里，他老觉得她们俩最近跟猫一样，行迹无踪。

这会儿他正准备给自己搞点吃的，却忽然听到敲门声。他还以为是陆沉年来着，又想陆沉年什么时候敲过门，要么破门而入，要么站在门口干等。

可是打开门的时候已经晚了，他看清楚来人，几乎没有任何犹豫，下意识地想关门，那人却早就钻了进来。

清俊的男生黑白分明的桃花眼里满是让人无法忽视的焦灼，他钻进来气喘吁吁地道："乔叶呢，她在哪儿？我有急事找她。"

"有急事找我？有多急，十万火急吗？"乔叶也不知道从哪里钻出来的，说话的时候已经站在那里了，她看着眼前有点眼熟的男生，很是诧异，"呃……你是要找我告白吗？"

男生顿了顿道："你最近见过大花吗？"

"没有。"乔叶摇了摇头，"自从那次她穿红裙子跟你告白后，我就再也没见过了，打她电话也不接。怎么了？"

被穿红裙子的大花告白的宋锦柯看了一眼乔叶，她的表情不像是在撒谎，看来是真的不知道。他平复了一下心情，才故作淡定地解释道："她失踪了，就在几天前。"

啥？大花失踪了？乔叶只觉得自己的脑袋受到了强烈撞击，"嗡"的一声，瞬间炸了。

从花店回来的温榆恰巧听到这段对话，立马跳进来指着窗外，说道："去问陆沉年，他肯定知道！"

这跟陆沉年又有什么关系啊？宋锦柯有些蒙："为什么他肯定知道？"

温榆慢悠悠地说："这个我不告诉你。不过，她好像给某人递过情书。"

众人目瞪口呆。

乔叶站到温榆旁边，"我承认，刚刚被披着羊皮的狼大花混淆了判断，不过我现在清醒了，清醒了就做出了正确的判断，陆沉年这朵高岭之花是属于我温姐姐的。"

宋锦柯听着实在没什么反应。

倒是阮沉舟拍案而起，气势汹汹地走过来问："陆沉年呢？喊他出来对质！"

温榆诧异，看了看乔叶，又瞅了瞅阮沉舟，似乎在问"你们在激动个什么劲"？她这个该激动的人都没激动呢，心想传说中的皇帝不急太监急，应该就是这样的吧。

脾气闹完了，该正经还是得正经，乔叶环着手，简单地分析："如果事情真的照温姐姐所说，那陆沉年应该是见到大花的最后一个人。"

"那么问题来了，如果说她给陆沉年递的是情书，那她为什么在递完情书后失踪了？"

"所以有没有另外一种可能，她递的不是情书，而是告别书？"

当然有可能啊。

暮色四合时，迎风舒展手臂的女孩子像一只即将高飞的鸟，温榆抬眼看着神色逐渐平静的宋锦柯，顿了顿道："去找陆沉年吧，他应该知道大花在哪里。趁时间尚早，去吧，说不定还来得及。"

宋锦柯没有说话，转身推开"花散里"的门，踉踉跄跄地冲了出去。

一瞬间，灰暗的天光吞没了他瘦削却颀长的身影，几乎整个人陷进布艺沙发的温榆叹了口气，嘴角扬起一丝微微苦涩的笑，心可真不安啊。

温榆有个秘密，大概要在心里埋一辈子了。

陆沉年收到送别信的那天，她是见过大花的，就在老街的"知春里"书屋门口。温榆不知道她为什么要离开，但她确确实实怀抱着一腔孤勇的心要去旅行了。

雨后的海棠树下，戴着遮阳帽的姑娘坐在行李箱上，笑嘻嘻地问温榆能不能送她去车站，她提不动行李。

温榆不懂个中缘由，只觉得小姑娘坐在行李箱上等待的模样有点像路边盒子里求收养的小猫小狗，所以傻乎乎地送她远行，等到列车和飞鸟消失在落日余晖中，她才后知后觉地反应过来——正常人怎么可能连十公斤不到的行李箱都提不动呢？且大花走路还跌跌撞撞的，像个蹒跚学步的小孩子。

天色渐渐暗了下来，有几只鸟扑棱着翅膀飞向了看不清的远处。

温榆晃着脑袋，及肩的长发在棉麻裙上蹭出一些细微的声音，她咬了咬下唇，到底还是什么也没说。

"温榆。"阮沉舟顿了顿，抬眼看了一眼温榆的脸，才琢磨着开口，"俗话说，不知者无罪，我想没有人会怪你的。"

说这句话的时候，他的声音放得极轻极缓，像是怕惊扰了什么人似的。温榆的眼睛却忽地红了。

—3—

也许是出于愧疚，后来温榆伪装成青大的学生，天天守着逸夫楼医学院专属的实验室，守株待兔。

她站在不显眼的角落里聚精会神地盯着，从第一个鬈发的女生，到最后一个进实验室的瘦高男生，始终没有看到宋锦柯。

一连几日，都是这样。第十七次的蹲点，她混进了实验室，站在实验室靠近后门的位置，拍了拍前面一个女生的肩膀，小声打探情况："请问，宋锦柯是你们班的吗？"

女孩狐疑地打量她，点点头。

温榆郁闷："那为什么我每次都没有在实践课上看到他？"

"你难道不知道吗？青大医学院的鬼才一般是不上课的。"那女孩看起来比她更惊讶，诧异地道，"我和他同一个班，一学期也见不到他几次。"

原来如此。温榆准备悄悄撤了，女孩却忽然凑过来拍了拍她的肩膀："你暗恋宋锦柯是不是？他那朵高岭之花虽然不错，但是姐们儿你最好放弃！前段时间德雅楼的红裙女生了解一下，那是他的小青梅。"

温榆窘，猫着身子灰溜溜地从后门逃了。

外面天空一片阴霾，阴沉沉的，好像要压下来。温榆走在香樟树下，有些出神。青木大学的医学院，她来实验室蹲点的这些日子，时常从那些学生嘴里听到宋锦柯的八卦，就像连体婴儿一样，"宋锦柯"这三个字离不开"大花"这两个字。

但她怎么也没想到，宋锦柯学医是为了治好大花的病——脊髓小脑变性症，医学史上无法根治的病例。难怪她那时候送大花去车站时，会是那般模样——大花会莫名其妙地摔倒，甚至在红灯时站在马路中央一动也不动，原来都是因为她的病——渐冻症。

傍晚下起了雨，扫去了刚入夏的热气。温榆站在一棵枝繁叶茂的大树下，却还是被淋了个半湿，她庆幸此刻的雨已没有先前大，也庆幸夏季的雨水来得急，去得快。

她抹去脸上的雨水，不急不躁，偶尔还往逸夫楼的方向望，似乎是在等什么人。

高挑的少年撑着伞站在逸夫楼前的空地上，雨水顺着伞面似线般落到地上。他隔着雨幕望着花坛对面的温榆，那里就只有几棵树，他暗暗觉得奇怪，明明三米开外的地方就是公用电话亭，她为什么不去躲呢？

"南嘉，你出院了？"有同学撑着伞从逸夫楼里出来，看了下南嘉身上的浅绿色病号服，下意识后退了几步，"我说呢，原来是跑出来的，这么大的雨，也真是难为你了。说起来导师也真是的，居然因为一台人形电脑的失窃，就把你送进精神病院。我说，那人形电脑别是真如传言所说，是你带走的吧？"

那同学见南嘉不理他，有些好奇地随着他的视线望去："哟，那不是前段时间论坛上和人形电脑有一腿的腿残女孩的姐姐吗？忘记带伞了啊。南嘉，你作为人形电脑的主人，不赶紧刷个好感度，下达命令让人形电脑过来给她送个伞？那可是腿残女孩的姐姐呢。"

"别闹了，赶紧走你的。"南嘉不耐烦地赶他走。

那同学似乎完全习惯了南嘉的脾气："生气了？行，我走，但是有件事我得问清楚。"说着他换上了一副挺严肃的表情，"人形电脑的丢失到底和你有没有关系？"

那台人形电脑是计算机系几位研究生合力制作而成，所以丢失了追问倒也合情合理，可偏偏他现在面对的是南嘉——被外界判定患了癔症的南嘉。

"你吓到我了。"南嘉忽然开口，语气中带着几不可察的软糯。

"什么？"同学问。

"我是含羞草，胆子很小的。"南嘉露出了点笑容，他长得俊朗，一笑看起来就很阳光，前一刻的严肃冷漠似不存在，"可是你吓到我了。"

同学一愣，躲瘟疫似的逃之夭夭。

等豆大的雨点变成雨丝，温榆才拧着衣服上的水往逸夫楼走。不出所料，花坛对面站了位穿着绿色制服的少年——沐遥。

她今天来蹲点的路上，听青大的学生提起过，说是研究院那位进精神病院的学生带着人形电脑回学校了，所以，她特地等了一下。

至于原因嘛，青大论坛，她闲来无事也是会看两眼的。

"嘿，温榆，你好啊。"南嘉有点掐嗓子，尽量让自己的声音听起来有一种机械的冰冷感，他撑着伞走过去，"今天怎么有空来青大？是等陆沉年下课，还是等乔叶下课？"他一边说着，一边将伞往温榆那边倾斜了不少。

还在和湿衣服较劲儿的温榆微微惊讶，目光落在他身上，表情里带了些许难以置信。

温榆这人长得好，嘴虽然毒了点，人缘却是不错的，要说缺点，那就是反射弧太长。这会儿她看见南嘉，一张嘴愣是喊了声"沐遥"，明明他病号服的铭牌上写着——第四人民医院，802，南嘉。

温榆却像没看见似的，笑嘻嘻地同他打招呼："你好哇，沐遥，我不在的那段时间里真是多亏你照顾乔叶了呢。说起来，怎么招呼也不打一声就走了？我工资都还没给你结呢……"

南嘉垂眸看了眼温榆拉衣服的动作，目光再轻飘飘拂过她若有所思的脸，然后嘴角扯出一个很淡的弧度："因为时间不多了啊，所以我得……"他停顿了一下，似乎在斟酌自己的用词，"提早准备。"

提早准备？准备把人形电脑回炉重造，再送来"花散里"给乔叶当保姆吗？温榆眨眨眼睛，随即笑起来，为自己刚刚不着边际的脑洞感到可笑。

而她来不及开口询问，南嘉就已经自顾自地岔开了话题，顺便告诉她，"花散里"到了。

温榆愣了一下，笑："谢谢你送我回家，有时间多来坐坐啊，反正离得近。"

"嗯，我会的。"南嘉笑了笑，"对了，温榆，如果可以的话，请帮我向乔叶转达一句话——再等等，很快就可以了。"

两人说话的声音不大不小，却正是二楼阳台上能听见的音量。

正在二楼阳台上给竹子小姐写信的阮沉舟听着男声不太对，笔尖顿了顿，探头往下面望了一眼，才发现男声的主人竟然是沐遥。

他似乎正在拜托温榆什么，声音不大，又混杂着雨声，因此听不太清楚，不过表情却是一览无余的。

阮沉舟打量着，只觉得今天的沐遥似乎和以前的沐遥不太一样。他说不出哪里不一样，可就是不一样。这一点从温榆若有所思的表情中，也能看出些许。

两人在门口聊了会儿，沐遥才走，离开的方向却并不是后街，阮沉舟眉头一皱，觉得事情并不简单。

温榆倒是没怎么多想，提着湿漉漉的薄外套，跟讨债似的"砰砰"砸门："开门，快给我开门。大表哥，我知道你在家。"

阮沉舟眉毛往上一抬，不想理她。

没听见回应，温榆一脚踹过去，还没找到落点，门便自己开了，她自然是一个匍匐在地，还好门口的地毯比较柔软。

温榆"啧"了一声，慢腾腾地爬起来，环视这空无一人的客厅，目光一转，落在二楼楼梯处好整以暇的阮沉舟身上。

"这不是在家吗？怎么跟个哑巴似的，也不吭一声？"

阮沉舟耸了耸肩，对于她的人身攻击并不在意，甚至还有点皮："这不给你留门了吗，怎么还跟个毛猴子似的，莽莽撞撞的？"

"我毛猴子怎么了？至少可爱无敌，不知比你这拖延症好了多少倍。"温榆看着他，话锋陡然一转，"说真的，不是说你啊大表哥，你看你都有时间在这儿跟我扯皮，怎么没时间回人家竹子小姐的信？人家都写信约你见面多久了啊，还不见你行动，你是打算缩这儿当乌龟了？"

"不就是多深思熟虑了几天嘛，什么叫当乌龟？温榆你可别污蔑我。"

阮沉舟从二楼下来，走到窗边的鱼缸旁。鱼缸的玻璃是幽蓝色的，日光从窗口洒进来，落在上面闪着诡异的光，里面有两条鱼，却是不同的样子。

听说这两条鱼是竹子小姐送的礼物，温榆伸了个懒腰，趿拉着拖鞋"啪嗒、啪嗒"地走进来："行，深思熟虑。那你思出来、虑出来什么了吗？"

"你和沐遥刚刚说什么了？"阮沉舟问。

就没见过他这样转移话题这么迅速的，还转得这么生硬，温榆翻了个白眼，倒也顺着他的话题回答了，就是不怎么走心："你猜！"

"你看着我的眼睛再说一次。"

"那你看着我的眼睛告诉我，竹子小姐的信，你回了吗？"

阮沉舟转身翻出鱼食，捻了一小撮扔进鱼缸里："我觉得沐遥不太对劲。"

"是有点。"温榆踩着木质的楼梯，一步一阶，一字一顿，"所以呢，大表哥，有时间担心、怀疑别人，你怎么不担心担心自己？"

"因为我不需要担心。"

温榆被逗笑了："是是是，你不需要担心。毕竟我大表哥无所畏惧！"

"我怎么听着你这句话是贬我的意思？"

"错觉，都是你的错觉。"

阿舟先生和竹子小姐见面的前几天，青木下了一场缠缠绵绵的雨，湿漉漉、冷飕飕的，整座城市像是跌入了水墨画卷之中，灰暗朦胧。

小南街前街两旁的西府海棠上长满了果实。温榆撑着她那把内里是蔚蓝天空的伞，脚步轻快地穿过一树一树的海棠。

此时已渐渐从细雨变成了中雨，路面上不停有反光的水洼，考验着温榆的灵敏度和反应能力，前面阔步轻松越过水洼的人也不断刺激着温榆的承受能力。

在快要到达街角咖啡厅的时候，撑着透明雨伞，打扮得很少女的乔叶出现在眼前，挡住了去路。乔叶身后是同样撑着伞，打扮很英俊潇洒的陆沉年，伞沿微微抬起，露出他好看的下巴。

他穿着黑色的休闲裤、白色的薄衬衫，微偏了头，隔着朦胧的雨幕露出半张清俊的侧脸来，乌黑的额发下是双黑曜石般的眼。他开口，声音里透着几分说不出的冷清味道："爱哭鬼，请问你要把我的 Alice 带到哪里去？"

"为什么叫我'爱哭鬼'？"阮沉舟打断他，将心里的疑惑问了出来。这个外号只有温榆知道，连乔叶都不知道，是因为小时候胆小，被温榆吓哭过，所以有事没事就会被这个大表妹叫"爱哭鬼"。

阮沉舟看着陆沉年修长的手指，指腹轻轻摩挲着光洁的下巴，像是在思索，他无力地扶额叹气，盯着仰头哼小曲儿的温榆，恍然大悟："是温榆告诉你的吧，不想叫我大表哥，就叫我爱哭鬼！"

陆沉年声音淡淡地道："这和阿榆没关系，仅仅是我个人的看法。因为我觉得陆沉年、阮沉舟这两个名字写出来放在一起容易混淆，而陆沉年、爱哭鬼就不会啊。"

呵呵，就你会找理由！阮沉舟的声音闷闷的："皮皮叶，我们走，离开这个令人心寒的地方。"

一旁的乔叶侧头看了他一眼，没有理他，而是一蹦一跳地往咖啡厅而去，像只无忧无虑不问世事的小鹿。

"呵，感情淡了，乔二叶。"阮沉舟阴阳怪气地笑了一声，心里却默默地吐槽着：论亲情的巨轮沉了的一百种方式。乔二叶，你不在船底凿洞使其沉船，是不是就手痒得厉害？

温榆捂着嘴偷笑，像只狡猾的小狐狸："阮大表哥不哭，好歹咱全体陪你来踩点了不是？"

阮沉舟轻笑一声："踩点？你作为我阮沉舟的表妹就不能聪明

机智一些吗？我是来视察这家咖啡厅是否适合和竹子小姐见面的。"

温榆看他的眼神仿若在看一个智障："踩点和视察难道是反义词？"

"难不成还是近义词？"

"你觉得呢？"温榆瞥了阮沉舟一眼，不知道是不是错觉，总觉得他今天好像和平常不太一样，想了想问，"大表哥，说句大实话，你是不是不想见竹子小姐？"

"不想见？"阮沉舟歪了歪头，很认真地想了想，"人生哪来的第二个三年给我和竹子小姐通信，下一个三年就算我未娶，她也嫁了。就算我们仍然书信来往，你不觉得她老公隔着大半个中国也势必削我一顿吗？"

"削啊！肯定削，削成铅笔尖！"温榆抿着嘴角，忽然想到什么，一副恍然大悟的样子，"等等，照你这说法，当初我劝见面岂不是自作多情了？"

阮沉舟鄙视地说："你现在才反应过来是不是太晚了？"

温榆可怜兮兮地吸了吸鼻子："爱哭鬼，你太令我寒心了，居然想见一个可能有夫之妇的人。说起来，我当初为什么要劝你见竹子小姐来着？"

阮沉舟伸手推开了咖啡厅的门："因为你无聊。好啦，因为你必须推我一把，好让我踏出那一步。不过什么叫令你寒心？不知道当时是谁语重心长甚至冷嘲热讽跟我说一堆大道理的？现在我愿意去见竹子小姐了，你难道不应该放鞭炮为我庆祝吗？"

看在他今天是来踩点的分上，温榆决定不和他计较，于是挑了个比较顺耳的问题回答："我倒是想啊，可青木街道规定了，不许燃放烟花爆竹。再说了，你愿意来又怎么了？今儿只是踩个点就要我们陪着一起来，过几天正式见面了，怕是恨不得让我们三人穿着隐身衣，直接坐你身边吧。"

阮沉舟的气焰一下子低了下去，他摸摸鼻尖，瓮声瓮气地开口：

"别、别瞎说，我阮沉舟是那么尿的人吗？"

"那现在我们为什么在这里？"

阮沉舟又摸了摸鼻尖："因为我发现这家咖啡厅的咖啡不错，想请你们品尝一下。"

"哦？是这样吗？那刚刚说来视察的人是谁啊？"

"大概是爱哭鬼吧。"阮沉舟面不改色地回答。

温榆竟无言以对。

正趴在柜台上看咖啡师拉花的乔叶打了个喷嚏，揉了揉鼻子，等着咖啡师拉完最后一朵小花，终于开口："哥们儿，给我来杯印度尼西亚的努瓦克咖啡，不加牛奶不加糖，谢谢。"

"我要喝最纯正、最原味的春光炭烧咖啡。"

第十二章
进击的人形电脑

MY

GIRLFRIEND'S

GETTING

SMALLER

—1—

乔叶等了半天咖啡师都没开口，她在围观阮沉舟做心理建设的空隙，小声地问温榆："温姐姐，这家咖啡厅别是没有春光炭烧咖啡吧？"

温榆莫名其妙地看向乔叶，这姑娘别是反射弧有三米长吧，怎么就觉得街角的咖啡厅会有春光炭烧咖啡呢？

乔叶看到温榆仿若看智障一样的表情后又小声地补充了一句："就是那种烘培很重，味道超级苦，但放一会儿再喝就会特别香、特别好喝的咖啡。"

温榆恍然大悟："可是你为什么觉得这家店会有这种咖啡？"

乔叶很认真地打量着咖啡厅："因为这家咖啡厅看起来不错啊，高端大气上档次。"旋即她又问了句，"那个咖啡师盯着我看好久了，别是真的没有吧？"

温榆决定在这个咖啡厅里都不要和这个表妹说话了。

乔叶满头问号地看着对她一脸嫌弃的温榆，挠了挠后脑勺，小跑过去找位置了。

温榆笑着看了看气鼓鼓的乔叶，伸手扯了扯才走进来的陆沉年的衣角，小声地问："这家咖啡厅别是真没有努瓦克咖啡吧？"

陆沉年听了温榆的问题后，揉了揉她的脑袋，嘴角微微上扬笑了下，温榆敏锐地读出了他眼底的那抹戏谑。

后来四人在靠近落地窗的位置喝咖啡，乔叶在点评那杯不怎么正宗的蓝山咖啡："三分咖啡三分水，还有四分牛奶糖。"

"不好喝？"温榆顺着她的话往下说。

"不错啊，哈哈哈，不过蓝山咖啡应该是什么味道来着？"乔叶笑道。

温榆想了想说："咖啡味。"见乔叶没说话，温榆又说，"难不成你以为是蓝山味？"

乔叶无言以对，她好像还真是这么以为的。

阴雨连绵的天气，咖啡厅里的人不多，一高一矮两个店员在柜台前擦咖啡杯，闲散地聊着天。角落里的三个人在喝着咖啡聊天，看上去差不多二三十来岁的年纪。音响里放的是轻音乐，《天空之城》的纯音乐版。

竹冉冉靠在门口的一根青竹上，悠闲地听完整曲才推开了咖啡厅的门，门口的风铃叮叮当当地响起来。

风铃这样精致的东西向来就是咖啡厅门口必备的挂饰，于是竹冉冉就这样漠视了头顶那个龙猫形状的风铃，继而搜寻着好友温榆的身影。

几分钟前，她收到了温榆的短信，寥寥几个字："我帅气的竹子小姐，过来踩个点，阿舟先生来了。"竹冉冉握着手机，第 N 次觉得温榆知道得太多了。

她绕着咖啡厅转了两圈，才远远看到温榆端着咖啡走过来。只见温榆身着修身的一字肩荷叶袖雪纺纱上衣，欲露还休地遮着精致的锁骨，A 形鱼尾裙的裙摆距膝盖三公分，露出修长笔直的腿，脸上带点红晕，直视着竹冉冉，扬着一个灿烂的笑。

初秋落雨的上午，温度并不高，竹冉冉看着温榆的装扮，抱着铅笔伞狠狠地打了个寒战后才将雨伞放在门口的桶里，阔步走过去："帅气的温榆小伙伴，我在这儿！"

温榆走近她，笑着喝了口热气腾腾的咖啡："好久不见啊，要来杯三分咖啡三分水四分牛奶糖的蓝山咖啡吗？还是蓝山味的哦。"

"别是第一次喝蓝山咖啡喝傻了吧，我可怜的温大榆。"竹冉冉拍拍她的肩膀，语气一百八十度转变，"好久不见个屁，你忘了我们天天隔窗对望吗？你这个冷血无情的女人。"

温榆"哦"了一声表示附和。

两人沉默了一会儿，竹冉冉端走温榆手里的咖啡一口闷完，转手还了她空杯子一个。

阮沉舟这辈子大概没见过喝咖啡也如此豪爽的女孩子，一阵唏嘘："竹小姐，你怎么剪头发了？"

竹冉冉晃了晃脑袋，薄藤色短发，内扣式的梨花烫，微微蓬松的感觉，漂亮中带着帅气，衬得眉眼愈加俏丽明媚。她歪了歪嘴角，毫无预兆地笑了起来，像戏剧中逗趣的小丑。她说得一本正经："因为我要见网友。"

阮沉舟心里一紧，觉得竹冉冉一定是故意的，不然他怎么会在她亮晶晶的眼底看见那抹腹黑？

她眼里有笑，像柔和而温暖的春风，阮沉舟在这独属于自己的春风里感到了一丝紧张感，心跳得比刚才更快了。

竹冉冉看着阮沉舟局促的样子，像是故意逗他似的，又憋笑着补充了一句："见面地点，就在这家咖啡厅。"

阮沉舟拿着手机的手一僵，映入眼帘的是竹冉冉那张灿烂到过分的笑脸，像只狡猾的小狐狸，他望着她，尴尬地笑，"那个……竹小姐……真巧啊，我也要在这里见网友。"

竹冉冉听了很感兴趣，问："咦？你也要见网友？我记得之前听温木榆说起过，你有个在青木的 Pen Pal，你要和她见面了？"

阮沉舟说："对，我们书信来往三年了。"

和反射弧三米长的人说话不费力气。竹冉冉一听"书信来往"几个字，霎时就想到了关联的地方，看着阮沉舟问："我记得你的 Pen Pal 好像在小南街开了一家花店？"

阮沉舟看着温榆，问："好像是吧，温大榆？"

面前的两人装傻充愣，天真无知。温榆不动声色地喝了口旁边陆沉年递过来的咖啡，三言两语把事情解释清楚："竹子小姐是吧，开了家叫'花散里'的花店，和我开的。"

她说得平静又坦荡，丝毫不觉得自己刚刚说了什么重磅炸弹似的话，黑白分明的眼睛看着杯中已经扭曲变形的拉花，在想事情，声音漫不经心又偏软糯。

安心扮演透明吃瓜人的乔叶一怔，她本以为温榆已经准备吃瓜到底，如今正该是竹冉冉和阮沉舟演的时候，现在看来却不像那么回事。

乔叶用眼神询问同样扮演透明吃瓜人的陆沉年："这是怎么回事？"

陆沉年好看的唇微微翘起来，晃了晃手中的咖啡杯，摇摇头，表示不知情。

竹冉冉一时没反应过来，倒是阮沉舟拍案而起，气势汹汹地走过来，问："你勾搭我的竹子小姐是几个意思？"

温榆有些诧异，看了看乔叶和陆沉年，似乎有些蒙。她还以为阮沉舟会跳起来质问她为什么知情不报，而接下来的剧情发展她都设定好了，这阮沉舟怎么就不按套路出牌呢？

乔叶环着双臂说："阮沉舟，你反应不对啊。"

这话说得确实不假。阮沉舟囧了囧，随即笑着为自己解释："那是因为我按套路出牌，就掉进温大榆挖的巨型天坑里了。"阮沉舟边说边往收银台走，话说完，他已经买好单了。

乔叶还想再说什么，想想只哼了两声，往温榆那边坐了坐，却依旧对着阮沉舟说："嘿，我的大表哥，你别尿啊，跑什么呢？"

阮沉舟叹气，没有答话，默默撑开雨伞，撒开脚丫子跑路。

竹冉冉倒觉得心情不错，选了个视野极好的靠窗的位置坐下，伸手："Waiter（服务员），来杯蓝山味的蓝山咖啡，要三分咖啡三分水四分牛奶糖那种。"她一愣，道，"错了，来杯 Espresso（浓咖啡）。"

乔叶对这种咖啡很好奇，说："这是什么新品种咖啡吗？"却没想到几乎不怎么参与话题的陆沉年居然笑了一下，解释道："意大利特浓咖啡。"

"那为什么不说成是特浓咖啡？"

陆沉年嘴角抽搐，看她的眼神宛若看一个智障。

感受到他眼里所蕴含的深深恶意，乔叶当即怒了："就一个Espresso，翻译过来也就是浓咖啡的意思，我怎么知道是意大利特浓咖啡？"话一出口，乔叶才恍然觉得自己真的是个智障。

竹冉冉没想到阮沉舟会躲着她，她发誓自己没有时时刻刻关注着他的动向，至少她是隔天关注。

让"缩头乌龟"阮沉舟冷静了几天后，在温榆老师的指导下，竹冉冉觉得不能老待在花店里打探消息，要打入敌人军营内部，于是直接要求谈判。

所以她整理了一身行头杀进"花散里"，穿着一身像是黑社会的皮衣、皮裙，拎着狼牙棒，站在阮沉舟的房间外敲了半天的门。

偏偏缩头乌龟阮沉舟翻来覆去就那么一句话："不开不开，我不开，温榆没回来。"

竹冉冉虽然缠人，但是该有的素质还是有的，她留下了一封信，让他看完了给她回信，刚回过头就看见了温榆。

看样子温榆并不像从外面回来的啊。竹冉冉忽然灵机一动，靠在门上随口一问："温榆，有这个房间的钥匙吗？你就给我老实说，没有也没关系，大不了我破门而入。"

"行啊。"

"那我破了哦。"

屋里猛然传来一阵咳嗽声，半天阮沉舟才缓过气来，问："温榆，虽然这房子是你的，破不破随你开心，不过能听我一句话吗？我不接受这个提议。"

"阮沉舟，你是不是打算这辈子都不见我了？"竹冉冉气势汹汹，"我就是来问你到底还要不要见面，不见面的话，就给我写封终结信。"

终结信？阮沉舟很不解，问："终结啥？"

"Pen Pal 的关系。"

屋里沉默了好一会儿道："三天后，街角咖啡厅见面。信我明天回。"

竹冉冉开心地比了个"V"。

秋季降临时,没有征兆。仿佛只是一夜之间,远山的枫叶就褪去绿色,纷纷染上了火焰一样的颜色,在山与山之间连绵成一片,像一片红色的海。明明前两天还在与渐黄的银杏争论着谁的颜色代表了秋夏的交替,今天就已经换上了新衣。

温榆穿着小裙子去逛超市,看着四周的人,后知后觉地发现自己穿得貌似有点凉快。拎着大袋大袋的水果和日常生活用品走出超市,迎面而来的瑟瑟秋风,吹得她鸡皮疙瘩哗啦啦地落了一地。

回"花散里"的路上她意外遇到了"沐遥",只见他穿着浅绿色的病号服站在那里,跟留守儿童似的。温榆从购物袋里翻出样东西递给他,南嘉吸着鼻子接过来,是一罐热咖啡,他小声地说:"谢谢。"

"不用谢。"

温榆总觉得他的声音与之前的不太一样,软软糯糯的,像小奶狗,于是顿了顿,问:"沐遥,你是生病了吗?"

南嘉摇摇头:"我现在是一条被遗弃的、等待被投食的小奶狗。"

"好吧,被遗弃的小奶狗。"温榆有些无奈,"你现在想被领养吗?"

"想。"南嘉认真地咬着易拉罐的边缘,微微低头的时候,额前的碎刘海几乎快要把眼睛遮住了,"但我不会跟你走的。"

"为什么?"温榆问。

"因为——"他似乎是想了一下,然后才说,"领养我的人必须是小叶子,喜欢满天星的小叶子。"

"原来要小叶子啊。"温榆看着"沐遥",总觉得他是一个正常的男孩子,看起来就是很黏人的小奶狗,"那我去帮你找她吧。"

"去找她?"南嘉困惑了一下,然后才鼓起勇气拒绝,"不用,我要自己等她来。"

"这样啊。"几只小斑鸠扑棱着翅膀从枝头飞走，飘然而下的几片灰色的羽毛落在了南嘉的发旋儿上，温榆顿了顿，"那就祝你好运吧，小奶狗。"

—2—

回去后，温榆和阮沉舟说起这事，阮沉舟笑她说，别人都是捡被遗弃的怪小孩，你怎么捡了条被遗弃的小奶狗？

温榆一边切菜一边说："人家小奶狗还能撒娇卖萌求领养呢，你呢，啥都不会。话说回来，你这个月房租费、水电费、燃气费还有生活费交了吗？

阮沉舟卷着泰戈尔的《飞鸟集》，一手负在背后，摇头晃脑："只有经历地狱般的磨炼，才能炼出创造天堂的力量，只有流过鲜血的手指，才能创造出世间的绝唱……"

温榆微微扶额："本来还想给你房租减半、水电全免的，不过鉴于你的人生领悟能力越来越强，估计我的提议会让你觉得人生太简单了，肯定有诈，你还是交全款吧。"

阮沉舟："重播，我要求重播！"

温榆笑着拒绝："这都是给你的人生历练，不要拒绝。"

又过了几天，傍晚，温榆去青大接乔叶去撸串时，见到了许久不见的陆沉年。他最近忙于实习的事，三天两头见不到一面，这一见面，温榆才恍惚地察觉到他们似乎很久没见了。

昔日总是穿着校园男神标配白衬衫的男孩子，如今西装革履，意气风发。她不动声色地瞄了几眼，手工定制的灰色西装，低调奢华，不羁中带着明朗，挺有品位。

温榆抬起头来的时候他正在拉扯领带，修长干净的手指微微弯曲，显现出分明的骨节，那只手在温榆面前晃啊晃，晃得她心潮澎湃得像个两百斤的孩子，霎时间觉得灰色真的是男人衣橱中的上上选，性感得要命。

不能再看了，不能再看了！温榆的理智在不停地提醒她，眼睛却舍不得移开。几秒后她毅然决定今晚抛弃乔叶，不约撸串，改约西装帅哥共进烛光晚餐。

恰好有电话进来，陆沉年拿出手机，余光扫到墙边的人，笑了笑，这才接起电话。

挂断电话后，他看着身旁的人笑，顺势刮了下她的鼻子。她缠住他，拦在他面前，瘦瘦小小的个子，却高高地仰起下巴，说："你要带我去吃烛光晚餐吗？"

陆沉年问："为什么要带你去吃烛光晚餐？"

"因为我饿了呀。"温榆理所当然地说。她奔跑过后，一张脸稍微泛着红，像化了淡妆。她笑嘻嘻地看着他，问，"那你要不要带我去啊？"

"好。"

陆沉年笑起来，忽然想起很久以前，他读的金仁旭的《爱情物理学》——

质量与体积不成正比。

那个紫罗兰一般小巧的丫头，那个似花瓣一般轻曳的丫头，以远超过地球的质量吸引着我。

一瞬间，我就如同牛顿的苹果般，不受控制地滚落在她脚下。

咚的一声。

咚咚一声。

从天空到大地，心脏在持续着令人眩晕的摆动。

那是初恋。

以前陆沉年不懂，可这一瞬间，他看着前面小鹿一样的身影，嘴角不自觉地扬起来时，忽然间便明白了。

大学的灵魂画手微信群里，有人发出了一张多年前的集体照。平地一声惊雷，几乎所有人都出来指着照片怀念，自己往日有多青涩稚嫩——说是几乎，因为还有温榆这个从来没在群里说过话的人，此刻正坐在小南街新开的自助海鲜火锅店里，隔着手机屏幕看他们七嘴八舌地讨论着曾经的黑历史，顺便在脑子里回顾当年的青春年少与风华正茂。时隔多年，有些人，温榆连名字都叫不出了。

"有人知道温大榆旁边的那位帅哥是谁吗？叫什么名字来着？"

一句话就让原本聊得热火朝天的微信群瞬间安静。温大榆旁边的那位帅哥？

温榆放大照片，刚被提到的那位帅哥就在这张照片里——站在她旁边的那位。

她保证，这一次认人没有多花一秒。毕竟如果见过十根指头数得清的面，你总会记得里面长得很好看的那个人吧。恰好沐遥就是这样。

如果要问温榆为什么提到沐遥，那是因为照片中，她旁边的那位帅哥面庞青涩，且生得一副俊朗模样，毫无疑问，是沐遥准没跑了。他像是忽然从哪里赶过来的，来不及换上学士服，穿的是一件白色的棉衬衣和黑色的休闲裤，格外引人注目。

讲真，他有点像突然闯入别人集体照的坏小孩。

余光中，一双修长有力、指节分明的手在面前晃啊晃。回忆的思路被打断，温榆连忙收起手机，拿起筷子准备去夹锅里被煮得各种翻滚的虾。旁边一双筷子却先她一步，是挑选完菜品，端着水果拼盘回来落座的陆沉年。

"谢谢你啊。"温榆重新点开分分钟99+的微信群，礼貌地朝陆沉年笑了一下。

陆沉年轻笑了一声，摆摆手，见她被氤氲热气熏得红彤彤的耳朵若隐若现，煞是可爱。许是因为她刚刚的表情动作，他静默了片刻才问："温姐姐，你发现了什么惊天大秘密吗？"

温榆的手指在虚拟键盘上飞快地按着，头也不抬地回答："是啊，我竟然在我大学的毕业合照上发现了沐遥，而我们班上的同学们没有一个人记得他。"

"灵异照片吗？"陆沉年问。

温榆微微一笑，轻描淡写地说了一句："对，还是*Another*（日本推理小说《替身》）那种的。就问你突然多出来一个并不认识的人，怕不怕？"

温榆一开口，陆沉年就知道情况不对了，当初沐遥的出现本就突然，温榆躲在他口袋里暗中观察多日，也没瞧出个所以然来。

果然，下一秒温榆便皱着眉："这沐遥可真是神出鬼没啊。"

陆沉年讶异地看着温榆。温榆笑眯眯地回视他，澄澈的眼眸里泛着清润明快的光辉，陆沉年看着她不再说话。

不知道为什么，沐遥给人一种很奇特的感觉，见不到的时候提着一颗心，见到了大家都气氛融洽，也没什么不适。

半晌，陆沉年开口打破沉静："也许是时间过去太久，大家都忘了呢？"

温榆极轻地蹙了蹙眉："是这样吗？"

陆沉年笑了下，轻描淡写地回答："是这样没错。"

可是真的是这样吗？看到锅里的虾再度翻滚起来，温榆对陆沉年说了句"容我打开记忆的匣子再想想"，然后点开竹冉冉的头像，发了条消息给她，完事后就撩起袖子开始剥虾大业，思绪却还停留在之前的照片上。

沐遥，你真的不是误入镜头的坏小孩吗？

第二天下午，温榆和阮沉舟提着日常用品，走在回"花散里"的路上。阮沉舟闲得无聊，在小南街前后街的岔道口抛硬币，抛一次硬币，向前走一步，嘴里还念念有词："菊花在上就走后街，人头在上就走前街。"

也许是上天的有意安排，又或者是阮沉舟的抛硬币技能有点差，总之，任性妄为的硬币嚣张地从他指间落在地上，骨碌碌地滚进了旁边的下水道里。

很久之后，传来一声细微的"扑通"声，硬币大抵是掉进了水里。阮沉舟想死的心都有了，面无表情地看着前方："嗯，是菊花，我们走后街。"

温榆抬眼看着脸色很难看的阮沉舟，努力压下快要扬到耳根处的嘴角，安慰道："大表哥不哭，你要知道人生难免有不顺。"

阮沉舟看着她眼底一闪而过的幸灾乐祸，不怎么开心地眯着眼睛："你说得很对，温榆同学。只是你在说这句话时，能将你幸灾乐祸的表情收敛一下吗？我觉得有点扎眼，还有点受伤。"

"抱歉，没忍住。"温榆丝毫没有诚意地道歉。

"那你还是滚吧，坚强的我不需要安慰。"

温榆利落地翻了个白眼："没打算安慰你，谢谢。"

竹冉冉的微信就是这个时候进来的，洋洋洒洒几百字，表达了对那张照片的看法和感想。

取其精华，总结一下，大概是：一定是记忆先动的手，它从我们班所有人的记忆储存板块里逃出来了。否则，我们班怎么没一个人记得他呢？左上方印的名字你可以了解一下。

纵然时光久远，照片泛黄模糊不清，可左上方印着学生名字的地方，还是能够看清的，所以对号入座，那位少年的名字是南嘉。再对号入座一下，应该就是青大研究院计算机系的南嘉，那位据说进了精神病院的研究生。最后总结，这南嘉应该是计算机系，然后不小心闯进了美术系的集体照。

这都是温榆后来发现的，虽然离不开陆沉年"微不足道"的提示。

可既然是误闯进来的，为什么还会打上他的名字啊？

带着满腹的疑惑回复竹冉冉之后，温榆假模假样地做了个擦拭汗水的动作，不经意间视线落在了那堵看起来很有夏天气息的围墙上，以及墙边的沐遥身上，哦不对，他现在应该叫南嘉。

就像被老师罚站的小学生，他靠着墙站立，一动也不动。

好奇心使然，温榆的脚不受控制地拐了弯，停在他面前问："沐遥，你站在这儿干什么啊？"温榆暂时还没打算拆穿他。

"等小叶子啊，我在这儿等她好几天了呢。"

"为什么啊？"

沐遥抬眼，用湿漉漉的眼睛坦荡地看着温榆："因为我要送她一件礼物。"

"礼物？什么礼物啊？"

"那你得答应我别告诉别人。"南嘉皱着眉，一脸严肃。

"OK，没问题。"

"就是我身后这个满天星小院。"沐遥扬手一指，颇有指点江山的风范，"我要在小叶子二十岁生日的时候送给她，因为这是她的愿望。"

"小叶子可真幸福啊。"温榆笑起来，弯弯的眉眼像天上的新月。

很久以后，她才后知后觉地反应过来——这个愿望真耳熟啊，像极了很久很久以前，乔叶某个生日时许过的愿望。

实验室失窃的人形电脑回来了。这段时间，只要在青大，不管你走到哪儿，都能听见大家对此的讨论。

乔叶跷着个二郎腿坐在街角咖啡厅里，拿着手机看论坛上的戏精们尬聊。

"失窃的人形电脑回来了？别是觉得外面的世界太危险，就自己走回来了吧？"

"哈哈哈，楼上的怕是要笑死我，好继承我的蚂蚁花呗。"

"只有我在意莫名其妙进精神病院的那位研究生吗？现在人形电脑回来了，那他回来了吗？"

"还在医院呢。不过据小道消息称，这位研究生似乎从第四人民医院里跑出来了。所以又有目击证人提供消息，他最近频繁出没于小南街，住在小南街的朋友们要小心了。"

乔叶觉得这群人有点杞人忧天，同时又觉得那位研究生挺可怜的。进精神病院的原因尚且不明，虽然导师方面说是癔症，可目前为止，所有的消息都是被人杜撰出来的。

哦，除了那台进了水的人形电脑。

—3—

门口有风铃叮当作响，提示着有客人进来。乔叶下意识地抬头看了一眼来人，放下手机站起来，嘴角微扬："等你很久了，沐遥。"

她今天约沐遥见面，目的是承包他的满天星小院。当然，这只是个幌子。

沐遥在她对面坐下，没什么表情："找我有事？"

乔叶搓了搓手，有些局促地道："也没什么事，就是想和你谈谈你那满天星小院的事。"

"抱歉，你大概记错了，我并没有满天星小院。"沐遥摇摇头，微微严肃的表情不像是在说谎。

所有打好的腹稿因为他这句话全部作废，乔叶张了张嘴，像卡住了的磁带，半天才憋出一句："那你还记得我吗？"

"你忘了吗？几分钟前你才告诉我你的名字。"沐遥歪着脑袋笑了一下，"乔叶，对吧？所以你今天到底找我什么事呢？"

"找、找你……"乔叶咽了咽口水，结结巴巴的，也不知道要说什么。

"找我做什么？"沐遥似笑非笑地看着她。

乔叶也不知怎么想的，脑子一抽，说："找你喝酒。"说完她还真从包里翻出瓶梅子酒来。酒是事先准备的，只是提前登了场，乔叶顿了顿，"自制的梅子酒，要尝尝吗？"

沐遥说："我不能喝酒。"

"不能喝啊……"乔叶颇为遗憾，"这可是我亲手酿的呢，真可惜。"

乔叶倒了一杯尝尝，先抿了小小一口。

浊酒微凉，且芬芳扑鼻。舌尖上传来微辣的味道，随后有清淡的甜味在口腔里逐渐散开。咽下去也不烧喉，慢慢只觉得身上发热，让人忍不住想要一杯接着一杯喝下去，可只是一个人喝，总觉得寂寞。

沐遥端着分毫未动的咖啡，看着对面脸颊酡红的乔叶，嘴角扬起清浅的笑意："你看起来好像醉了。"

乔叶咂咂嘴，眼睛里像浮着一层薄雾，纯黑色的瞳孔，浅青色的边缘，漂亮得像宝石。

她握着淡色的瓷杯，迷茫地望着他，眉头皱起又展开，露出孩子般顽皮的笑，说："对啊，我醉了呢。不然刚刚冷漠无情的你，怎么会忽然温柔了呢？所以啊，"她倾身过来，纤细的手指揪着他的衣领，像个女流氓，"趁着我现在醉酒，有些事想找你了解一下。"

醉时所经之事，醒来只当大梦一场。沐遥自然是懂她的意思的，点点头："你说。"

乔叶说："沐遥，你到底是谁？"

他反问："为什么会这么问我？"

乔叶不回答他的话，只说："我接着再问你一件事。温姐姐骗我们去国外旅游那次，其实是因为她变小了，在陆沉年那里躲藏着。根据我对她的了解，比起请保姆，她更喜欢压榨竹姐姐来照顾我。那么问题来了，沐遥，你是怎么来的？"

沐遥指出："温榆没有找我问话，这是事实。她在家政公司请过保姆，这也是事实。"

乔叶摇摇头说："你别告诉我你真是家政公司的保姆，我是不会信的。所以你老实说，你怎么知道温姐姐找保姆的事？你到底从哪里来？接近我又是什么目的？"

沐遥偏了偏头，嘴角不自觉地扬起来："这些你都不需要知道，你只需要记得，有个人，就是跟我长得一模一样的那个人，能够回答你今天所有的问题。那个人，他叫南嘉。"

忽然而至的秋雨敲打着半开的玻璃窗，些许的雨丝飘入，将乔叶的头发弄得潮湿。

乔叶被吹进来的冷风冻得一个哆嗦，人总算清醒了几分，她撑着桌沿站起来，问："沐遥，你现在知道我是谁吗？"

沐遥疑惑地摇摇头："我应该知道吗？"

"你不应该知道吗？"

"好像是应该知道的，但我大脑中关于你的记忆少之又少，除了必要的程序。"沐遥停顿了会儿，似乎是在搜索着关于乔叶的点滴，"我记得你告诉过我，你的名字叫乔叶，对吧？不知道为什么，我总觉得我应该是认识你的，可遗憾的是，我大脑中所储存的记忆里并没有你。"

"那你一定是在哪里听说过我的名字。"乔叶靠着柔软的椅背，想起了温榆之前跟她说在街上遇到求领养的沐遥时，沐遥拒绝了她的领养，并告诉她"领养我的人必须是小叶子，喜欢满天星的小叶子"。不过温榆也说，当时总觉得沐遥的性子好像和以前不一样了。

"也许是这样没错。"沐遥很浅地笑了一下，"所以我还得告诉你一件事，关于你所说的满天星小院，我感到很抱歉，我没有关于它的记忆。不过这些我不知道的事，你都可以去问南嘉。至于我——"沐遥站了起来，手肘弯曲，没什么表情地冲乔叶做着再见的手势，他姿势僵硬，像一个动起来不太灵活的机械娃娃，"我得回去了，再见。"

有风铃声响起，乔叶吸吸鼻子，挥挥手："嗯，再见。"

乔叶从咖啡厅出来的时候，阮沉舟和温榆正坐在外面临街的长椅上发愣。

"乔叶……"阮沉舟好像在斟酌措辞。

温榆直接问她："谈判得怎么样？他愿意将满天星小院承包给你吗？"

乔叶挤着笑容说道："他不记得了，包括我。不过他让我去问南嘉。"

"记忆再差也不至于到这种程度吧，还有这南嘉又是谁？"阮沉舟顿了顿道，"我们先回去吧，晚上我们再交流一下。"

温榆也道："我们一起去吃饭吧，今晚在外面吃。"

乔叶想了想："行啊，我们一起去吃大餐，就街头那家新开的法国餐厅。"

"行，都依你。不过你们先去，我要去找陆沉年，这几天没见着他，怪想念的。"温榆笑道，"我随后就到，你们先吃着，别给我剩残羹冷饭就行。"

"温榆——"阮沉舟急道，但他没说完就被温榆打断了。

"那家法国餐厅刚开业，人多，得早点去，不然得排队等。"说完，温榆转头对着脸色不是很好的乔叶道，"人呢，不开心的时候就得化悲愤为食欲，瞧你这苦瓜脸，等会儿可得敞开吃，吃开心。"顿了顿，她又跟阮沉舟再三保证，"你放心，我真是去找陆沉年的，绝不是去找南嘉打架的。"

总算打发走了阮沉舟，温榆将手机调至静音，转身往后街走去。

青木秋日的夜，晚风来急，吹得街道两侧的树叶哗啦啦作响。

竹冉冉走在偶有人来的巷中，目不转睛地注视着前面人的背影，小心翼翼，不敢靠近。

无论过去她多么不靠谱，也没有想到自己会有这么一天——跟踪人。这样的行为真是刺激。

不过，最刺激的还是她跟踪的这位当事人可能不是人——他尾椎骨的地方，伸出了一条偶尔晃动的黑色线状体。那是条非常可爱的黑色小尾巴，顶端有一截扁平的银色，应该是连接数据的接入口。

竹冉冉在论坛里看过人形电脑的平面剖析图，所以非常确定曾经照顾过乔叶的这位帅气保姆就是人形电脑。

他走得很快，竹冉冉顶着寒风裹紧了薄外套，跟紧了他，可依然一转眼就不见了他的踪影。竹冉冉连忙四处寻找了一下，才在一处僻静的地方发现他停下来撑住了树。

她先是不解，但瞬间就明白了，他体内被水侵蚀过的电路板损坏得太严重了，不仅影响到他的记忆板块，还影响到了他的行动能力。说真的，进了水后还能运行自如，这性能真不是一般的电脑能比的。

当她还在思绪里苦苦挣扎时，这人忽然从树后转了出来。她惊得倒吸一口凉气，忙躲到了旁边的树后，努力将身体遮挡住，屏住呼吸，紧张得不敢动弹。

许久未听见动静，她从树后走了出来，只见巷子口空空的，那人已经不见了身影。竹冉冉有些失望地转身，准备打道回府，却不想竟对上了一双泛着绿光的眼睛。

在对上那双眼睛的一瞬间，时间仿佛结成了冰，周围的风和喧嚣的树叶仿佛一瞬间静止下来，天地无声。心中的恐慌感就像从蚕身体里吐出的细丝一样，丝丝缕缕缠绕住她的身体。

背后沁出大滴大滴的冷汗，竹冉冉无暇去想到底要不要跑这个问题，因为四目相对的一瞬，她就蒙了，时间仿佛在这一刻被人按下了暂停键。

"你为什么要跟踪我？"耳边突然传来沐遥没什么感情的声音，竹冉冉像是被凉水泼醒了一般，猛然回过神来，浑身冷汗。

她安抚着惊魂未定的小心脏，不安地对上沐遥的双眼，故作淡定地道："我是来寻求赔偿的。"

"赔偿？"

"对，我的蓝山咖啡。"竹冉冉指着他在风中微微颤抖的小尾巴，"它打翻的。"

时间倒回十分钟前，乔叶和沐遥聊天的时候。工作了一天的竹冉冉在街角咖啡厅点了一杯蓝山咖啡，等待上咖啡的时候，她意外听到了乔叶和沐遥的对话。

联想到同学群里的照片，她立刻上校园网查了一下沐遥口中的南嘉——青木大学的风云人物、天才科学家，就是脑子不太正常。

南嘉前段时间和实验室的小伙伴一起研究制造出了个人形电脑，可非常遗憾的是，人形电脑失窃了，然后南嘉大概是气急攻心患了癔症，这会儿人还在青木市第四人民医院待着——哦，不对，据说好像跑出来了。

竹冉冉瞅了一眼乔叶对面的人，又瞅了一眼南嘉的照片，嗯，长得一模一样，别是同一个人吧？

竹冉冉后知后觉地开始捂着嘴无声尖叫，惊慌之色占据整张小脸。谁能告诉她，乔叶对面的那个男人，到底是沐遥还是南嘉啊？

恰巧沐遥同乔叶挥手告别，他脚步沉重地往门口走，经过竹冉冉那桌时，细长的尾巴从他的衣服里钻出来，嚣张无比地在竹冉冉面前晃了晃，然后一个非常有力的横扫，将那杯置于桌子边缘的咖啡打翻在地。

瓷器破碎的声音被掩盖于风铃声之下，她想也没想，结账走人，一路尾随沐遥。

这会儿被人抓包，她倒也没太多的尴尬和不自在，反倒气焰嚣张地指着沐遥质问："你的小尾巴怎么回事呀，我的蓝山咖啡惹它了吗？它为什么要伤害我的咖啡？"

被指责的沐遥没有理她，而是不动声色地收起裸露在外的小尾巴，将它塞回了衣服里。

目睹他一切小动作的竹冉冉心里挺气的，随手捡了根小树枝，去戳他的尾椎骨："你倒是给个解决方案啊，我都跟你到这儿来了。"

沐遥顿了顿一下，抬眼看着竹冉冉，之前还星星点点的绿光此刻几乎占满了他的整个瞳孔，甚至连声音都带上了无法忽视的电子音："那我请你喝一杯吧。虽然我并不认识你，可打翻了你的咖啡是我不对。"

竹冉冉诧异他的配合，可更诧异的是他的变化。在说完那句话之后，沐遥像是忽然停止活动的机械娃娃般，呆呆地立在那里，眼中成片的绿光忽然碎成无数片，像是被放在了快速运作的隐形传送带上，从左到右飞速地移动，周而复始。

竹冉冉瞬间就确定了这人的身份——青大研究院失而复得却进了水的人形电脑。可是为什么啊？论坛上不是说失窃的人形电脑已经回去了吗？竹冉冉不解地绕着沐遥转了几圈，他似乎陷入了某种挺混乱的状态。

其实竹冉冉大概也能猜想到原因，找回去的人形电脑进了水，电子产品这东西进了水就会短路，会发生各种状况，所以这人形电脑绝对是短路了！短路的电子产品一定要远离，万一电着自己可就不好了！

竹冉冉瞅了眼，猫着腰贼兮兮地跑路了。她刚跑到巷口，就听见沐遥叫了她一声，但她并不想听，也不想回头看他，脚下步子迈得特别大，却怎么也踏不出那一步。然后她的意识从脑子里抽离，身体不受控制地往后倒了下去。

沐遥俯视着她说："小姐，你怎么称呼？"

竹冉冉："……叫我竹子就行。"

沐遥想了一下，道："抱歉竹子小姐，可能要委屈你一下了。"

第十三章
困在回忆里的人

MY

GIRLFRIEND'S

GETTING

SMALLER

—1—

同一片夜空下，小南街后街。温榆从咖啡厅出来，去了满天星小院，夜晚的街道没了白天的喧嚣，看不见一个人影，只有两旁笔直伫立的路灯，以及两三只不畏寒冷的萤火虫。

整条后街都是黑暗安静的，除了沐遥的满天星小院，灯火通明。

温榆在小院门口的路灯下遇见沐遥，他双手插在兜里，站在那儿，看样子像是在等什么人。

温榆放缓脚步走过去，装作不经意路过，同他打着招呼："嘿，沐遥，晚上好啊。"

沐遥说："晚上好啊，温榆。"

"怎么还不睡？是在等人吗？"温榆有点没话找话的意思。

沐遥说："我在等小叶子。不过，好像她没来。"

温榆听着，笑了一下："她心情不太好，所以让她去化悲愤为食欲了。"

"这样啊……"沐遥的语气染上了失望，他转身看着身后的小院子，说，"本来还想提前让她看看这份礼物来着，看来今天是不行了。"

"礼物？你是说这座满天星小院？"温榆眯起了眼睛，"如果真是这样的话，那我可得提醒你了，在咖啡厅时，你可不是这样跟乔叶说的。沐遥，你别是在戏弄她吧？"

他没说话。

温榆看着他，等了等，见他根本没有反应，嘴一撇，绕过了这个话题："你知道吗？乔叶跟我说，你没有关于满天星小院的记忆，还说你让她去找南嘉，那你告诉我，为什么现在你又有满天星……"温榆忽然顿了顿，像是忽然想起什么来，难以置信，"等等……你该不会是南嘉吧？"

沐遥脸上仅有的那点表情忽然淡了，他看着难以置信的温榆，朝她伸出手，一点也没有被拆穿的尴尬，说："你好，初次见面，我叫南嘉。"

浅绿色病号服上的铭牌随着他的动作忽然跃入温榆的视线里——第四人民医院，802，南嘉。温榆抿了抿唇，犹豫地、迟疑地握住了那只冰凉的手："你好，我叫温榆。还有，我们已经不是第一次见面了。"

竹冉冉醒过来时，有些懵，一时分不清是清晨还是黄昏，只觉得空气里浮着很淡很淡的植物香气。她慢腾腾地睁开眼睛，开始回溯，渐渐想起跟踪沐遥反被抓包的事情。

竹冉冉从床上猛地坐起来，入目的场景却非想象中那般糟糕。房间不大，却干净整洁，看起来她一点都不像被绑架了啊，竹冉冉有些乐观地想，探究的目光一寸一寸地在房间摆放的每一物上移动，藤椅、书架、花架、墙边还摆着一把吉他，以及装点室内的绿植。

竹冉冉双手拢在嘴边，压低了声音喊："有人吗？没人的话我就走了哦。"

没有回应。

她起身，这才看到半落半放的窗帘里坐着一个人，那里光线不太好，她只看到一点侧影——是个身材不错的男孩子，垂着头，像是在睡觉。竹冉冉下意识地放低了声音："是沐遥吗？我要走了哦。"

沐遥依旧没动，竹冉冉慢慢走向他，发现他睁着眼，正一动不动地盯着地面，竹冉冉被吓了一跳，随即看见那根自沐遥尾椎骨里延伸出来的小尾巴，银色的那端连接着壁式插座。

竹冉冉退回到床边，心里不免有些嘀咕。啧啧，居然当着她的面暴露他非人类的身份，也是心大。哦，不对，他没有心。

竹冉冉坐在床边，看着待机状态的沐遥，不由得发起了呆，直到她听到一道带了电子音的清润嗓音："你不是要走了吗，怎么还在这里？"竹冉冉这才抬头望去，沐遥似乎已经充电完毕了。

此刻他斜倚着墙壁，眼中淡然无波，那双眸子却闪着幽幽绿光，看得人心里直发寒。

竹冉冉打了个哆嗦，不由自主地往后挪了挪，边挪边由衷地感慨，奇怪，她怎么突然变得这么怂了，竟然害怕一双绿色的眼睛？

"这不是第一次见到人形电脑吗，所以忍不住想多看几眼。"

"那你现在看到了，怎么还不走？"沐遥忽然站起来朝竹冉冉走过去，奇怪的是，他每走一步，竹冉冉都能听见金属碰撞的声音。沐遥在她面前站定，又道，"你不逃吗？"

他修长的食指点上竹冉冉的额头，竹冉冉只觉得被他触碰过的地方仿佛有一道细微的电流在体内瞬间蔓延开来，整个人瞬间汗毛直竖。吓得她立刻如弹簧般跳了起来，壁虎似的紧贴着墙，说："说话就说话，别动手动脚，你不知道你现在是带电的吗？"

"我不知道。不过我知道我的电路板可能不太好，它们在刺啦作响。"沐遥拍了拍自己的脑袋。

竹冉冉贴着墙往旁边挪了挪，然后看着他退回窗户那边，透过树梢洒落的阳光打在他身上，不仅使得他看起来没那么冰冷，反而显得放松且温和。

"所以你为什么还在这里？"竹冉冉问。

问题有些莫名其妙，但沐遥下意识地就回了她："等小叶子的二十岁生日。"

竹冉冉沉默了会儿，又问："那我又为什么在这里？"她脑内的记忆非常凑巧地掉了个链子，跟踪沐遥被抓包之后的事，她都不记得了。

"因为我在路边捡到了你。"

"原来是这样啊，那真是谢谢你了。"

"不用谢。"

"我谢你个大头鬼！"竹冉冉跳起来就是一巴掌，"我好好地走在路上，怎么会被你捡到？就算我不记得了，也别把我当傻子好吗？"

沐遥看了她一眼，说："我真的是在路边捡到你的。就在巷口那棵梧桐树下，你好像被人丢在那里了。"

当时，等他意识回笼后，看到躺在树下的竹冉冉，还以为是她太困了，所以睡觉来着。因为她缩在树下紧闭着双眼瑟瑟发抖的样子，有点像童话故事里卖火柴的小女孩，正坐在街边用点燃的火柴取暖，睡着了做着梦呢。

"所以我就把你带回来了。"沐遥小声地说。

"那你怎么不把我送回花店？实在不行，'花散里'也可以啊。"

"不想，也不能。"

"为什么啊？"

"这个……"沐遥犹豫，毕竟这个问题他没对应的解答程序，于是在一阵短暂的沉默后，他任由系统随机回答，"因为你有利用价值。"

这个季节开始连绵不断地下雨，乔叶站在"花散里"的门口，手里拿着一把黑色的长柄伞，像是在等一场雨停。

"花散里"的窗户开着，坐在柜台后的阮沉舟忍不住偷瞄她，看了一眼又一眼。檐下的雨珠连串地滴在长满青苔的小沟渠里，有的零星溅到了她的小白鞋上。

阮沉舟到底还是没忍住，从木制的雕花窗户探出个头来，好奇地问她："乔二叶，你到底在想什么？"

乔叶头也不回地说："想我的满天星小院。"

阮沉舟漫不经心地"哦"一声，心里自发地将满天星小院和沐遥画上了等号。

阮沉舟不太喜欢沐遥那样的男孩子，沐遥虽然长得特别好看，却特别冷漠疏离，不够温暖。不像陆沉年。陆沉年就像一个发光体，自带暖光那种，不用与他交往，甚至不用与他说话，看到他，就觉得整个世界都是温暖美好的。

想到这里，阮沉舟不由自主地往书店的一隅望了过去，纵然看过很多次仍然有点不可思议，那里撒了一地花花绿绿的蜡笔，蜡笔中间站着个娇俏玲珑的迷你小人儿，抱着一小块可丽饼啃得不亦乐乎。陆沉年坐在旁边，笑容温柔宠溺地拿着一块草莓可丽饼。

等等……迷你小人儿？阮沉舟看向陆沉年。

陆沉年很无辜，说："别看我，我什么也没做，要怪只能怪我的女友有特殊的变身技巧。"他俯下身，把那个叼着可丽饼像只小仓鼠的小人儿捞起来放在腿上，给她套上了一件粉白色的斗篷外套。

温榆有些迷茫地看着陆沉年，似乎有些不懂他为什么要给她穿上这个。

陆沉年伸手捏了捏她白白嫩嫩的脸颊，把地上的蜡笔捡起来，放到茶几上，将可丽饼也放了上去："乖，放开这块可丽饼。"

温榆摇摇头，脸上还是那副懵懵懂懂的神情，清澈的目光直直投向陆沉年，然后她张开双手，用软软糯糯的声音说："要抱。"

看来她今天的意识似乎退回小孩子的水平了。阮沉舟看着陆沉年小心翼翼地捧起她，不忍直视，重新将视线投向乔叶。

乔叶今天忘了打理头发，发尾的小卷毛放荡不羁地翘着，被阳光一照，整个人都显出几分不羁之感。她昨天晚上才熬夜看完了一部外国电影，精神还快快的，感慨地望着青灰色的天空："这雨都下了一个小时了。"

"什么时候才会停啊？"

阮沉舟回答："大概船靠岸的时候。"

乔叶说："我发现了一个挺严肃的问题，已经上午十点半了，可竹姐姐还没有开门。"

"嗯，我知道。"阮沉舟低头检查了新写的信，关心的还是一开始的那个问题，问乔叶，"你想满天星小院干什么啊？"

乔叶不回答他，反问道："你准备什么时候和竹子小姐见面？"

阮沉舟说："我建议你近期不要靠近满天星小院，它的主人沐遥，会让人想起 Misaki（日漫里的人物角色）那个磨人的小妖精。"

两个人的对话完全不在同一个频道，彼此答非所问，如同在进行一场费力费时的拉锯战，直到有一方妥协退让，不见硝烟的战争才会结束。

温榆也很困扰，她的身体基本上已经算是稳定下来了，但不时会有像现在这种情况发生，毫无预兆地变成十厘米小人儿，她真的为自己的未来感到深深的担忧。

陆沉年在一旁坐下，温榆忽然想起什么来，说："陆沉年，要不你过来给我画张肖像画吧？景区里那种素描画。"

"你确定？"陆沉年说。

温榆说："你就坐在桌上画，有句话叫情人眼里出西施，我想看看我在你笔下到底是西施还是东施。我不说话，就看着你画，要画好哦。"

温榆把茶几上的蜡笔抱起来，放到陆沉年手边，将素描本也推了过去："记得好好画哦，不许敷衍了事。"

陆沉年哭笑不得，看着仿佛化身小恶魔的温榆，哪里敢敷衍了事。

温榆高高地仰起头，背后仿佛有一对黑色的蝙蝠翅膀在呼啦啦地扇着，小脸上的表情别提有多纯真可爱了。

陆沉年无奈又宠溺，食指按在满脸懵懂纯真的温榆的头顶上，稍微施力往下压了压，不出意料地看到小家伙哇哇大叫着伸出双手攀住了他的手指，一双眼睛雾气朦胧。

"坏蛋！"她控诉着，委屈得像个两百斤的孩子。

陆沉年笑："嗯，只对你一个人坏。"

—2—

温榆踹了他一脚，陆沉年这下终于肯开始画了。

陆沉年挑出一根黑色的蜡笔，斜斜地捏在两指之间，在米白色的纸张上涂鸦。他紧紧地抿着唇，也瞧不出什么情绪，如同雕塑般冷清又精致，无端吸引人。只有他的右手随意在动，蜡笔与白纸摩擦，发出轻微的响声。

温榆突然从茶几上爬下来，迈着小步子往里间跑。

仅有十厘米的身体在瞬间扩大数倍，落在木质地板上的脚步声蓦然沉重，白色的棉衬衣在空中画出弧线来，挡住一片大好的春光。温榆像被烧了屁股的猴子般，把门关得"砰"一声响。

听见她发出的动静，陆沉年从素描本上抬眼，若无其事地问她："是嫌我画得太丑，所以变回来准备打我吗？"

和乔叶结束牛头不对马嘴的对话的阮沉舟正好听到这段，正想说陆沉年你操作不对，就听到温榆在房里喊来："没错，我要用我的四十米长刀砍死你！"

他的表情僵住了，温大榆果然是一如既往的傲娇女王范啊，阮沉舟想。

"花散里"的门口，乔叶不动声色地撑开了雨伞。

温榆从房间里出来的时候再一次为自己的未来担忧。这跟癫痫发作一样不定时变身，万一哪天走在街上突然变身怎么办？忽然变小还好说，要是正好在陆沉年的口袋里变大……讲真，不上微博热门算她输。

不过看起来陆沉年并没有她那么丰富的内心活动，他只是放下蜡笔，手肘撑在桌面上，手掌撑起下巴，上半身微微往前倾，深邃的目光锁住温榆，低沉的嗓音，似音质完美的大提琴的琴音。

"看来，在你的变身技能彻底失去之前，我只能把你关在——"他顿了一顿才说下去，"家里了。"

温榆静静地望着陆沉年，她怎么就觉得他刚刚停顿，是因为想说金丝笼呢？

她今天一定是走火入魔了，总是冒出些奇怪的念头，又是微博热门又是金丝笼的，再想下去，她搞不好要想到更奇怪的了："那个……我去看竹冉冉回来没有。"

不待陆沉年回答，温榆迅速拿着雨伞走到门口，换上小雨鞋，装作很焦急的样子往花店而去。

很多年后，竹冉冉都在想，当初沐遥把她关起来的原因，大抵是在防备她。那时候他应该是怀疑她会把他苦心掩藏的小秘密告诉乔叶。

那天上午十点半，整个青木都被细雨温柔包裹着。一间大概二十平方米的小屋子里，摆设的物品除那张木床之外什么都没有。泛白的天光从木格子窗中倾斜而入，像清冷的湖水般溢了满室。

竹冉冉觉得自己真像一只被关起来的，高贵而孤傲的金丝雀。

竹冉冉坐在床上，仔细环顾了一周，沐遥仍然站在半收半放的落地窗帘旁，微薄的天光映照在他脸上，让他看起来十分清秀，甚至有点可爱。

"你在干什么？"竹冉冉问。

沐遥试探性地看了看她，但是没有回话。

竹冉冉总觉得他似乎有哪里不太一样，可又说不上来。她盘腿坐在床上，还在为他昨天的回答而疑惑，问："沐遥，你给我说说看，我到底有什么利用价值啊？"

沐遥仍旧一丝不苟地站着，既不说话，也不见有所动作。

好吧，看来这家伙是不打算告诉她了。竹冉冉叹了口气，趿拉着鞋走过去，拍了拍他没什么表情的脸，说："那你总得告诉我，我什么时候可以离开吧。"

"小叶子二十岁生日的时候。"沐遥似乎是想了想。

"真是的。"竹冉冉无奈了，"又是小叶子，我说你知道小叶子是谁吗？"

"知道啊。青木大学播音系大一学生，林川人士，现住青木小南街前街'花散里'书屋。"

"你别是侵入学校的系统，直接查的资料吧。"

"不可以吗？"

可以啊，怎么不可以？竹冉冉转念一想，可这关她什么事啊？

她问沐遥："那你把我留在这里又有什么意义？我既不是你的小叶子，也不能帮你引来小叶子，无论怎么说都是个无关紧要的路人……"

她的话没能说完就被沐遥打断了，沐遥说："没什么意义，不过是因为我捡到了你，仅此而已。"

"捡到我个屁！别说什么我会失去意识跟你没关系，我可是都想起来了的。"

"那让我想想……"沐遥停顿了一下，似乎在斟酌该怎么回答，竹冉冉才不会炸，"因为你要是留在这里，我会很安心。"

"安心个屁，我又不是定心神针！"竹冉冉还是炸了，呼出一口气继续说，"沐遥，你知道你在做什么吗？你这样是犯法的！"

"嗯，我知道。"沐遥总算动了，蹲坐在窗户下，说，"不过没关系，我不在乎这个，我只要现在这个结果，其他的都无所谓。"

沐遥对竹冉冉说："我暂时不能放你走。阮沉舟那边我会替你撒谎说是去旅游，会拿你的手机定期给他发风景照，没有人会发现你失踪了。最有可能找你的那个人是温榆，但最近她的身体状况不是很稳定，陆沉年不会让她随意出门。至于小叶子，现在还不是时候……"

竹冉冉心里一沉。

沐遥笑着问她："我能说的都交代清楚了，竹子小姐，你现在总该没疑问了吧。"

竹冉冉讽刺地缓缓笑了："怎么可能没有，问题是你不愿意回答啊。"

沐遥眨眨眼睛说："竹子小姐，我什么都不记得了。"

"是是是，你什么都不记得了。"

乖巧的模样近乎刻意，也不知道几分钟前那仿若人格分裂的人到底是谁？竹冉冉叹了口气，随后翻身上床，准备睡觉。

沐遥望着她，阴雨绵绵的天气，屋子里的光线不太好，但他隐约还是能看清楚她的表情，那一脸"你赢了"的表情进了他心底，温润柔和，带着浅浅的无奈和纵容。

他想也没想，径直走过去紧紧拉住竹冉冉，像在无法视物的黑夜里跋涉太久的人，终于寻得一点微光，竭尽全力地想要抓住什么。沐遥说："再等等，请你再等等，竹子小姐。"

行行行，她等就是了。竹冉冉利落地翻了个白眼。

竹冉冉不知道自己在那间屋子里待了到底有多久，她能看见的东西很少。花架上每天变换的满天星花束，不留余力地散发着清淡的芬芳。窗户那一块儿是沐遥的地盘，窗帘只拉三分之一，倒也能窥见日升日落。

为了不让她觉得无聊，沐遥找了很多有趣又好玩的东西给她打发时间，竹冉冉倒也配合，不哭不闹，甚至连逃跑这事都没想过。

不，或许是想过的。她萌生"越狱"这个想法的时候，是在一个狂风大作、电闪雷鸣的夜晚，窗前的木棉树被吹弯了腰，差点折在这场风里。

屋顶上的铁烟囱哐当作响，竹冉冉考虑到安全问题，让沐遥把电闸关了，屋内一片漆黑。

"屋顶上的烟囱在渡劫飞升，不安全，所以要不咱今晚就不住这里了吧，去旅馆睡。"竹冉冉说，"万一这天雷下来把你劈着了怎么办？反正我是没什么问题的，撑死了算作电疗，你的话……怕是得被烧煳。"

沐遥问："为什么我要被烧煳？"

竹冉冉说："你就是一电脑，全身上下没一处不通电，你见过被雷劈的电视机完好无损的吗？"说完，她就打着电筒往门口走。

外边灰黑的天幕上惊现一道蓝色的闪电，轰隆作响，玻璃窗都震了震。沐遥岿然不动，把矮桌上的长颈鹿台灯打开："最近的旅馆距离这里八百米，所经之路有八棵参天大树，雨水导电，而大树距离闪电近，所以我被劈的概率会比现在大很多。"

"那我自己去住旅馆吧。"竹冉冉朝他伸手，示意他将钥匙给她。

沐遥掏出小尾巴插在充电宝上，开启了待机模式："晚安，竹子小姐。"

"晚安，人形电脑。"但愿闪电劈不死你。

竹冉冉坐在床上，丝毫不困。靠墙的小花架上放着一束满天星，淡紫色的花穗不遗余力地盛开着。而它的旁边，同为紫色系的桔梗不甘示弱。

大风不曾停歇，偶尔一个惊雷落下，突兀地响彻在寂静的夜里。

沐遥小声说话的声音，竹冉冉听得一清二楚。她以为听错了，走过去，却发现缩在窗帘下的沐遥嘴唇开开合合的，确实在说些什么。

竹冉冉好奇，裹着干燥温暖的被子在他旁边坐下来，耳朵竖得尖尖的，只听沐遥说："竹子小姐，你再等等。很快了，小叶子二十岁的生日。"

竹冉冉愣了愣，视线下意识转向桌上日历上被圈出来的日子——11月25日，乔叶的生日就在明天。

大雨过后的天空，碧蓝澄澈，犹如广袤的海域。徐徐微风吹过树梢，带来了附近一家蛋糕店的甜腻味，沁人心脾。

刚踏出花店的温榆，扭头看向那家叫"可莎蜜儿"的蛋糕店，今天是11月25日，十一月的最后一个星期四，美国人的感恩节，乔叶的生日。所以她在那里订了一个蛋糕，但她并不打算现在就去取，得先联系上竹冉冉——那位抛弃她去旅游，却定期向阮沉舟汇报情况的竹子小姐。

温榆拿着一沓整整齐齐的A4纸，纸上印着竹冉冉笑得格外开心灿烂的脸。她今天是打算在花店附近贴满竹冉冉的寻人启事的。她提着小半桶糨糊，穿一件浅蓝色的塑料雨衣，然后开始工作。

这是竹冉冉离开的第三天，虽说没失联，可在温榆看来，她已经和失联没两样了。给她发定期的消息和风景照？对不起，这招她之前变小时也玩过。所以温榆现在非常怀疑竹冉冉被绑架了。

同时她又觉得神奇，这种对于普通人而言只有百分之一概率的事情，居然会发生在竹冉冉的身上。所以她在深思熟虑后，决定贴竹冉冉的寻人启事，哪怕这很蠢，同时还有点没素质。

于是花店附近高高矮矮的墙上、树上贴满了有关竹冉冉的寻人启事，一张黑白照片，下面一排大写加粗的字体，完美诠释了温榆内心的焦急与不安。

"人家竹姐姐不就消失了三天嘛，你这就寻人启事了？没消息说不定就是好消息啊。"乔叶从"花散里"走出来，发现花店附近能贴纸张的地方，没一处是空着的，然后目光落在照片下的字上面，乔叶顿了顿，没忍住，念了出来："竹冉冉，女……A？哈哈哈！A是个什么鬼？"

"胸呗。"温榆笑，"难道你不知道吗？优秀的女人，连胸都是A。"

乔叶狂笑不止。

—3—

11月25日，天气晴。竹冉冉意识到自己可以离开的时候，已经是下午一点了。

雨后的天气不错，空气里浮动着淡淡的花香，飞机在蔚蓝的天幕上留下白色的尾烟。

竹冉冉笔直地平躺在木床上，双手交握在腹部，手下压着鸟山石燕的《百鬼夜行》绘卷，表情庄重而圣洁。

今天的小屋子是以米白色为主，四处有绿植和鲜花点缀，格调温暖，是个很容易让人放松的地方。也难怪竹冉冉现在才反应过来，她问："我是被绑架了吗？"

"你没有被绑架，"沐遥说，"你只是被关起来了。"

竹冉冉伸了个懒腰，爬起来，膝盖弯曲着跪坐在床上，佝偻着腰，锁骨突兀得好像随时会刺穿她脆弱的皮肤。她眯着眼睛打量已经从地上起来靠着墙站立的男人，笑着把声音提高了几个度，说道："沐遥，你把我关起来做什么？"

"不是。"沐遥直直地盯着窗外那片淡紫色的满天星，"等等，再等等。"

"那你到底在等什么？"竹冉冉不解。

"我在等——"沐遥愣了一下，接着才缓缓笑开，"说得对，我也不知道我在等什么。"

"可能是自远处而来的绿皮小火车。"竹冉冉翻出一张小手帕，声情并茂地朗诵起来，"这么晚了，去什么地方呢？美丽的火车，孤独的火车？凄苦是你汽笛的声音，令人记起了许多事情。为什么我不该挥舞手巾呢？乘客多少都跟我有亲。去吧，但愿你一路平安，桥都坚固，隧道都光明。"

沐遥笑，却沉默了。他接下来却只是安静地翻开书，又躺下来认真地看起来。

又一个双方默契配合完成的游戏。

墙上的摆钟一圈一圈地走，二十平方米的小房子里躺着两个面容平静祥和的人。竹冉冉猝然坐了起来，看着窗外愣神，然后像是脑子里的弦突然断裂般，从木床上站起来。

地板上躺着的沐遥神色惊讶："竹子小姐，你要去哪里？"

她说："我要越狱了。"

沐遥还没来得及用"打电话叫警察叔叔"这句话来威胁她，就听竹冉冉说："我先准备准备工具，我要撬开那道铁门。"

播放着舒缓音乐的收音机像是卡了带似的，停顿了一下，然后又继续咿咿呀呀地响起来。

竹冉冉踩着地上散落的小东西和书走过去，陶瓷杯也七七八八地倒落在地，已经冷掉的茶水也流了一地，看起来惨不忍睹。响声引起了沐遥的注意，他转头望向竹冉冉。

"你要不要跟我一起走？"竹冉冉问。

沐遥讶异于竹冉冉的突然发神经。

"今天是小叶子的生日，你不去吗？"竹冉冉倚在窗口，探出身去看了看，如同她猜想的一样。

沐遥的眼睛一瞬间被绿色覆盖，他盘腿坐起来，僵硬地摇摇头："不去。我得在这里等着小叶子，这是我最后的任务。"如此直言不讳。

青大研究院离奇失窃的人形电脑，身患癌症的研究生南嘉，宛如同一个模子刻出来的容貌，还有满天星小院，小叶子的二十岁生日——一切的一切，似乎都意有所指。

竹冉冉没想到他会回答，笑了笑："那你有没有需要我帮你传达的话，或者转送的礼物？"她顿了一下，又补充了一句，"除了这个满天星小院，我是指可以带走的礼物。"

"有。"他从口袋里翻出一条红色的丝带来，递给竹冉冉，"帮我将这个交给她。"

那是景区庙宇道观里最常见的许愿带，红底黑字，一览无余——

南方有嘉木，其名曰相思。欲随鸿雁去，归赠意中人。如若与伊逢，愿守岁无忧。

"然后请她来见见我，就在今天。"

秋末冬初的季节，乍寒还暖。竹冉冉推门出来，被冬季阴冷的风冻得一哆嗦，差点退回去。

她站在路边的报刊亭后面躲风，手里捧着罐热咖啡，用来驱赶东风的寒冷。想了想，她还是掏出手机来，翻了一遍电话簿，找到一个号码打过去："喂，在干吗？"

那头有个年轻好听的声音回答说："买礼物呢，等会儿要去参加乔小姐的生日宴会。"

"你猜我现在在哪里？"

"后街？"

竹冉冉在心里暗骂了一声，然后问："你怎么知道的？"

"宋锦柯告诉我的。他前几天去街角咖啡厅喝咖啡的时候看见你了，隔得远，就没叫你。"

竹冉冉气得差点背过气去："隔得远？他怕是要气死我，好继承我的花店。"

"说不定就是这样呢。"青年手中提着礼品袋，推开玻璃门走出来，温和的阳光跳跃在他眼里，像是落进了满天星辰，"再说他也不会伤害你不是吗？想开点，就当是在朋友家住了三天。"

竹冉冉说："等着我回去给温榆告状吧，到时候有你好受的。"

"没事，我会解释一切的，Alice 一定会理解我的。"

"有时候我真怀疑你们是合起来坑我的。"

"那都是错觉……"

竹冉冉把易拉罐扔了，挂断电话，去前街的礼品店挑了件礼物，磨磨蹭蹭十多分钟，天边的太阳开始泛着橙黄色，她觉得差不多该去找乔叶了，今天是乔叶的生日。

竹冉冉到"花散里"的时候温榆不在家，乔叶坐在沙发上打气球，红色的、黄色的、粉色的，几乎快要将她淹没。

竹冉冉推门进来，直接问："温榆呢？"

"在后街贴寻人启事。"乔叶捂着嘴笑，"你要不要去看看？不用跟着去后街，就花店附近。"

竹冉冉眼皮一跳，一阵风似的卷了出去，三秒后——

"温大榆，你回来看我不弄死你！"

提着小水桶的温榆毫无预兆地打了个喷嚏，她揉了揉鼻子，放下东西，推开那道栅栏，径直走了进去。

院门到主屋有一条鹅卵石铺就的小路，两旁是大片大片的满天星，星星点点的小花像碎雪一样在风中摇摆。

南嘉大概是在等人，坐在屋檐下，眼巴巴地瞅着大门的方向。他看见温榆进来时，倒也不觉得惊讶，语气平淡地道："温榆？"不等温榆点头，他又问了句，"小叶子呢，她怎么没来？"

"她今天是寿星。"温榆笑了笑，言下之意就是她现在在家准备，没时间过来。

南嘉又问："小叶子呢？我想见见她，就在今天。"

"你为什么想见她？"

"因为今天是她的生日啊。小叶子以前跟我说过的，最想收到的礼物，是在二十岁生日时收到一座种满满天星的庭院。"南嘉说，"我之前不是跟你说过吗？要送她礼物，你不会是忘了吧？"

"我没忘，"温榆摇了摇头，"只是觉得奇怪。"

"奇怪什么？"

"奇怪你是怎么知道这些我都不完全知道的事情的。"

"我是怎么知道的啊？很简单啊，小叶子亲口告诉我的，在……"他似乎是想了一下，"大概很久以前。"

久到什么时候呢？久到三年前的春日，久到乔叶初来乍到的时候。

那时候的南嘉是医院的逃跑惯犯，他总是有办法躲过医院里各个地方的监控。也许老天爷觉得他太顺利了，所以在小南街的后街安排了一条守卫犬，专门拦他的路，追着他跑。那条守卫犬明明被称为微笑天使，见到南嘉时却像脱了缰的野马，从街的这头追到街的那头，就是不让他离开后街。而乔叶呢，是这场人狗追逐大战唯一的围观者。

忘记了到底是谁开的口，总之后来两人莫名其妙地就熟悉了。熟悉到什么程度呢？大概就是那种他同她讲自己的人形电脑计划，她同他讲她最想收到的礼物。

对，就是她最想收到的礼物——一个满天星小院，在她二十岁生日的时候。

每个少女都会有一些罗曼蒂克而不可理喻的情结，所以他能够理解，可为什么还要有个穿着蓝色围裙的少年啊？南嘉不懂。

"因为看起来很居家啊。"乔叶说。

好吧好吧，蓝色围裙就蓝色围裙，虽然这让他无论听起来还是想象起来，都觉得非常羞耻，但他还是记下来了。

所以为什么他都记住了，乔叶还是忘记他了呢？后来的乔叶跟他抱怨过她记性差，而南嘉想到这一茬，认真点头，是真的很差。但没关系，因为再也不会有无情的医生护士将他带走了，他可以一直陪着她了。

温榆觉得非常不可思议，她看着南嘉优哉游哉地翻出条蓝色围裙穿上，粗略一看，倒还真有那么几分居家。

紧接着，南嘉又从角落的杂物堆里翻出一个洒水壶，灌满水后，对她说道："我已经准备就绪了。现在你可以帮我给小叶子打个电话吗？不会占用很多时间的，就一会儿，真的。"

他高挑的身形站在那里，日光与屋檐在他墨黑的发色上投下明暗的光影，他的表情莫名深沉难辨。

温榆抿着唇走向他："然后呢？你将这座小院送给小叶子后，你打算怎么办？"她停顿了一秒，又补充了句，"你要跟她表白吗？"

表白？南嘉摇摇头："不会。"他歪着脑袋，直直地看着温榆，"我的意思是现在不会，当然表白的人也不会是我。"

"不会是你？"温榆诧异。

"对，那个人你也见过。"南嘉说，"所以，你现在能打电话了吗？"他将话题又绕了回去。

到底不是电视里那些心机女，温榆摸出手机，当着南嘉的面拨通了乔叶的电话："乔叶，你过来一下。后街满天星小院的故事，你需要了解一下。

"对，就是现在，立刻、马上过来，有个人想在今天见见你。"

尾声
余生请多指教

MY

GIRLFRIEND'S

GETTING

SMALLER

—1—

乔叶站在满天星小院外，犹豫了很久很久，久到天边那朵大鱼状的云朵变幻成大猫，她也没能鼓起勇气推开那道白色的栅栏门。

墙边的青藤爬得老高，顺着灰白斑驳的墙自由地伸展。穿着蓝色围裙的沐遥站在院子里，递给了乔叶一朵漂亮的爬藤蔷薇。他说："生日快乐，小叶子。"

蔷薇在他指间转了个圈儿，插入她的发间，一瞬间，蔷薇的香气盈满她的鼻间。

沐遥说："小叶子，我还有件礼物想送给你，但你得答应我一件事。"

"什么事？"乔叶问。

"有个恋爱想和你谈一下，你愿意吗？"

乔叶想了想，说："你得告诉我礼物是什么，我才告诉你愿不愿意。"

沐遥说："可是我这么好看的人，你为什么不和我谈恋爱呢？为什么还要看礼物决定呢？"

乔叶愣了一下，接着才缓缓地笑了："说得对，为什么不和你谈恋爱呢？"

她像只敏捷的兔子，跳起来折下头顶枝丫上的爬藤蔷薇，硕大的花朵颤了颤，飘下一两片花瓣。

"礼物啊，就是我身后这座满天星小院。"沐遥微凉的手指爬上她温热的眼角，"现在，你愿意了吗？"

乔叶猛然一震，揪着衣服的手指微微颤抖，真是莫名其妙。

许久不见她有所回应，沐遥也不急，只是清清浅浅地笑了一声，带着厚重的电子音："没事，不愿意也没事。"

绿色的小光点成群结队地从他眼中掠过。乔叶下意识地捂住嘴，有些声音忍不住从喉咙里冲出来，比如哭声。

站在她面前的男人歪着脑袋，茫然地望着无声哭泣的乔叶，到底还是捏着袖子给她擦了擦眼泪："你哭了，小叶子。"

"我才没有哭呢，这是雨！"她跺着脚辩解。

所幸老天爷无比配合，秋雨总是这样毫无预兆地将青木搅得湿湿答答。沐遥牵着她的手，将她领到了屋檐下。

四周静悄悄的，只剩下雨水滴落的声音。乔叶坐在小板凳上，扯着沐遥送她的爬藤蔷薇。

她想她必须在这片越来越暗沉的寂静中制造出一点能打破它的东西，不然那些正在她身体里肆无忌惮蔓延着的酸意，很快就能将她淹没——所以光也好，声也好，哪怕只是一个无聊至极的扯花瓣游戏都可以，她都可以接受。

所以有些时候，人要的东西真的就只是那么一点点。

可蔷薇花瓣总会扯完的不是吗？最后一片花瓣落地时，乔叶拿着光秃秃的花梗顿了顿，又圆又亮的杏眼直直地盯着院子里的沐遥。

雨幕中他的身影隔着一片氤氲，缥缈得有些不真实。他朝乔叶笑了笑，眼中仿佛盛着被风雪轻轻吹亮的冬日清晨。风吹不进他的眼睛，萤绿色的瞳孔像是盛满了整个夏夜的萤火，他的眼角眉梢浮起清浅笑意，像是无声的安抚。

乔叶感觉到自己的心脏因为这个笑容紧了一下，随即软了下去，变得一片潮湿："你的眼睛真好看，像萤火虫的光。"

"乔叶，"沐遥笑了一下，从什么时候他开始不再喊她"小叶子"的呢？管他呢，这种细枝末节在此刻显得一点都不重要，他朝她走近，声音又轻又疲惫，"我得走了。"

"我知道。"乔叶扔掉了花梗，问他，"还会回来吗？"

"不。"沐遥坐在她旁边的地上，伸手抱住了乔叶最近并不怎么纤细的腰，然后将头埋在了她瘦削的膝盖骨上，"我的意思是，我不会走了就不回来了。"

"这样啊。"乔叶凝视着他躲在睫毛下的那一点萤光。

"对。"沐遥轻轻地蹭了蹭她,像一只倦意满满、正在蹭主人裤腿的小猫,"只要你能找到我。"

"为什么?"乔叶的指尖在半空中颤了颤,圆溜溜的杏眼灼灼地望着面前看不到任何表情的沐遥,"沐遥你——"

"没有为什么。"男人蓦然将头抬了起来,在她嘴角落下轻若羽毛的浅浅一吻,"如果非要问我为什么,大概是因为我喜欢你。"

"所以我现在要再问你一个问题。"沐遥直直地看着她,"你会去找我吗?等找到我了,你还愿意和我谈恋爱吗?可是乔叶,下次见面的时候,我就不是沐遥了,那个时候的我叫南嘉。"他的手终于落在了乔叶的脸上,"这样的话,你还愿意吗?"

乔叶抓着他逐渐透明的手,笑了一下,却是什么也没说。

沐遥倒也不介意,神情淡然地看着乔叶,眼里的光一点点地变淡,说道:"小叶子,再见。"

"嗯,再见,沐遥。"

她话音落下的那一瞬间,天地无声,能够传到耳朵里的只有电子的声音。后来有极其细微的"啪"的一声,不知道什么东西落在了地上,一瞬间飞散的萤光,像极了夏夜里的萤火虫。

乔叶托着腮,眼泪忽地就落了下来。

11月25日,是她的生日。二十岁这天,她收到一座满天星小院,那是她年少时最荒谬的愿望。明明是件开心的事,她却哭得像失去了整个世界。

真奇怪啊,她抹着眼泪想。

25日的傍晚,阮沉舟坐在街角咖啡厅里,和归来的竹子小姐见了面。

他没有厌到看到竹子小姐真容时就落荒而逃,也没有惊讶地抱头原地转圈圈,他只是坐在柔软的椅子上望着竹子小姐,完完整整地念了三十六封情书。念完之后,他整个人像是花光了所有的力气般瘫倒在椅子里。

第二天一早起来，他似乎就忘记了昨天的事，问竹冉冉："要一起去见网友吗？我们刚好顺道来着。"

竹冉冉摇头，拒绝了他。

阮沉舟自动把和竹子小姐见面的记忆消除了。这样的对话，在此后很长很长的时间里，每一天都会出现在他和竹冉冉之间。

"要一起去见网友吗？我们刚好顺道来着。"

"我拒绝。"

"好，那你去忙吧。"

"好，晚上见。"

这样的对话一直持续到青木初冬的第一场雪落下来，细碎的雪花簌簌而下，天地间一片白茫茫的。阮沉舟挥舞着大扫帚在门口扫雪，隔着片片雪花看见对面花店门口的竹冉冉，她缩在大衣里，白色的围巾跟着风飘啊飘的，颇有远方归人的感觉。

他觉得有趣，于是扬起了声音，开始千篇一律的对话："要一起去见网友吗？我们刚好顺道来着。"

"不去不去，我要回家睡觉。"

"哟，这么无情啊，亏我这么喜欢你，给你写了三年的情书。"

"好好好，你也快回去。"竹冉冉蓦然将头抬了起来，圆溜溜的杏眼灼灼地望着对面笑得像个小孩子一样的阮沉舟，"你刚刚……说什么？"

阮沉舟笑起来，扔了大扫帚，双手拢在唇边，学着电影《情书》里的渡边博子，朝竹冉冉大声地喊："竹子小姐，我喜欢你，你知不知道？"

白色的围巾再度飞扬起来，在空中划出好看的弧度。竹冉冉像颗离了膛的小炮弹一样，冲进了阮沉舟的怀里，贴着他的耳朵同样大声喊："对不起，我不知道！"

—2—

冬去春来。春节过完之后，乔叶的生活又回到了最初的状态。

"乔二叶。"温榆用胳膊肘推了推正在刷论坛的乔叶，"看你最近挺无聊的，给你介绍个工作怎么样？"

"工作？"乔叶直觉有诈，一脸警惕地看着温榆，"无事不登三宝殿，你突然给我介绍工作，是有什么阴谋？"

"第四人民医院的义工。"温榆说。

乔叶受到了惊吓："这也太坑了点吧，我去了不得小命不保啊。"

"没事，大不了我清明节多买点纸钱给你烧。"

"哈？你是认真的吗？"

当然是认真的了。温榆这人办事向来利索，不过三日，乔叶就进了第四人民医院，温榆的行动力可见一斑。

乔叶裹得像只臃肿的小白熊，站在充满了消毒水味道的走廊上，眨了眨眼睛，煞是可爱。护士走过去，递给她一个蓝底白字的胸牌："你在这里的编号是233号，记住了吗？你该庆幸你不是250号。"护士颇为幽默地朝她眨了眨眼，转身领着她往那栋漆成浅绿色的大楼走去，"我现在带你去病房，你放心，绝对没有外面传说中的那么可怕。"

乔叶没说话，她的目光落在窗外那群穿着浅绿色病号服的病人身上，不自觉地搜索着南嘉的身影。

今天她被温榆踹出门的时候，陆沉年跟她说了件事，南嘉在第四人民医院接受治疗，如果她愿意的话，可以去找找他。

她当时非常认真地想了想，似乎是愿意的——但可惜的是，南嘉现在已经不认识她了，自从那个秋夜之后。

"其实一般是不会将义工安排在重症患者所在的八楼的。"护士有点费力地推开那扇看起来有些陈旧的铁门，"但你也知道，像我们这种医院，医资力量向来紧缺，有时候我们两三个护士甚至要负责一个楼层。不过你也不用害怕八楼的病患们，我们时刻有人在巡逻。但是，802病房的患者你千万别接近，记住了吗？他是我们这边最棘手的患者，有多次翻墙逃跑的前科。"

翻墙逃跑？乔叶心里有些好奇，点头说道："好的，我记住了。"

乔叶嘴上是答应了，可经过802病房时，还是忍不住推开了那扇虚掩的门。

单调得只剩下一片雪白的病房里，窗帘只拉开了三分之一，透过窗户折射进来的光线很少。乔叶不喜欢这样的房间，即便头顶的日光灯已经将房间照得宛若白昼。所以她一眼就看见了窗帘下的人影。

是南嘉。他抱着膝盖坐在窗帘后，听见脚步声时，微不可察地颤动了一下。

乔叶走过去掀开窗帘，对上他无措的眼，轻声地问："南嘉，你还记得我吗？"

"我不是南嘉，"他小幅度摇了摇头，"我现在是雪童子。"

"那雪童子，你还记得小叶子吗？"乔叶不死心，"喜欢满天星的小叶子。"

"我应该记得吗？"

乔叶看着表情纯真的南嘉愣了一下，她非常确定，南嘉在说这句话时，眼底闪过了一抹戏谑，所以这家伙是故意的？

她"唰"地一下将窗帘全部拉开，浅金色的阳光霎时如潮水般涌了进来，吓得"雪童子"像只受惊的土拨鼠般，钻进了病床上柔软干净的被子里。

乔叶双手叉腰，发出了女王三段式的邪恶笑声。笑声引来了巡逻的医生、护士，急促的脚步声像是要将这层楼给踩塌。

南嘉是在他的主治医师抵达病房的时候，从床上爬起来猛然扑向乔叶的，像极了攻击性极强的小豹子，将乔叶狠狠地扑倒在地上。

"砰"的一声，与地板亲密接触的人却是南嘉。

"我的天哪，你怎么惹上这家伙了？"医生崩溃地看着被南嘉禁锢在怀里的乔叶，盯着她工作服上鲜红的"233"，埋怨着，"难道没人跟你说过不能接近802吗？"

"南嘉，你没事吧？摔着哪儿了吗？"乔叶现在可没有时间去回答他的问题，她径直掀开了南嘉的衣服，想要确定他有没有受伤，"有没有哪里痛啊？痛的话就说出来，好吗？"

南嘉的主治医师受到了惊吓："你、你……"

"说出来的话，你会亲亲抱抱举高高吗？"自从医生进来后就没出过声的南嘉，这时候突然开口了。

"她会的。"南嘉的主治医师赶紧接话，他的职业理念要求他尽可能顺着患者的要求，以尽快安抚好患者的情绪，于是又立刻转头吩咐乔叶，"233，算我求你，答应他，好吗？"

"小叶子，"南嘉笑了笑，温顺无害的样子，"你要拒绝我吗？"

"我倒是想拒绝，不过现在的情况似乎不容我拒绝。"乔叶看着他，非常温暖地笑了一下，"毕竟我先来惹的你。"然后笑着握住了他的手。

南嘉被她的反应取悦了，伸手抱住乔叶，像见到了尤加利树的无尾熊。漫过喉咙的话语却在出口的瞬间被一根尖细的针头打回了肚子里，他闭着眼睛倒在了乔叶的怀里。

"谢谢你，233。"南嘉的主治医师取下手套，对着乔叶点了点头，"但我还是希望你能离802远点，毕竟他非常危险。"

乔叶用力地眨了眨眼睛，但眼泪还是落了下来。

她的手心里放着一颗小小的红豆，那是南嘉失去意识前塞给她的。

欲随鸿雁去，归赠意中人。

嗯，她收到了。

—3—

乔叶再见到南嘉是在三天后，住院大楼的天台上，他笔直地站在防护栏前，颀长而挺拔的身形，像迎风而立的乔木。

他可真会臆想，这是乔叶跑到天台后的第一个反应。

紧贴着防护网站立的南嘉张开手臂，很有节奏地挥舞着，像一只振翅高飞的鸟儿。

　　春日的阳光穿透云层照耀下来，洒在他右手攥着的红豆手链上，泛起的光泽刺得乔叶的眼睛微微泛酸。

　　乔叶仰头问："南嘉，你在干什么呀？"

　　"你难道没听说过吗？鸿雁寄相思。"南嘉开始绕着那一圈防护栏匀速小跑，一副认真飞翔的模样，即使是乔叶也不忍心打断。

　　"那你寄到了吗？"

　　"你以为是坐飞机吗，一两个小时就到了？世界上怎么会有你这样笨的人，真是奇怪，我怎么会喜欢上你这样的人？"

　　"我听见了，你刚刚说喜欢我。"

　　"那一定是错觉。"

　　翱翔于天台的"鸿雁"终于停下，倚着防护网喘气。乔叶走过去握住他的手，轻声问他："到了吗？"

　　南嘉嘴角掀起一点弧度，浓墨似的眸子里闪过狡黠："你猜猜看啊，你猜我有没有到？"

　　手链上还残留着南嘉的体温，有些暖，还有些凉。乔叶顿了顿，思考了一下："那你得先回答我一个问题。你告诉我，为什么要变成鸿雁自己送过来？"

　　"该怎么说呢？"南嘉的模样有几分孩子气，"我还是一棵树的时候，想等路过的鸿雁衔走树枝上的红色小豆子，带给北方漂亮的小姑娘。可是鸿雁太冷漠了，它们忽视了我的请求。"南嘉的眼睛染上光彩，声音也透着清亮，"所以我决定自己化作鸿雁，将小豆子送给我的小姑娘。"

　　数颗红色的心形小豆子被串成串，安静地躺在南嘉的掌心里，像是在向乔叶诉说着什么。

　　小小的希望在心里腾起，乔叶怯怯地开口："那你的小姑娘，她叫什么名字呀？"

"名字吗？"南嘉盯着乔叶微微苍白的脸，有些不知所措。

"对，她的名字。"乔叶笑起来，露出雪白的牙齿，"难不成你不知道她的名字？"

"胡说，我怎么可能不知道她的名字！"他用湿漉漉的眼神怨恕地看着她，"你听好了，我的小姑娘她叫小叶子！"

"小叶子？"乔叶突然愣了一下，接着才缓缓地笑开，"这个名字真可爱，那她也一定非常可爱。"

"对，她非常可爱。"南嘉点头，轻轻晃了晃手里的红豆手链，"可她一点都不聪明，反而非常蠢。"

"为什么这么说她？"

"因为啊——她的记忆非常差，明明已经见过好几次，却总是记不住我。"他的目光依旧停滞在乔叶的脸上，良久不肯移开。

乔叶怔怔的，瞳孔里淡淡地映出眼前人的影子，修长，挺拔。她再细看，见他嘴角有弧度，万分熟悉的笑意，穿越风雪，终抵达她温热的眼眶。

"你说她傻不傻？"

视线尽头，远方山脉的薄雪已经尽数融化，四季不曾变换过的藏青色，沉寂地暴露在潮湿阴冷的空气中。这一年的春天来得格外缓慢。

"嗯，很傻，非常傻。"

三年前，她初到青木时，曾不止一次遇见从医院跑出来的南嘉。每天放学后经过后街，她总能看见穿着浅绿色病号服的南嘉在被狗追。

乔叶眼睁睁地看着男孩子像团燃烧的绿色火焰从眼前呼啸而过，又被白色的大毛团从街的那头撵回来，乐此不疲。

那时候，十七岁的乔叶好奇地蹲在马路边托着腮，像是永远看不厌似的，看着一人一狗，一来一往。

然后，救护车会呼啸着从远处驶来，背影清瘦的男孩子被人钳制住手脚，消失在视野的尽头，救护车的白色尾烟在空气里飘散。

乔叶后知后觉地意识到，原来男孩子的精神有问题啊。

看他惊慌失措逃跑的时候不觉得，听他侃侃而谈未来计划的时候不觉得，看他用小本子记下她荒唐愿望的时候不觉得，直到尖细的针头钻进他手臂上的静脉，她才觉得男孩子一直努力在她面前保持正常，那样努力地保持着。

于是后来再见面，已是陌路。不是所谓的谁也不记得谁，而是单方面遗忘。

"重新自我介绍一下，我叫南嘉，南方有嘉木的南嘉。我有一个挺喜欢的女孩子，她叫乔叶。可她记忆不太好，所以为了接近她，我曾安排一台人形电脑与她接触。问我为什么不亲自去？那是因为我不能离开医院太久啊。乔叶，你可能不知道，我对你一见钟情。不过这些都不重要，我现在只想知道，这样的我，你还愿意要吗？"

"不是很想要呢。"乔叶故意拒绝他。

南嘉并不在意她的回答，伸手将她搂进了怀里，下巴抵着她的发旋儿，霸道地宣言："不要也得要，反正我就是你的了。"

乔叶听见自己胸腔里的心跳漏掉一拍，问他："你那时候为什么会被狗追啊？"

"因为命运之神的安排啊。他觉得我们应该在一起，所以总是在我逃到后街时，派条狗来追我，让我借此在你面前怒刷存在感。"

乔叶笑着捶了他的胸口一下："又贫……"顿了顿，她却忽然很认真地说了句，"南嘉，谢谢你。"

"不接受你的感谢。"南嘉撇撇嘴，"除非你告诉我你的答案，不然我就不接受。"

风吹得她头发有点乱。乔叶退开几步，仰头望着他，眼神安静又澄澈，然后慢慢垂下头，轻轻地说："我的答案啊——

"128 e980，挡住每个数字、字母以及符号的上半部分就是我的答案。"

那是 I love you，我爱你。

"是吗？"南嘉还没来得及理清心跳的频率，下一秒却被堵住了唇。

个子刚到他胸口的小姑娘，抓着他的衣服，踮着脚吻他，温柔缱绻。直到她的气息一点一点将他包裹缠绕，南嘉心底那些动荡的情绪才终于尘埃落定。没什么不好承认的，他爱她，无论是过去还是未来。

乔叶环抱住他，声音轻柔得像月光下轻拍海岸的海水："南嘉，你要不要试试，把我变成我们？"

当然愿意啊，可是——

"我的小叶子，你不觉得我们的角色好像反了吗？"南嘉低下头，手终于落在了乔叶的脸上，他轻轻地笑了一下，"而且你把我的话都说完了，那我该说什么呢？"

乔叶偷偷地笑，眼睛笑成了两轮弯月："说你爱我啊。"

—4—

近期青大论坛热帖：《八一八我们学校那些事儿》。

1楼：没错，我又来开贴了，话题依然是我们青大的神奇机器人。没错，就是它！那个跑了又回来、回来了又跑的人形电脑，今天它终于再度回归青大的怀抱了！

2楼：辛苦楼上跟踪直播了。恕我直言，这人形电脑真不是一般皮，进了水还能乱跑，也是没谁了。另外，有没有人跟我一样日常怀疑实验室安保系统是否存在的？

3楼：我我我！楼上的你是不知道，这东西啊，随主，我听说这人形电脑的主要研究人员南嘉，对，就那位进第四医院的哥们儿，也是个逃跑惯犯！

4楼：老奶奶都不扶，我就服南嘉……大家注意一下，南嘉最近又出院了，瑟瑟发抖。

……

55楼：那个……看到大家都在讨论这人形电脑和他的制作人员，我想补充一件事，当初也是轰动我们论坛的……知道乔叶的姐姐不？

56楼：那个跟着乔叶一起滚下楼梯的小姐姐？听说她在医院躺了好久，现在也没醒过来呢。

57楼：小姐姐不会摔出了睡美人综合征吧？

58楼：楼上的，劳烦你醒醒。

……

温榆醒过来那天，青木下了一场绵绵春雨。病房外的早樱在雨雾里随风摇曳，褐色的枝丫上冒出了粉色的小花苞。

竹冉冉和阮沉舟坐在病床前聊天，像是在说给谁听。

"青木大学研究的机器人失窃了，乔叶这棵白菜被研究人员给拱了，下一个会不会是市医院的睡美人醒过来了啊？"

"王子都没来呢，醒什么？"

"怎么说话呢？这可是你大表妹，想清楚了再说话好吗？"

"实话实说嘛，不然你看乔叶的腿都好了，温大榆怎么还没醒？不是在等王子的亲吻，难不成还是在等春暖花开啊？"

"我真想劝你善良……"

病床上柔软干净的被褥下，有一只瘦削苍白的手微不可察地动了一下。竹冉冉和阮沉舟却全然不知，忘我地聊着天，被寻房的护士黑着脸批评了。

阮沉舟的猜测到底没能成真，湿冷见不到阳光的天气，没有得到王子亲吻的温榆醒了过来。因为太久没开口说话，她的语气和语速都显得特别僵硬和迟缓，但好在吐字还算清楚。

她问阮沉舟："陆沉年呢？"

阮沉舟宁愿她吐字不清楚。他看着坐在病床上，距离他两步远的温榆面容失色，这睡了三个月的人忽然醒过来，开口第一句话问的却是一个你从未听过、看过的人在哪里，任谁估计都得被吓一跳。

阮沉舟短暂的迟疑后，坐在了病床边的椅子上，一脸肃穆："你还记得自己是谁吗？"

"记得，我是温榆。"

"那陆沉年呢？"

"我男朋友。"

世界突然安静了，阮沉舟感觉好像有哪里不太对啊。

半晌，阮沉舟终于从震惊不已的状态中回神，抖着手按下了床头的呼叫铃："医生大大，我怀疑我大表妹摔坏了脑子，请务必给她瞧瞧！"

温榆后来又住了很长一段时间的医院，甚至差点被送去了隔壁的第四人民医院。

至于病因……

三个月前，在下楼过程中，她摔下楼梯，昏迷三个月有余，醒来的第一天，因为说了太多莫须有的事件，被医生判定患了臆想症。

明明竹冉冉和阮沉舟都在一起了，乔叶也和南嘉在一起了，这些都是存在的事情，她昏迷的这段时间做的梦都发生在现实世界中，为什么却说她的陆沉年不存在呢？

负责她的心理医生笑了笑，道："人类呢，是种很奇妙的生物，在梦里遇到的人、经历过的事，会因为太过真实而带入现实，所以很多时候，当我们醒来的时候，会下意识认定这是真实存在的，但其实他只是你的梦中人、梦中事、梦中景罢了。所以啊，你的陆沉年是不属于现实的人。"

可真的是这样吗？

温榆抱着一束白色钟形花仿若定格般站在自己花店的门口，距离自己一米远的地方立着的人是当初送乔叶去医院并照顾她的语文学教授。

那人被灯光模糊的容颜过分熟悉，温榆却一时想不起来以前在哪里见过，蓦然出神，忘记将花递过去。

对方却温柔地笑着，伸出了手："你好，我是青大的语文学教授，陆沉年。"说到这里，教授顿了一下，挑着眉毛朝温榆看过来，有几分狡黠。

"你知道吗？你很像一个人。"

陆沉年愣了一下才问："谁？"

"我的男朋友。"

番外篇
因为有你，我什么都不怕

MY

GIRLFRIEND'S

GETTING

SMALLER

—1—

第二年春季结束的时候，南嘉出了院，暂时。

青大研究院的第一批人形电脑即将投入试用，他得回去帮忙。

虽说神经不太正常，可到底顶着个天才的名号，饶是研究院的人再怎么抵触，到了这种关键时刻，还是悄悄地把人请了回来。

为了防止再次发生第一台人形电脑那样的惨案，导师和几位研究生特地组成了巡逻小组，轮流看着南嘉，美其名曰：保护他。

"你不用在意我们，我们就是个打酱油的。"有研究生轻声地对还在测试电路板的南嘉说。

"好。"南嘉没有抬头看他们。

从他上次暗暗将人形电脑改造成自己的模样，以假乱真走出实验室后，这群人连他焊个电路板都要寸步不离地盯着。

是的，没错，第一台人形电脑最初成型的时候，并非用的南嘉的脸，而是一块显示屏。南嘉嫌这人身电脑头的人形电脑看着瘆人，设计图一画，开始了他的改造计划。

当然，一开始他并没有想过将人形电脑的脸做成自己的脸的样子，更没有想过将它送到乔叶身边。所以这一切的一切，还是得归咎于陆沉年的那个篮球。

他看见乔叶滚下楼梯，听见陆沉年急急忙忙地拨打急救电话，然后回到研究院的时候，更改了设计图、程序。在后来有人帮乔叶联系家政公司时，顺水推舟地将人形电脑沐遥送了过去，一切都完美无缺。

说起来，这沐遥……南嘉歪了歪脑袋，目光落在手里的电路板上，脑海里忽然就有了计划。

研究室回收沐遥后，因为无法更改程序，顺手就给拆成了零件，这会儿零件还在实验室的角落里堆着，来不及处理。

回实验室那天他特地检查过，还能用，所以……

春末的阳光映在玻璃上，有些晃眼。乔叶坐在教室后排靠窗的位置上，漫不经心地转着手上的一支笔，视线落在楼下粉色覆盖的小道上。只见身形颀长的男人斜斜地倚在树上，微仰着头，似笑非笑地看着她，在阳光下微微折射出彩光的眼睛，像琉璃一样，好看极了。

他今天没穿实验服，穿的是一件白衬衫和黑色的休闲裤，阳光在他身后勾勒出一个模糊的剪影。

乔叶看着他，仿佛很近，伸出手，却又是一个远远够不到的距离。

"乔叶同学，请你站起来读一遍老师正在讲解的这段文言文。"面容严肃的女老师不满她一直走神，终于朝她发难了。

乔叶笑："老师，我上课走神，不认真听讲，现在自愿去操场罚跑五圈，求您放过。"

女老师被她的语气逗乐了，大手一挥："看在你积极认错的分上，去吧。跑完再进来上课，下次再走神就加十圈。"

乔叶点头。

俊朗挺拔的男人站在树下粲然一笑，回头瞧着树后的人，歪了歪脑袋："她主动请缨罚跑了。"

乔叶从教学楼出来，刚到操场上，就听到了南嘉张扬的笑声："哈哈哈，让你走神看我。"

两个长相一模一样的男人盘腿坐在树下，动作、笑声、表情，非常默契地保持了一致。

乔叶微不可察地笑了笑，这家伙死猪不怕开水烫，背着实验室那群人偷偷把沐遥给组装了起来，也是挺皮的。

南嘉花半个月时间瞒天过海地将沐遥重组，又悄声无息地将他从实验室里运送出去，送到了乔叶的面前，他觉得很好玩。

他和沐遥并排坐在海棠树下，故意保持动作、表情一致，偶尔一起抬头异口同声地问乔叶："小叶子，你猜猜谁是南嘉呀？"也是有够无聊的。

乔叶却还是配合地过去，跟市场挑大白菜似的，随手指了个人："就你了。"

被点名的人抬头看了她一眼，棕色的眸子在阳光的照耀下变成了好看的琥珀色，薄唇却微微扬起来，声音愉悦："我是沐遥。"说着他指了指旁边委屈得缩成球的家伙，"他才是南嘉。"

乔叶却不管不顾地握住他的手，牵着人往跑道上走，说："没事，要的就是你，你旁边那个傻不拉叽的，看着就糟心。"

南嘉有些气，他哪里傻不拉叽的看着就糟心了？明明是玉树临风、人见人爱花见花开。于是他将嘴嘟得都能挂个小油壶，非常不满地扳过乔叶的身子。

"哼！"此时的南嘉像极了得不到糖果的孩子。

乔叶低笑了两声没说话，后来踮起脚捧着他的脸，亲了亲他的嘴角，安抚道："没事，再糟心、再傻不拉叽我也喜欢。"

不然那会儿，看他被狗追的时候，她就不会停下脚步了。

—2—

很少人知道陆沉年和温榆做过同一个梦，他们之间像是有一条看不见的红线将他们俩紧紧捆在一起，缠绕的时间长达一百天。

那时候恰逢青大新学期开学，播音系的新生乔叶被陆沉年的篮球砸下了楼梯，面对突发事故时，陆沉年的脸庞上有出乎意料的慌乱，不像以往的沉着冷静，连他自己也说不出为什么会这样。

离他不远的地上，躺着和乔叶一起滚下楼梯的她的姐姐温榆，他在学校的光荣榜上见过，品学兼优的青大毕业生，是诸多后辈的学习榜样。

陆沉年没想到会是这样的遇见——鲜血在地上开出了花，绚烂而刺眼，陆沉年的心脏猛地被撞击了一下。但这无关爱情。

他呆愣了几秒后，就翻出手机拨通了医院的电话，这不是该发愣的时候。

似乎就是从那天开始，他开始梦见温榆。

那个喜欢穿白裙子的姑娘，以一种别样、强烈的姿态闯入了他的梦境，甚至是他的生活。

临睡前，他会下意识看向枕边；吃饭时，会下意识将食物切成小块儿；空闲时，会下意识看向左边的衬衫口袋……就好像十厘米的温榆真的存在一样。

那段时间，他一直在思考一个问题，温榆于他而言，究竟是个怎样的存在。

只是因为在人群里多看了一眼吗？他思考了很多天，始终没能想出个所以然来，最后干脆打着关心学生的名号去医院照顾乔叶。

所有人都以为他对乔叶别有用心，但只有他知道，他是找借口去看温榆的。

那个躺在监护室里始终昏迷不醒的姑娘，是否跟他做着同一个梦呢？在一次又一次隔着玻璃探望的日子里，他总会下意识这样想。

偶尔能进病房的时候，他会带上一束西府海棠，乔叶说这是她姐姐最喜欢的花。

粉色的花朵竞相开在花枝上，如梦似幻。身高仅有十厘米的小姑娘，就坐在这枝海棠上和他告别……

春雨绵绵的早春时节，陆沉年如往常一般梦到了温榆，只不过这一次，她在梦境的最后变回了正常的大小。她站在海棠树下，缓缓张开手臂，柔声唤着他的名字，她说："陆沉年，看在我终于不缠着你的分上，你要不要抱抱我？"

"你要不要抱抱我"简简单单的几个字，犹如女巫的魔咒般刺进了他的脑子里。这一刻他停止了思考，停止了呼吸，满脑子都是这几个字。他甚至都没经过思考，便做出了决定，毫不犹豫地抱住她，像是要将她揉进身体里一般，抱得紧紧的。

然后，他听到自己的声音："再见，温榆。"

梦醒，是难得的晴天。微信朋友圈里，他看见乔叶发来的祝贺消息："恭喜睡美人温姐姐苏醒，撒花花！"

原来啊，她是回这里来了。

"花散里"外的报春鸟停止了它的个人演唱会，陆沉年收起手机，将倾斜了两个度的领带扯正，又将手臂上的袖箍整理了一下，确保自己没有任何不妥的地方后，才挺直背脊走向小店。

温榆手里抱着束钟形花，呆呆的，似乎是不太敢相信。

陆沉年看着她，努力扬起一抹让自己看起来不那么奇怪的笑，温柔道："你好，我是陆沉年，想买你手中的花。"

温榆看着他不知所措，也不知是怎么了，脱口而出说道："你知道吗，你很像一个人？"

"谁？"

"我的男朋友。"

陆沉年嘴角微微上扬，笑得像只偷了腥的猫，眉眼里全是得意。

五十五天后，陆沉年在温榆的书桌上看见一本日记，日记里记录下了她在昏迷时所做的梦，竟然和他所做的梦一模一样。

原来浮生梦一场，并非一场空，缘分这东西，比梦境还要奇妙。

陆沉年放下日记，提起自己的梦，站在凳子上擦玻璃的姑娘惊掉了手里的抹布。当晚两人在储物柜前翻箱倒柜，温榆说："我有种预感，我们以前是认识的。"

陆沉年问："像网上那种吗，童年时代的合影照？"

温榆说："是的。我发誓，我不是心血来潮，是真的有这种预感。"紧接着又是一顿翻找，温榆说，"你得相信我，我小时候可是来过青木的。"

陆沉年好笑地揉揉她的头发，说："行，那我相信你。不过你也得相信我，我小时候是高岭之花般的存在，不轻易和谁拍照的。"

温榆拿了一本相册递过去："去你的高岭之花，我还天边的浮云呢，看谁更可望而不可即。"

行吧，你说什么都对。陆沉年举白旗投降。

后来呢，还真被温榆翻出了两人童年时代的照片，举着糖葫芦的小姑娘和戴着毛绒兔耳帽的小男孩，滑稽又可爱。

所以说啊，你得相信我。

—3—

温小姐：

入冬后的气候很寒冷，我半夜总是会被冻醒过来。

因为我不喜欢关着窗户睡觉，所以我都是拉上纱窗，玻璃窗全推到一侧，在风声中睡觉。

冬夜里的冷空气格外厉害，它们从纱窗的缝隙里争先恐后地钻进来，试图将我的房间变成它们的游乐园。

窗下的风铃被它们撞得叮当乱响，书桌上躺着临睡前忘记合上的书，书页被卷得哗啦作响，从第一页吹翻到最后一页，再从最后一页到第一页，如此反复，乐此不疲。

它们真的很调皮，席卷过了每一处能让它们制造出噪声的地方。

最后我实在忍不住了，便裹着被子从床上坐了起来，开灯，写信。

没错，就是我现在给你写的这封信。

信的开头，其实我想更有礼貌一点的，比如加上"见信安"这样的问候语，但我好像并不太擅长这样。

所以非常抱歉，在开头就向你抱怨了冬夜的冷，明明是我自己不关窗户的。

这段时间我的脑子里有些乱，宋锦柯调侃我是心里揣了人，魂不守舍。其实跟心里揣了人没有关系，你知道我不是那种男孩子。

除了担心你什么时候才能醒过来，我想的更多的，是那个自己做的关于你变小的梦。

那是我第一次长久地梦见一个女孩子，同时也是第一次做连续剧一样的梦。

说实话，我有点佩服梦境里的自己，为了圆你幼时的梦，找人制造变小药将你变小，多么荒谬但浪漫的理由啊。

身处现实的我莫名其妙就生出了羡慕的情绪。所以在梦见你变小的第二天，我去医院看你。

那天是可以进监护室的日子，所以我给你带了一束海棠花。病床上的你当然没有变小，但同样，你依然没有醒来。

医生说，脑部受到撞击后患者昏迷不醒的原因有两种，一种是脑部神经受损，还有一种是患者自己不愿意醒过来。简言之，逃避现实。

但我知道，你并没有逃避现实，你只是被梦境困住了，对不对？就像我一样，很多时候我都不愿意醒过来。

人生浮华不如梦一场，梦里什么都是好的。

可终究是镜花水月，天亮了，梦也得醒了。

真丢脸，温小姐。我说的是我。

在梦见你变小的第三天，我去找了宋锦柯，我问他能不能制造APTX4869——对，就是那个把柯南变小的药的名字。

当然，宋锦柯驳回了我的请求，理由是要研究抑制渐冻症的药物。

我并没有因此感到落寞，相反还有一点点开心，因为我觉得，如果宋锦柯答应我了，这就会变成一场醒了就什么也没有的梦。

其实那天晚上，我本来打算在梦里告诉你这件事的，但是没能说出口，原因是梦里的陆沉年根本不在我的控制范围内。

我知道从第一个梦开始，我就是这场梦的旁观者，无法插手，也无法改变。

有时候我甚至在想，我是不是误入了你的梦境，所以才这样无力的。

温小姐，我真的怀疑你和我在做同一个梦。

我的直觉常常这样告诉我，所以我一直以来都很想试探着与梦里的你搭上话，或者去得到一些什么东西，想说的话是"你好啊，温小姐"，想得到的东西是你的半颗糖葫芦。

因为你说，吃了你的糖葫芦就是你的人了。

我想了很久，如果哪一天你醒过来了，站在我的面前了，我一定要将这封信递到你的手上——我没有别的意思，就只是想给你看看，在你昏迷不醒的日子里，有个人在梦里和你走过了天光乍破，走过了暮雪白头，甚至还愿意陪你到人生终点。

我想要真真正正站在你的旁边，以男友的身份。

温小姐，我写完这封信了，非常杂乱且无厘头的一封信，真的是惨不忍睹。

大概还有两三个小时天就会慢慢地亮起来了，天气预报说明天会有雪，我不知道你有没有见过青木的雪，但我想邀你与我共赏这冬雪。

所以，温小姐，请尽快醒过来吧。

有位兔子先生说他非常想念你。

陆沉年

写于温榆躺在床上的日子

—4—

陆家的小宝贝，两岁。

小家伙人如其名——Alice，大名陆沉鱼，沉鱼之姿，性子却皮得像虾，一张嘴跟机关枪似的，专挑你痛处"突突"。

自从有了小宝宝后，陆沉年就把Alice这个名字赠予"小情人"了，弄得"大情人"温榆不高兴了很长一段时间。

乔叶跟温榆感叹："你就不能劝你家小公主善良吗？小孩子家家的，学什么大人催婚。"

"催姨姨你结婚啊，然后再生个宝宝陪我玩。"趴在温榆腿上的小娃娃托着腮，一本正经地说，惹得温榆笑到不行。

不婚主义者乔叶，和男友南嘉相恋五年，却愣是没动过结婚的念头。

南嘉倒也不急，人形电脑研究、和乔叶谈恋爱两不误，日子过得甜甜蜜蜜的，不是新婚却胜似新婚。

大家都不急，可 Alice 急啊。陆沉鱼人小鬼大，为乔叶操碎了一颗两岁小孩的心。

乔叶跟温榆说起这件事，温榆转身奖励给自家宝贝一颗超大波板糖："Alice 超棒！以后姨姨的事就交给你啦。"

温榆摸摸小家伙的脑袋，陆沉鱼蹭了蹭她的掌心，一脸"交给宝宝准没错"的神气样。

乔叶生无可恋地躺在沙发上，突然觉得自己真是命苦，除了自家太后每日一催婚，又多了一员得力助手催她结婚。

除了陆沉鱼，催婚包子组还有阮沉舟家的孩子，三岁，性子文静，话不多，但精辟。

阮柒柒一般是不怎么开口的，一开口就是"学什么学，姨姨都还没结婚呢，等她结婚了我再学"。

那会儿小家伙在学画画，她不喜欢染料弄脏她漂亮的小裙子，所以总是三天打鱼两天晒网。只要阮沉舟稍微露出点"柒柒你又浪"的表情，小家伙就会搬出自家姨做挡箭牌，底气十足，还头头是道。

乔叶有点委屈："我小叶子做错了什么，你要这样对我！"

"姨姨你没有结婚。"

和 Alice 如出一辙的语气。

"所以这和你不想画画有什么关系？"

"Alice 说，不管有没有关系，只要说是姨姨不结婚就好了！"

乔叶佩服得五体投地。

话说这个 Alice 从小就展现出了不俗的两面性，爹妈在场时，在皮到要挨打的边缘试探，爹妈不在场时，稳重得不像个两岁的孩子。

陆沉年和温榆出差，小家伙被打包扔给小姨乔叶，平日里既能翻江还能倒海的 Alice，忽然什么也不闹了，乖巧得跟被人盗了号似的。

但还是有个缺点，爱问乔叶为什么，问她为什么不结婚，问她为什么是不婚主义者，问她为什么不结婚，还要和南嘉叔叔谈恋爱……

乔叶："小祖宗，你可闭嘴吧，这不是你该操心的事。"

乔叶去青大找南嘉，Alice自觉地闭嘴跟上，舔着棒棒糖，天真无邪的样子像是变了性。

乔叶跟温榆吐槽："你家宝儿真的是内外两个人，要不是我看着她长大，我都以为自家小侄女乖巧可爱到爆炸。"

温榆笑她："静若处子，动若脱兔，懂不？"

乔叶连连摇头："行了吧，你这皮皮虾一样的女儿，不适合这么高大上的形容词。"

有一次，乔叶跟温榆开玩笑："我和南嘉哪天要是结婚了，一定是因为受不了陆沉鱼的碎碎念，一时冲动的后果。"

温榆问她："如果没有小鱼的碎碎念，你会想结婚吗？"

乔叶笑："会啊，但是不敢。反正我恐婚啦。"

想要结婚，但是不敢结婚。不婚主义者，其实真正的意思是恐婚主义者。

两年后，乔叶和南嘉悄悄地去扯了证，因为怕被大家diss（轻视），所以瞒了好几个月……

"呵呵，不是说这辈子不结婚吗？"温榆冷笑着问她。

"我只说恐婚，没说不结！看好吧，我这辈子绝对不生娃！"乔叶一脸信誓旦旦。

"我信了你的邪。"

某日，乔叶躺在沙发上看书，旁边的南嘉一脸宠溺地看着她，问道："怎么样，怕吗？"

乔叶抬头看了看他，摸着自己微微隆起的小腹："因为有你，我什么都不怕。"